얼레한드라
김의
가면 증후군과
솔직한 고백

완벽한 도시와
김의
가면 증후군과
솔직한 고백

패트리샤 박 지음
신혜연 옮김

Imposter Syndrome
and Other
Confessions of
Alejandra Kim

서사원

친애하는 한국의 독자 여러분, 이 책의 주인공 알레한드라 김과 저는 공통점이 많습니다. 뉴욕 퀸즈에서 태어나 자랐고, 한국과 아르헨티나 이민자 출신인 가족이 있으며, 둘 다…… 가면 증후군을 앓고 있지요.

제가 자랄 때는 '가면 증후군'이라는 단어가 따로 없었습니다. 하지만 그 감정을 저는 알고 있었습니다. 뭔가 대단한 일을 성취해서 테이블에 초대를 받아도 왠지 움츠러드는 기분, 왠지 내가 그 자리에 어울리지 않는 것 같은 그런 기분 말입니다. 그럴 땐 제 자신의 능력이 의심스러워집니다. 테이블의 다른 사람들이 다 저보다 뛰어나 보이고요. 과연 제가 그 자리에 앉아 있을 자격이 조금이라도 있기는 한 건지 의문마저 듭니다. 분명히 저도 저의 자리에서 열심히 했는데 말입니다. 제가 있을 자리가 아닌 것 같다고 느끼는 것이지요.

누구라도 이런 식으로 살아야 한다면 힘들 것입니다.

이 책의 주인공 알레한드라 역시 사립 고등학교인 '퀘이커 오츠'에 다니지만, 그곳이 정말 자신이 있어야 할 곳이라고 느끼지 못합니다. 교실 안의 친구들은 화려하고 학구적인 언어를 자연스럽게 구사하고, 점심으로는 유기농 케일과 퀴노아가 들어간 도시락을 먹습니다. 반면, 알레한드라는 점심으로 저렴한 원더 식빵에 크라프트 치즈를 얹은 샌드위치를 먹지요. 알레한드라는 늘 자신이 가짜 한국인, 가짜 미국인, 가짜 퀘이커 오츠 학생인 것 같은 기분을 느낍니다. 알레한드라가 속한 곳은 대체 어디일까요?

알레한드라처럼 저 역시 매일매일을 가짜 행세를 하는 사람처럼 느끼며 살아왔습니다. 미국에서 태어나고 자랐지만, 사람들은 늘 제 얼굴을 보고 중국인인지 일본인인지 물었습니다. 당시에는 한국을 아는 사람이 거의 없었습니다 (방탄소년단과 〈오징어 게임〉이 세상에 나오기 전이었지요).

그럴 때마다 저는 마치 가짜 한국인이 된 기분이었습니다. 뉴욕의 한인 사회에서 성장하는 동안 제가 들은 말은

'충분히 예쁘지 않다' '충분히 마르지 않았다' '피부색이 희지 않다' '눈이 별로 크지 않다' '쌍꺼풀이 없다' '충분히 똑똑하지 않다'는 것이었습니다. 옷차림도 그저 그렇고, 별로 멋지지도 않으며, 한국말을 '마치 백인처럼' 한다는 말도 들었습니다.

제가 첫 소설 《리 제인Re Jane》으로 미국 풀브라이트의 연구 지원금을 받아 한국에 왔을 때도 사람들은 제게 한국인이 아니라고, '우리나라 사람'이 아니라 '외국인'이라고 했습니다. 우리 부모님이 지금도 사용하고 계시는 '변소'나 '약방' 같은 오래된 한국말을 하는데도 말입니다. 말할 필요도 없이 저는 이곳에 속한다고 느끼기 힘들었습니다.

가짜가 된 느낌은 학생일 때도 마찬가지였습니다. 처음은 브롱크스 과학고등학교였습니다. 문학을 좋아하고 수학과 과학은 최악이었던 제게 그 학교는 제가 속해야 할 곳으로 여겨지지 않았습니다. 그래서 다음에 간 곳이 스워스모어칼리지였습니다. 이곳은 〈US 뉴스 & 월드 리포트〉가 선정한 미국 대학교 순위에서 소규모 리버럴아츠 칼리지 분야 1위에 올랐던 학교입니다. 제가 꿈꿨던 대학이기도 했습니다. 하지만 대부분의 한인 이민자들처럼 부모님은 하버드나 아이비리그 같은 곳만 명문대라고 생각하셨고, 제가 이 '이름

없는' 학교에 가겠다고 하자 실망하셨습니다. 스워스모어에서 만난 친구들은 키르케고르와 니체를 자유롭게 인용했습니다. 다들 저보다 훨씬 똑똑해 보였지요. 저는 입학처에서 누군가가 제 기숙사 방에 찾아와 실수로 입학시켰다며 나가라고 하지는 않을까 늘 두려움에 시달렸습니다. "뉴욕에서 온 패트리샤 박이 또 있어서 저희가 헷갈렸네요. 여기는 당신이 있을 자리가 아닙니다. 안녕히 가세요!"

현재 저는 아메리칸대학교의 문예창작과 교수로 있습니다. 제가 가르치는 많은 학생이 이와 비슷한 가면 증후군을 앓고 있습니다. 대체로 여성과 비 백인 학생들이지요. 그들은 정말 열심히 하면서도 자신이 테이블에 앉을 자격이 없다고 생각합니다. 정말 마음 아픈 일입니다.

그런 제 학생들, 그리고 어디든 그곳에 속하지 못한다고 느끼는 사람들을 위해 이 책을 썼습니다. 이 소설이 세상에서 자신의 자리를 찾고자 노력하는 사람들의 외로움을 덜어 줄 수 있기를 바랍니다.

이 소설은 독자 여러분을 위한 것입니다.

알레한드라 김의 여정이 부디 여러분께 즐겁고 의미 있는 경험이 되기를 바랍니다.

- 패트리샤 박

차례

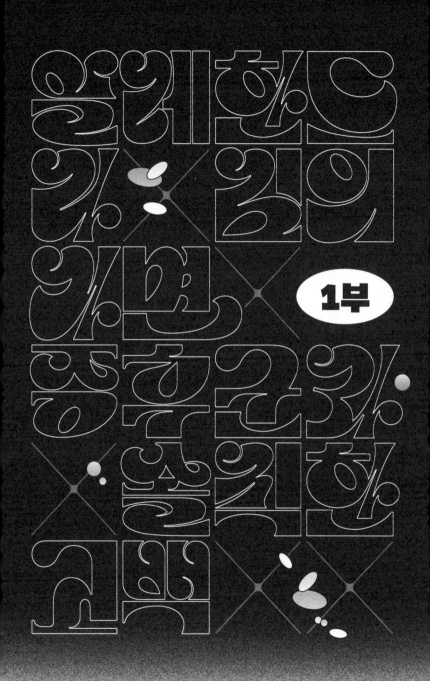

1

나의
배경 이야기

내 이름은 알레한드라 김Alejandra Kim. 선생님들은 늘 출석부
에서 잘못 적힌 글자라도 발견한 것처럼 나를 뚫어지게 바
라본다. 새로운 학년이 시작될 때마다 어김없이 내 얼굴과
출석부를 번갈아 쳐다보느라 바쁘다. 지극히 한국적인 내
얼굴이 지극히 스페인적인 내 이름과 잘 연결되지 않는 모
양이다. 이런 상황을 하루 여덟 번, 여덟 명의 선생님과 겪
는다고 생각해 보라. 어이쿠! 이게 바로 퀘이커 오츠Quaker
Oats에서의 내 일상이다.

사실 스페인에서 '알레한드라'라는 이름은 미국의 '제시카'만큼이나 흔하다. 우리 부모님이 나한테 '에르메네힐다Hermenegilda'나 '소치틀Xóchitl' 같은 흔치 않은 이름을 지어 준 게 아니라는 말이다. 그런데도 사람들은 내 이름을 난도질할 수많은 방법을 기어이 찾아낸다. 예를 들면 다음처럼 말이다.

1. 앨리 – 존 – 드러Alley - JOHN - druh

   대학 입시를 지도하는 랜디바도 선생님은 스페인어 기초조차 배운 적이 없는 게 분명하다. (저기요, 'j'는 'ㅈ'이 아니라 'h'처럼 'ㅎ'으로 발음해야 하거든요?)

2. 알렉산드라Alexandra

   2학년 때 미국 역사를 가르쳤던 슈워츠 선생님은 어이없게도 내 이름을 미국식으로 바꿔 버렸다. 마치 오래전 앨리스 아일랜드 이민국 심사관처럼 말이다.

3. 아 – 레 – 하아아아아안 – 두라Ah - leh - CHHHHHAN - durah!

   3학년 때 물리 선생님이었던 샌더스 선생님의 발음이다. 엄밀히 따지면 맞는 발음이기는 하다. 세 번째 음절을 '하누카Chanukah'를 말할 때처럼 '하'라고 발음했으니까(하누카에 'k'가 한 개였나, 두 개였나? 어쨌든 내가 무슨 말을 하고 싶은지는 알 거라고 믿는다).

하지만 샌더스 선생님의 발음은 너무 애쓴 나머지 애초에 미국식으로 강제 개명한 것만큼이나 좋지 않았다. 무슨 말이냐면, 보데가Bodega. 이민자들이 주로 운영하는 뉴욕의 식품잡화점에서 굳이 거슬리게 "크와-쏭CWAH-sson"을 찾는 사람처럼 굴었다는 말이다. 보통은 그냥 "크루-상cruh-SAHNT" 달라고 하는데.

그렇지만 길모퉁이 보데가에서 이런 식으로 크루아상을 주문한다고 해서 그게 뭐 대단한 허세겠는가.

참고로 나는 내 이름을 그냥 "아-레이-한-드라"라고 발음한다. 사람들한테는 보통 "앨라이Ally"라고 부르라고 하지만, 나는 그냥 쉽게 미국식으로 "앨리Alley"라고 소개한다. '앨리캣Alley cat(길고양이)', '앨리웨이Alleyway(골목길)', '백 앨리Back alley(뒷골목)'의 바로 그 '앨리'다. 여기 퀘이커 오츠에서는 다들 나를 그 이름으로 부른다.

우리 학교 이름은 사실 '퀘이커 오츠'가 아니다. 공식 이름은 '앤 오스터 프렙 스쿨Anne Austere Preparatory School'인데,

1600년대에 더 나은 인류를 위해 노력했다는 이유로, 말 그대로 불에 타 죽은 어느 퀘이커 교도의 이름을 따왔다. 하지만 다들 우리 학교를 그냥 퀘이커 오츠라고 부른다. 우리 학교는 '브리얼리Brearley'나 '채핀Chapin', 달튼Dalton' 같은 명문 사립학교보다는 "진보적인(이라고 쓰고 '자유로운' 또는 '별난'이라고 읽는)" 학교에 가깝다. '와이더Whyder'나 '스워스모어Swarthmore', '브린 마Bryn Mawr' 같은 큰 퀘이커 대학의 마이너 리그라고 할 수 있다. 내가 제일 처음 사귄 친구이자 가장 친한 친구이기도 한 로럴 그린블라트-왓킨스는 우리 학교를 "차이나타운 한가운데 자리한 진보적이고 요란한 소굴"이라고 말한다. 하지만 솔직히 잘 모르겠다. 나는 학비의 90퍼센트를 지원받는 가난한 학생이고, 엄마는 우리가 그 나머지 10퍼센트도 빚으로 해결 중이라는 사실을 절대 잊지 말라고 매년 얘기한다.

퀸스에 있는 우리 동네에서는 모두 나를 "에일Ale"이라고 부른다. 엄마가 엄청 화가 나서 "알레한드라 베로니카 김, 안다테 아 투 쿠아르토¡Andate a tu cuarto(당장 네 방으로 가)!"라고 소리칠 때만 빼고.

아빠는 늘 나를 "알레하-야Aleja-ya"라고 불렀다.

만일 내가 도미니카인이나 푸에르토리코인, 콜롬비아인

이나 멕시코인이었다면 적어도 뉴욕에서 '미 헨떼Mi gente', 즉 동족을 만나 어느 정도 유대감을 느낄 수 있었을지 모른다. 인종 차별적인 발언으로 들릴 수도 있겠지만, 사실은 사실이다. 하지만 우리 부모님은 아르헨티나 사람이고, 이곳에는 아르헨티나 출신이 많지 않다. 부모님의 부모님들도 모두 원래 북아메리카를 목표로 삼았다가 남아메리카로 휩쓸려 가 정착한 한국인 이민자였다.

참고로 이곳을 칭하는 한국말 '미국美國'은 '아름다운 나라'라는 의미를 담고 있다. 남미南美는 '아름다운 나라의 남쪽'이라는 뜻이고. 그야말로 언어의 총체적 난국이 아닐 수 없다.

말도 안 되는 소리처럼 들리겠지만, 한국인 이민자들이 무더기로 아르헨티나에 정착하게 된 건 간단히 말해 노동력 착취 때문이었다. 처음에 그들은 농지 경작과 '거주'를 위해 파타고니아로 보내졌지만 그 땅은 사실상 황량한 사막이었다. 기대와 다름을 깨달은 한국인 이민자들은 도망치듯 부에노스아이레스로 건너갔다. 그리고 '백구'라는 빈민가 판자촌에 정착해 온종일 옷 꿰매는 일을 하며 힘겹게 생계를 유지했다.

부유한 나라에서나 문제시되는, 주문한 감자튀김에 케첩

이 빠졌다든가 하는 일로 화가 날 때마다 나는 잠깐 마음을 가라앉히고 생각한다. 아빠는 빈민가에서 자랐고, 친부모에 의해 아동 노동을 강요받으며 노동력 착취의 현장에서 일해야 했다는 사실을.

이민자의 자녀라면 종종 이런 경험을 한다. 평생 엄청난 죄책감 속에 살아가는 것이다.

사실 우리 가족은 그 어떤 것도 '평범'하지 않다. 심지어 우리가 쓰는 스페인어도 완전히 이상한 '포르테뇨Porteño', 즉 부에노스아이레스 특유의 방언에 가깝다. 확실히 라틴 공동체 내에는 일종의 계급 의식이 존재하는 듯하다. 부에노스아이레스 사람들은 다들 아르헨티나 사람들이 거만하다고 생각한다. 유럽의 백인들은 동경하면서 다른 라틴 아메리카인들은 얕잡아 본다는 것이다. 그러면서 거들먹거리는 듯한 악센트와 이상한 동사 활용법을 고수하고, '당신'을 뜻하는 '뚜tú'와 같은 일반적인 단어 사용을 완강히 거부한다며 비난했다. 아르헨티나 사람들은 '뚜' 대신 '보스vos'라는 단어를 사용하는데, 이는 아르헨티나가 스페인으로부터 독립하기 전인 1500년대에 에스파냐 본토에서 널리 쓰이다가 공중전화나 우표처럼 서서히 자취를 감춘 단어다.

또 아르헨티나 사람들은 영어의 '헤이hey(어이, 이봐)'에 해당하는 '체che'라는 단어를 많이 사용한다. 쿠바의 혁명가 에르네스토 게바라의 별명인 '체 게바라Che Guevara'의 '체'가 바로 여기서 온 것이다.

어쨌든, 엄마와 아빠는 백구에서 살던 어린 시절부터 원래 아는 사이였다가 성인이 된 후 이곳 뉴욕에서 다시 만났다고 한다. 그리고 그다음 이야기는, 부모님 말씀에 따르면 역사책 하나를 쓰고도 남는다고.

하, 정말 듣고만 있어도 진이 빠진다. 정말 짜증 나게, 사람들, 특히 어른들은 내가 마블 만화책 주인공도 아닌데(물론 초능력도 없지만), 나만 보면 모든 이야기를 다 털어놓길 바란다. 이를테면, 내 이름과 얼굴, 인종, 민족 뒤에 숨겨진 이국적인 이야기를 들려 달라는 것이다. 휴! 어떻게 방사능에 오염된 거미한테 물려 지금의 멋진 모습으로 변하게 됐는지 아주 자세히, 차근차근 말이다. (뭐, 스파이더맨 주인공 피터 파커도 퀸스 출신이긴 하다.)

94.7퍼센트 확신하는데, 만일 내가 메이플라워호를 타고 건너온 영국인 이민자의 후손처럼 생겼더라면 애초에 그런 요구는 하지도 않았을 것이다.

2

/

퀘이커 오츠

어쨌든, 여름 방학이 끝나고 퀘이커 오츠에서의 새 학기가 시작되었다. 오늘은 그 첫날이다. 모두 4학년(대체로 미국 고등학교 과정은 4년 과정이다) 선택 과목인 창의적 글쓰기 수업을 무척이나 기대하고 있다. 뭐가 됐든, 나는 그냥 그렇다. '토프Taupe(회갈색)' 수업 시간에 선택 과목을 하나 들어야 해서 이 과목을 듣는 것뿐이었다. 퀘이커 오츠는 수업 시간표를 숫자 대신 색으로 구분한다. 숫자에 따라 위계가 생길 수도 있기 때문이다. 이 학교의 모토, 즉 "우리는 모든 유형의 학습자에게 특권을 부여한다"에 따른 것이다.

쿼이커 오츠는 학생들에게 선택 과목을 가르치기 위해 다양한 분야의 전문가를 초청한다. 대개 부수입을 얻으려는 컬럼비아대나 뉴욕대 겸임 교수들이다. 소문으로는 우리 학교 강의료가 후하기도 하고, 그들이 워낙 박봉이라는 말도 있다.

아무튼 우리는 모두 교실에 앉아 선택 과목 강사, '조너선 브룩스 제임스Jonathan Brooks James'라는 소설가가 도착하길 기다리는 중이다. 이름, 중간 이름, 성을 나열한 것인지, 그냥 이름이 두 개고 성이 '제임스'인 건지, 아니면 '조너선'이 이름이고 나머지 두 개가 성인지 알 수가 없다. 옆에 앉은 클레어 데브로에게 물어봐야겠다는 생각이 든다.

그때 클레어가 내 책상에 몸을 기대며 말을 걸어 왔다. "세상에, 《비커밍 브루클린Becoming Brooklyn》, 그거 정말 완벽한 작품인데. 그 작가가 강사라니, 우리 진짜 운 좋다." 그러고는 내가 대답도 하기 전에 덧붙였다. "아, 맞다, 앨리. 너는 독서랑 거리가 멀지."

쿼이커 오츠에서는 다들 "따로 몰두하는 일Thing" 하나씩은 갖고 있다.

클레어 데브로는 우리 학교 문예지 〈앙뉘Ennui〉의 편집장이다.

로럴에게는 사회적 활동이 바로 그런 일이다. 그녀는 '차세대 루스 베이더 긴즈버그Ruth Bader Ginsburg. '진보의 아이콘'으로 불린 미국의 대법관으로 양성 평등과 소수자를 위한 판결을 이끌었다'를 꿈꾸고 있다.

심지어 잭슨 하이츠에 사는 나랑 가장 친한 친구, 빌리 디아즈조차도 그런 "일"을 갖고 있다. 그건 바로 "사람들이 길거리에서 쓰레기처럼 굴지 못 하게 막는 것"이다. 추측하건대 세상을 '조금 덜 형편없는 곳'으로 만들겠다는 것 같다.

나한테는 그런 게 없다. 그저 '그런 게 있는 척'할 뿐이다. 무슨 말이냐면, 보통 나는 로럴의 일을 돕는다는 뜻이다. 우리는 지난 3년 동안 '사람들이 관심 있는 척하지만, 곧바로 쓰레기통에 던져 버릴' 수많은 전단을 만들며 보냈다.

나는 《비커밍 브루클린》이 완벽하다고 생각하지 않는다는 말을 클레어에게 하고 싶다. 그 소설은 토르티야 공장 위에 사는 한 남자의 이야기다. 그는 창작의 고통과 아래층에서 올라오는 옥수수 냄새, 그리고 치근대는 커피 전문점 직원 때문에 애를 먹는다. 두 쪽만 읽어도 무슨 얘긴지 알겠는데 왜 734쪽씩이나 되는지 이해가 가지 않는다. 하긴 내가 뭘 알겠는가? 《비커밍 브루클린》은 '내셔널 북'인지 뭔지 하는 상의 후보작이다.

게다가 클레어의 금발 머리가 계속 내 책상을 채찍처럼 후려치고 있다. 동네 마트에서는 구하기 힘든 비싼 샴푸 향이 난다. 나는 클레어와 있으면 말이 잘 안 나온다. 걸크러시 문제라기보다는 그냥, 봉건적 계급에 따른 감정 비슷한 게 작용하는 것 같다. 클레어는 큰 키에다 호리호리한 몸매, 메이드웰Madewell 브랜드 광고 모델처럼 단조로운 듯하면서도 예쁘장한 얼굴을 갖고 있다. 그런 클레어에 비하면 나는 촬영장에서 말없이 유기농 알칼리수나 채워 놓으면 되는 소수 민족 출신 보조 스태프에 가까운 기분이 든다.

클레어가 교실 앞쪽을 보며 소리쳤다. "세상에, 정말 그 사람이잖아!" '엔 카르네 이 우에소En carne y hueso(실물)', 진짜 조너선 브룩스 제임스가 교실로 들어오고 있었다.

조너선 브룩스 제임스는 꼭 '조너선 브룩스 제임스' 같은 모습이었다. 딱 그런 이름을 가진 사람다운 생김새였다. 맨발에 로퍼까지, 그냥 봐도 프레피Preppy였다. 피부와 머리카락이 모래처럼 엷은 갈색이라서인지 파란 눈이 유독 눈에 띄었다. 눈동자가 마치 로커웨이 해변에 떠밀려 온 동그란 유리 조각 같았다.

그런데, 보면 볼수록 소년 같은 느낌을 주던 사진 속의 모습과는 달라 보였다. 더 부어 보이고 더 지쳐 보이는 모습이

23

마치 자신과 싸우다 온 사람 같았다.

"공책이랑 펜 꺼내세요." 그가 말했다. 인사나 자기소개, 수업에 온 걸 환영한다는 말 같은 건 없었다.

다들 급히 노트북을 꺼냈다.

"누구든 전자 기기를 꺼내면 자동 낙제 처리합니다."

클레어는 유감스러운 듯 노트북을 다시 가방에 집어넣었다. 책상 위에 이미 종이와 펜이 준비된 사람은 나뿐이었다. 나는 지극히 아날로그적이었다. 사촌인 마이클 오빠한테 물려받은 노트북이 있긴 했지만, 매일 지하철에 들고 다니기에는 너무 투박한 데다 배터리도 채 5분을 넘기지 못하는 고물이었다.

"소설을 쓴다는 건 무에서 유를 창조하는 일입니다." 조너선 제임스 브룩스가 말했다. "빈 종이를 두려워하면 안 돼요. 20분 동안 자유롭게 써 보세요. 대신 '나의 여름 방학 이야기' 같은 상투적인 헛소리 같은 건 당연히 안 되니까, 써도 되냐고 묻지도 마세요."

다행이었다. 그랬다간 방학 내내 어퍼이스트사이드에 있는 윤아 고모와 개리 고모부의 세탁소에서 일한 이야기나 써야 했을 것이다. 윤아 고모는 아빠의 누나다. 나는 수업료에 보태고 그 외에 책값과 현장 학습비 등을 내기 위해 고모네 세탁소에서 일했다. 다른 친구들이 여름마다 메인주에 있는 블루베리 농장으로 자원봉사를 가거나, 베닝턴, 소르본 대학에서 단과 대학 수업을 청강하거나, 카이로, 오크니 제도로 인류학 탐험을 떠나는 동안에 말이다. 일하는 동안 나는 학교 친구들과 우연히라도 마주치는 일이 없기를 거의 매일 신께 기도했다.

'부유함'이란 단지 베벌리 힐스에서 마음껏 쇼핑하거나 알프스로 스키 여행을 가는 것만을 뜻하지 않았다. 그런 건 천박하고 서툰 '과시적 소비'의 표명일 뿐. 우리 퀘이커 오츠 학생들에게 부유함이란 '경험'이었다(우리가 스스로 오티스 Oatties라고 칭하는 이유였다. 귀엽지 않은가? 아니면 말고).

클레어가 손을 들었다. "안녕하세요, 조너선 브룩스 제임스 선생님. 전 〈앙뉘〉의 편집장 클레어 데브로라고 합니다. 선생님 작품 팬이에요. 선생님과 당장 특집 인터뷰를 하고 싶은 마음이 굴뚝 같지만 그건 나중에 논의하도록 하고요. 이번 과제가 명확하게 이해되지 않아서 여쭤보고 싶은 게 한 가지 있는데요. 어떤 식으로 써야 할지 조금 더 구체적으로 말씀해 주실 수 있을까요? 이를테면, 교실 안에 있는 물건 세 가지에 관해 쓰라거나, 시적인 이미지를 사용하라거나……?"

그가 클레어를 빤히 쳐다봤다. 클레어가 말하다 말고 머뭇거렸다. 클레어 데브로의 이런 모습은 처음이었다.

"아니요, 그냥 쓰면 됩니다." 그가 말했다.

그래서 우리는 "그냥" 썼다. 나는 펜을 쥐고 있을 때 손가락에 쥐가 나면 어떤 느낌인지, 그리고 손가락에 쥐가 나면 어깨가 어떻게 되는지를 끄적거렸다. 처음에는 지하철을 타고 등교하는 이야기를 썼다. 하지만 쫙쫙 줄을 긋고 다시 굽은 등과 쥐 난 손가락에 관해 쓰기 시작했다.

기본적으로 아무것도 아닌 이야기였다.

조너선 브룩스 제임스가 낡아 빠진 가죽 가방에서 무언가 적힌 종이를 한 뭉치 꺼내더니 크게 X표를 치면서 한숨을 쉬었다. 양말을 신지 않은 그의 맨발이 로퍼 안에서 질벅거리는 소리가 들렸다.

그렇게 20분이 지났다.

마침내 조너선 브룩스 제임스가 출석을 부르기 시작했다.

첼시 브래번.

조슈아 벅.

마야 창.

클레어 데브로.

그는 거침없이 빠르게 출석을 불렀다. 'K'로 시작되는 이름이 불릴 순서가 되자 가슴이 조이는 듯한 익숙한 느낌이 들기 시작했다. 그가 출석부를 가만히 내려다보다가 말을 멈췄다. 오, 그럼 그렇지. 올 것이 또 왔구나. 나는 이 순간을 빨리 넘기고 싶어서 재빨리 손을 들었다.

하지만 조너선 브룩스 제임스는 내 이름은 언급도 하지 않은 채 그저 피식 웃으며 이렇게 말하는 게 아닌가. "다문화로 접근하면 대학 가는 데는 아무 문제 없겠네." 그것도 나를 똑바로 보면서 말이다.

이런, 아닐 거야, 내가 잘못 들은 걸 거야.

아니, 잠깐. 아닌가?

얼굴이 화끈 달아올랐다.

하지만 그 말투가 어찌나 힙스터답게 즉흥적이고 냉소적이고 퉁명스러운지, 웃지 않으면 쿨하지 못한 사람이 되는 것 같아서 나는 같이 웃고 말았다.

뭐, 별일 아니었다. 시리아에서는 사람들이 수도 없이 죽어 가고, 북한에서는 사람들이 굶주리며, 마약성 진통제 문제로 온 나라가 난리인 마당에, 이런 바보 같은 공격성 발언이 뭐 그리 대수라고.

게다가 같이 웃어 버렸으니, 괜찮다고 인정해 버린 셈이었다. 교실 전체가 킥킥거릴 뿐 누구도 공개적으로 반발하고 나서지 않았다.

차라리 조너선 브룩스 제임스가 예전의 다른 선생님들처럼 엉터리로라도 내 이름을 불렀더라면 얼마나 좋았을까. 언제나 나는 '제인'이나 '안잘리', '지영' 같은 평범한 이름, 적어도 나에게 어울리는 그런 이름이 갖고 싶었다.

3

/

크래프트 치즈와
원더 식빵

점심시간, 나는 로럴 그린블라트-왓킨스를 찾았다. 우리 자
리는 옥상 캠퍼스의 남서쪽 모퉁이, 운동하는 아이들이 있
는 북쪽 끄트머리에서 멀리 떨어진 자리다. 그 애들은, 우리
사이에서는 '성배Holy Grail'라고도 불리는 소규모 인문 과학
대학SLACs에 지원할 거라고 말은 하지만 비밀리에 아이비리
그에 지원할 게 뻔하다. 아이비리그에 지원하는 걸 민망해
하는 곳은 퀘이커 오츠가 아마도 유일할 것이다. 그런 선택
을 한다는 건 내면 가장 깊숙한 곳에 자리 잡은 어두운 자본

주의적 욕망을 솔직하게 인정하는 것으로 받아들여졌다(다만 브라운Brown과 다트머스Dartmouth는 예외였다).

로럴과 나는 대충 남쪽 끄트머리에 모이는 예술에 관심 있는 무리에 속했다. 아이들 대부분은 온통 검정 옷차림에 체인 달린 바지를 입고 있었다. 1990년대의 그런지 고스 룩Grunge-goth이 다시 유행 중이었다. 이들은 칼튼Carletons과 케니언Kenyons, 햄프셔Hampshires 대학에 지원할 예정이었다.

우리 옷차림은 그들과 달랐다. 나는 그냥 티셔츠에 청바지 차림이었고, 로럴은 지속 가능한 옷에 완전히 빠져 부탄과 네팔의 불법 성매매 생존자들이 수작업으로 만든 나풀나풀한 판초와 치마바지를 입었다.

나는 여름 내내 로럴을 만나지 못했다. 로럴은 머나먼 미들베리에서 아랍어를 공부하며 보냈다. 로럴은 여러 언어를 구사했다. 영어는 물론, 어릴 때 프랑스어도 배웠다. 퀘이커 오츠에 와서는 라틴어와 그리스어를, 그리고 심지어 집안 도우미한테서 트리니다드 크리올어Trinidadian Creole도 배워서 알고 있었다. 로럴은 여름 내내 아랍어 외에 다른 언어는 읽거나 쓰거나 말하거나 듣지 않겠다는 서약서에 서명해야 했다. 백인들만 가득한 버몬트 한가운데, 녹음이 우거진 캠퍼스에서 로럴이 아랍어를 공부하는 모습을 상상하면 어쩐지 웃음이 났다.

로럴은 여름 내내 장문의 편지를 보내왔다. 나는 편지를 받으면 우리 동네 99센트 가게 주인인 말루프 씨한테 번역을 부탁해서 읽겠다고 약속했었다. 물론 첫 편지 이후로 그만두었다는 말은 하지 않았다. 말루프 씨는 자기 사업을 하느라 바쁜데, 일하는 걸 방해하면서까지 "수업이 정말 좋아!" "기숙사 냄새가 별로야!" 같은 내용을 번역해 달라고 할 수는 없는 노릇이었다.

로럴은 인조 잔디가 깔린 구석에 아무렇지 않게 털썩 주저앉았다. 하지만 나는 앉기 전에 바인더 속지 한 장을 깔았다. 알다시피 여긴 뉴욕이 아니던가. 비둘기 똥에다, 맨해튼 다리 위를 오가는 그 모든 차가 내뿜는 스모그에다, 또 뭐가 더 있을지 누가 알겠는가? (그렇다고 종이 한 장이 대단한 도움이 되는 건 아니지만.)

로럴이 도시락을 열었다. "오늘은 뭐야?" 내가 물었다.

로럴, 아니, 로럴네 도우미 아줌마는 항상 유리 용기에 도시락을 싼다. 그리고 그걸 작은 보온 가방에 담아 매일 열차로 실어 나른다. 오늘은 구운 흑마늘 후무스를 곁들인 퀴노아에 디저트는 금귤 세 알과 발로나Valrhona 다크 초콜릿 두 조각이었다. 로럴은 그물망으로 된 주머니에 셀러리 스틱

31

을 간식으로 갖고 다녔는데, 솔직히 환기 안 된 지하철 냄새가 난다는 말을 차마 할 수가 없었다.

나도 로럴에게 내 도시락을 보여 주었다. 오스카 마이어Oscar Mayer 햄에 크래프트 아메리칸Kraft American '치즈 가공품'을 얹어 랩으로 대충 싼 질척한 화이트 브레드와 우츠Utz 포테이토 칩이다. 내 점심은 '감사합니다'라는 말이 겉면에 적힌 초라한 흰색 비닐봉지 안에 아무렇게나 담겨 있었다. 나는 학교에 가져갈 점심을 직접 준비한다. 전에는 아빠가 만들어 주곤 했었지만.

이곳 아이들이 점심으로 무얼 먹는지 보면 많은 걸 알 수 있다. 테니스부 주장 마야 창은 녹즙과 콜리플라워 라이스를 번갈아 먹는다. 조시 벅은 맥도널드를 "모든 사람의 입맛에 맞추려는 기이한 시도"라고 깎아내리면서도 정작 빅맥에 푹 빠져 있다. 그러면서 우긴다. 그건 전혀 기이하지 않으며 진짜 사랑이라고. 미슐랭 스타 레스토랑 '파머 그래닛' 운영자를 엄마로 둔 첼시 브래번은 엄마가 매일 소꼬리찜이나 오리 콩피Confit. 오리나 거위 고기를 오랫동안 기름에 절여 만드는 프랑스 요리 같은 '남은 음식'을 싸 준다고 불평이다(이건 확실히 부유한 나라에서나 있을 법한 고민이다). 하지만 어느 날 기초미적분학 시간에 첼시의 도시락이 가방 안에서 엎어지는 바람에 교실 안에 냄새가 진동한 적이 있었는데, 그때만큼은 그녀가 조금 안쓰럽게 느껴졌다.

그리고 트리니다드 출신 도우미가 준비한 철저한 채식 도시락을 먹는 로럴, 마트 표 '원더Wonder' 식빵에 '크래프트Kraft' 치즈를 얹어 먹는 내가 있다.

퀘이커 오츠에서는 무엇을 먹느냐가 곧 자신이었다.

"너 정말 웃긴다, 앨리." 로럴이 말한다. "왜 그렇게 미국식 음식을 고수하는 거야?"

로럴에 의하면 "너무 미국적인" 것은 나빴다. 그 말은, 내가 평생 해 온 노력, 이곳 출신이라는 걸 온 세상에 증명이라도 하려는 듯 미국인이 되기 위해 해 온 그 모든 노력이 우습다는 뜻이었다.

내 생각에 백인들은 당연히 자신은 미국인이라고 생각하는 듯했다.

"내가 원래 좀 아이러니하잖아." 내가 말했다. 우리는 웃었다. 하지만 로럴이 내 도시락을 자세히 들여다보는 게 조금 불편했다. 로럴은 내가 학자금 지원을 받는다는 사실을 아는 유일한 친구였다. 누가 알든 상관없긴 하지만. 퀘이커 오츠 학생들은 다른 '주류' 학교 학생들과는 달리 멋진 물건이나 명품 옷에 관심을 두지 않았다. 어떤 아이들은 매일 똑같은 누더기를 입고 나타났다. 하지만 환경적 지속 가능성 과제 때문에 학교가 끝난 후 집을 방문해 보면 코블 힐Cobble Hill의 수백만 달러짜리 호화 주택에 살고 있곤 했다.

"그 유명한 조녀선 브룩스 제임스 선생님의 글쓰기 수업은 어땠어?"

로럴이 퀴노아를 한 입 먹으며 물었다. '토프' 수업 시간에 로럴은 비교정치학 수업을 들었다.

"괜찮았어." 내가 말했다. "특별한 건 없던데." 나는 그의 '그냥 쓰기' 과제, 그리고 그의 수업을 듣는 게 운 좋다고 했던 클레어 데브로의 말을 로럴에게 전했다.

"흠, 클레어라면 그러고도 남지." 로럴이 말했다. 우리는 클레어 데브로를 좋아하지 않았다. 로럴은 클레어를 어퍼이스트사이드와 햄프턴을 한데 뭉뚱그려 값비싼 병에 담은 속물 덩어리라고 생각했다. 내 생각에는 클레어가 어퍼웨스트사이드 출신인 것 같았지만, 로럴의 생각을 굳이 바로잡지는 않았다.

"《비커밍 브루클린》에 대해 어떻게 생각해?" 내가 물었다. 로럴은 안 읽은 책이 없었다.

"그건 안 읽어 봤는데." 로럴이 말했다. "올해는 백인 남성 작가가 쓴 책은 안 읽으려고."

"그건 차별인데, 로럴." 나는 놀리듯 말했다.

로럴이 나를 돌아봤다. "앨리, 수 세기 동안 작가는 백인 남성들만의 전유물이었어. 내가 그들 중 한 세대를 지지하지 않는다고 해도 새 발의 피에 불과해."

"예, 알겠습니다, 로럴 목사님."

나는 로럴이 토론회 분위기를 풍길 때마다 그녀를 놀렸다. 많은 아이가 로럴을 진지하다고 생각했다. 하지만 나는 그게 로럴의 매력 중 하나라고 믿는다. 로럴은 자신이 진심으로 믿는 대로 말하고 행동했다. 학교에서 흔히 볼 수 있는 "소심하고 게으른 방식으로 저항하는" 아이들과 달랐다.

"다시 하던 얘기로 돌아와서, 와이더에 제출할 에세이 주제는 어떻게 정했어?"

와이더칼리지는 로럴과 내가 가고 싶은 학교였다. 나는 나무들이 줄지어 선 캠퍼스 카탈로그가 우편함에 도착했던 1학년 때부터 와이더에 가고 싶었다. 혼란스러운 도시와 퀸스, 엄마, 그리고 계속 잊으려고 노력 중인 작년 일을 뒤로 하고 항만청에서 버스를 타고 메인주를 향해 북쪽으로 떠나는 것이다…….

하지만 나는 헛된 희망을 갖지 않으려 노력했다. 와이더의 합격률은 8.5퍼센트였다.

"두어 가지 생각 중인 게 있긴 한데, 아직 못 정했어." 나는 모호하게 대답했다.

와이더에서는 커먼 앱Common App(대입 지원 플랫폼)에 제시된 주제 외에 추가로 에세이를 하나 더 요구했다. 올해의 에세이 주제는 "당신에게 '집Home'이란 무엇인가?"였다.

나는 커먼 앱에 입력할 에세이는 이번 여름에 끝냈지만, 이 보충 에세이 때문에 고전 중이었다.

"여름 내내 와이더에 제출할 에세이를 쓰느라 시간을 다 허비했어." 로럴이 말했다. "하지만 뭔가 연결이 잘 안 되네." 로럴은 아랍어를 배우고 그 언어를 '편안하게' 느끼기 위해 씨름하는 이야기를 쓰고 있었다. 로럴이 아랍어를 배우는 이유는 지역 사회에서 소외된 이슬람 여성들을 도와 그들이 이곳을 '집처럼' 느낄 수 있도록 하기 위함이었다.

"어, 그럼 미들베리에서 다른 언어는 사용하지 않기로 한 서약을 어겼다는 거야?" 내가 물었다.

"물론 아니지." 로럴은 마치 부정행위라도 들킨 사람처럼 소스라치게 놀라며 대답했다. "에세이를 아랍어로 썼거든. 이번 달에 영어 번역에 착수할 생각이야."

그럼 그렇지. 로럴은 그러고도 남을 아이였다. "정말 오츠 학생답네." 나는 로럴에게 말했다.

와이더는 로럴이 어렸을 때부터 꿈꿔 온 학교였다. 매년 미래의 와이더 졸업생 티셔츠를 자랑스럽게 입고 엄마의 동창회에 함께 참석하곤 했다! (로럴의 아빠는 자랑스러운 타이거, 즉 프린스턴대학교 졸업생으로, 코네티컷에서 새 아내, 아기와 함께 살고 있었다. 로럴에게는 조금 아픈 상처였다.)

로럴이 와이더에 들어갈 확률은 99.9퍼센트였다. 그 이유는 여러 가지가 있었다.

1. 로럴은 조기 전형Early decision에 지원했다.
2. 가족 중에 동문이 있다.
3. 로럴은 대법원에 진출하는 게 꿈이다. 그리고 뭐가 됐든 필사적으로 한다.
4. 로럴의 GPA 성적은 나보다 아주 조금 높다. 나는 2학년 때는 좀 나아졌지만 1학년, 시작은 좋지 않았다. 내가 로럴보다 SAT 점수가 높은 건 중요하지 않다. 와이더는 '통계 자료'는 중시하지 않는다. 그들이 보는 건 '전체적인 그림'이다. 왜냐하면, '와이더 학생'은 한 사람 한 사람이 '학생 그 이상'이기 때문이다. 카탈로그에 따르면 그렇다.

"와이더에 빨리 가고 싶어 죽겠어." 로럴이 말했다. "모든 구내식당 음식이 캠퍼스 자체 농장에서 생산한 재료로 만들어진대."

"계속 셀러리를 먹겠구나!"

"하지만 크래프트 아메리칸 치즈는 없겠지." 로럴이 급소를 찔렀다.

우리는 아쉬워하며 한숨을 쉬었다.

신입생 시절부터 이랬다. 와이더에서의 새로운 생활을 떠올려 보는 것. 우리는 이렇게 바보 같은 데가 있었다. 평범하고 인기 없는 소녀들이 남자 친구와 무도회에 가는 것을 꿈꾸듯 와이더에 관해 꿈같은 이야기를 늘어놓곤 했다.

가장 친한 친구와 같은 대학에 가기 위해 경쟁한다는 게 이상할 수도 있지만, 로럴은 지지를 아끼지 않았고 경쟁적으로 굴지도 않았다. 하나의 공동체로서 서로 일어서도록 함께 돕는 것, 이는 퀘이커 정신의 일부이기도 했다.

"앨리." 점심 식사를 마치고 로럴이 불렀다. "너 이번 주말에 뭐 해? 토요일에 우리 집에서 같이 에세이 쓰자."

"나 일하잖아." 나는 로럴을 일깨워 주었다.

"맞다, 그랬지." 로럴이 고개를 끄덕이며 대답했다. 내가 윤아 고모네 세탁소에서 일하는 날이라는 사실을 잊은 게 분명했다. 우리는 대신 다음 주에 만나자고 얘기했다.

나는 와이더의 조기 전형에 지원하지 않았다. 구경도 못해 본 재정 보조 프로그램에 갇힐 수는 없었다(조기 전형은 합격 시 반드시 등록해야 하는 규정이 있는데, 재정 보조 지원 여부와 규모는 보통 다음 해 2월까지 기다려야 알 수 있다). 내게는 그런 호사를 누릴 여유가 없었다. 작년 대입 상담에서 랜디바도 선생님이 해 준 조언이었다. 어떤 학교의 학비가 가장 감당할 만한지 비교해 보려면 봄까지 기다려야 했다. 조기 전형보다 정기 전형이 더 어렵다는 건 모두가 아는 사실이었다. 엿 같은 상황이었다. 재정 지원은 로럴과 내가 애써 언급을 피하는 주제였다.

로럴이 미소를 지었다. 그걸 보니 조기 전형에 지원하지 않길 잘했다는 생각이 들었다. 내가 지원하지 않았다는 건 로럴도 아는 사실이었다. 로럴이 안다는 걸 나도 알고 있었고, 내가 안다는 걸 로럴도 알고 있었다. 하지만 우리는 그 사실을 입에 올리지 않았다.

이건 내가 이 학교의 다른 학생들과 얼마나 다른지 깨닫게 해 주는 또 다른 점이었다. 방과 후에 일하는 사람은 내가 알기로 나뿐이었고, 대학 등록금 문제를 걱정하는 사람도 나뿐이었다. 반 친구들은 최고 대학에 합격하는 일에 모든 에너지를 쏟고 있었고, 수업료 걱정은 절대 없었다.

4
/
잭슨 하이츠

수업이 끝난 후 나는 로럴과 함께 지하철 F선을 타러 이스트 브로드웨이역까지 걸어갔다. "왜 이쪽으로 가?" 로럴이 물었다. "보통은 6호선에서 4호선으로 갈아타거나 5호선에서 7호선으로 갈아타잖아."

나는 어깨를 으쓱했다. "그냥, 다른 길로 가고 싶어서."

"하지만 반대쪽이 더 빠른데. 기억 안 나? 2학년 때 시간 재 봤던 거."

로럴은 잊어버린 모양이었다. 나한테 떠올리고 싶지 않

은 기억이 있다는 걸.

"7호선이 지금 보수 공사 중이거든."

거짓말을 했더니 얼굴이 달아오르는 느낌이었다. 나는 로럴이 부르기 전에 발길을 재촉해 플랫폼으로 내려갔다.

우리의 열차 선로는 말 그대로 여기에서 갈라진다. 로럴은 F선을 타고 시내인 브루클린으로, 나는 시 외곽인 퀸스로 간다. 하지만 이것은 단순한 방향 차이, 그 이상이다. 마치 삶의 갈림길 같달까. 여기서 우리는 퀘이커 오츠가 우릴 하나로 묶기 전 각자 속했던 세계로 돌아간다.

로럴은, F선을 타고 가다가 7번가에서 내려 우거진 가로수 길과 아름답게 복원된 유서 깊은 브라운스톤 건물들을 지나 농장 직거래 유기농 레스토랑과 바로 깎은 양털로 만든 옷을 400달러에 파는 고급 의류 부티크를 지난다. 그곳의 흑인 보모들은 우리 동네 사람들이 타는 자동차보다 비싼 유아차에 백인 아기들을 태우고 다닌다.

나는 시 외곽으로 향하는 F선을 타고 다른 승객들과 함께 헤럴드 스퀘어와 브라이언트 파크, 록펠러 센터를 지난다. 퀸스를 향해 동쪽으로 갈수록 열차 안 승객들의 피부색이 점점 더 짙은 색으로 바뀐다. 맨해튼을 벗어날 즈음이면 백인은 거의 찾아볼 수 없다.

열차는 지하에서 동쪽으로 가고 있다. 7호선 지상 구간에서는 앞쪽으로 이스트강이 보인다. 퍽 감동적인 풍경이라고 말할 수 있으면 좋겠지만, 그건 뉴욕의 진짜 풍경이 아니다. 엠파이어 스테이트 빌딩과 크라이슬러 빌딩, 높이 솟은 미드타운의 스카이라인은 모두 뒤에 있으니까.

45분 후, 나는 마침내 74번가에서 내린다. 역에서 나오자 편안하면서도 두려운, 익숙한 감정이 파도처럼 밀려온다. 익숙한 곳에 돌아왔다는 안도감 때문인지 몸에서 긴장이 풀린다. 퀘이커 오츠에 있는 동안 종일 긴장한 탓에, 집으로 걸어가는 순간까지도 나는 내가 긴장하고 있었다는 사실조차 깨닫지 못한다. 운동을 한 것도 아니고 수업을 하는 8교시 동안 몸을 곧게 세우고 앉아만 있는 건데도 요가나 필라테스를 하는 것보다 피곤한 느낌이다. 여기서는 원더 빵에 크래프트 아메리칸 "치즈 가공품"을 얹어 만든 샌드위치를 먹어도 아무도 그걸로 나를 판단하지 않는다. 파란색 일회용 종이컵에 보데가 비공정 무역 커피를 마셔도 아무도 신경 쓰지 않는다.

하지만 집에 가면 무엇이 기다리고 있을지 잘 알기 때문에 두렵다.

여기는 잭슨 하이츠다. 모두가 바삐 루스벨트 가를 오간다. 이 지역에는 백인이 드물다. 대부분 라틴계나 남아시아 인이고, 그 틈에 동아시아와 동남아시아 사람들이 일부 섞여 있다.

퀸스로 돌아오니 정치적으로 옳은 말이 오히려 다 이상하고 진실하지 못한 말처럼 느껴진다. 여기서는 엄밀히 따져서 이베리아반도 출신이 아니어도 그냥 '스페인 사람'이라고 말하고, 방글라데시나 스리랑카에서 왔어도 '인도인'이라고 부른다. 그리고 나는 늘 '중국인'이다. 내가 아무리 "소이 코레아나¡Soy coreana(난 한국인이라고)!"라고 소리쳐도 소용없다. "치노/치나Chino/China"는 그런 공격적인 말 중 하나로, 어떤 식으로 말하느냐에 따라 그냥 '중국인Chinese'을 의미하기도 하고 '중국놈Chink'을 의미하기도 한다.

내가 사람들한테 '나는 스페인 사람'이라고 말한들, 그들은 그냥 대놓고 웃고 말 것이다. 이곳의 누구도 나를 "라틴계"로 생각하지 않는다. 나도 서류에 라틴계라고 표시하지 않는다.

정말 혼란스럽다.

나는 말루프 씨의 99센트 상점과 대형 할인 매장, 밝은 파스텔 색상의 사리Saris. 인도 여성의 전통 복장와 살와르 카미즈Salwar kameezes. 무슬림이 입는 헐렁한 튜닉과 바지를 파는 가게들을 지난다. 뒤이어 스페인어와 벵골어, 네팔어 간판이 붙은 이민 법률 사무소들을 지나면 물결 모양의 노란색과 빨간색 금속 차양이 있는 고메즈 씨의 보데가가 나온다. 이곳은 내가 빌리 디아즈와 함께 학교가 끝나면, 25센트짜리 졸리 랜처Jolly Ranchers 사탕을 사 먹던 곳이다. 아빠가 속에 구아바가 든 페이스트리를 사곤 했던 콜롬비아 빵집도 있다. 나는 그 작은 파이들을 좋아했지만, 몇 달 동안이나 손도 대지 않았다. 달콤한 빵집 냄새는 내가 블록을 다 지날 때까지 뒤따라오다가 사모사Samosa. 삼각형의 튀김만두처럼 생긴 남아시아 요리를 튀기는 기름 냄새와 켄터키 프라이드치킨 냄새로 바뀐다.

나는 '마리아 이네스 몬토야 공원'을 지난다. 여기서 빌리와 나는 벤치에 앉아 빈 분수에 자갈을 집어 던지며 아이들에게 괴짜라고 놀림 받은 기억을 잊으려 애쓰곤 했다. 하지만 작년 겨울 아픈 할머니 때문에 빌리가 도미니카공화국으로 떠난 뒤 나는 그를 보지 못했다. 빌리가 떠나던 그 밤 이후 우리는 대화는커녕 문자도 주고받은 게 없었다.

루스벨트 가를 벗어나자, 소음이 잦아든다. 더 부유하고 더 피부색이 밝은 사람들이 우리 바로 동쪽 지역, 즉 "역사지구Historic District"로 이주해 들어오기 시작했다. 하지만 이쪽에는 그리 많지 않다. 나는 똑같은 모양으로 줄지어 자리한 적갈색(빌리의 표현에 따르면 "똥색") 벽돌 아파트 건물들을 지난다. 이 건물 중 하나가 우리 집이다.

삐걱거리는 금속제 로비 문을 열자마자 고추며 카레, 생선튀김, 간장 등 온갖 요리 냄새가 훅 끼쳐 온다.

끈적거리는 베이지색 엘리베이터는 여기저기 벗겨져 지저분하다. 묵은 칠을 다 긁어내고 새로 칠하는 게 나을 것 같은데도, 건물 관리인은 별로 그럴 생각이 없는 것 같다. 계속해서 묵은 칠 위에 새 페인트를 덕지덕지 발라 댄다.

2B호. 우리 집이다. 나는 현관 잠금장치에 열쇠를 꽂는다. 아빠는 늘 자물쇠에 녹 방지제를 발라 두곤 했었다. 지금 그 방지제는 통째 싱크대 수납장 안에서 녹슬고 있다. 가슴이 조여 온다. 집 안에는 거대한 검정 가죽 소파가 거실 대부분을 차지하고 있다. 윤아 고모가 내게 물려준 소파다. 아빠가 마지막으로 일자리를 잃었을 때, 엄마와 밤새 싸운 후 종일 기대 자곤 했던 낡은 가죽 쿠션에는 지금도 움푹 팬 흔적이 남아 있다. 마치 아빠가 여전히 이곳에 있는 것 같다.

하지만 아빠는 없다. 아빠는 여덟 달 전 7호선 선로에서 사망한 채로 발견되었다.

5

/

2B호 아파트

우리 집은 불법 개조된 방 두 개짜리 아파트로, Q49 버스 정류장과 마주하고 있다. 어렸을 때, 하루는 아빠와 아빠의 가장 친한 친구인 폰시 아저씨가 홈디포Home Depot에서 석고 보드와 문틀을 사 왔다. 건물 관리인인 훌리오가 잠깐 담배 피우러 자리를 비운 사이에 몰래 가지고 들어온 것이었다. 날이 저물 무렵, 프레스토Presto(짜잔)! 주방 한쪽 구석에 내 방이 생겼다.

나는 집에 퀘이커 오츠 친구들을 초대하지 않는다. 로럴조차도 우리 집에 와 본 적이 없다. 내가 곤란해서이기도 하지만, 가장 큰 이유는 우리 집보다 자기 집이 훨씬 큰 걸 로럴이 민망해할까 봐서다. 로럴은 분명 우리 집을 그다지 나쁘지 않게 표현하느라 진땀을 뺄 테고("너희 집 진짜 아늑하다!"라며), 그러면 난 마음이 더욱 불편할 게 뻔했다.

우리 집 복도 벽에는 엄마와 아빠의 결혼사진이 든 작은 액자가 걸려 있다. 시청 앞에서 찍은 사진이다. 아빠는 재킷 차림으로 엄마의 부케를 들고 있다. 보데가에서 산 카네이션 꽃다발이다. 엄마의 스타일은 정말 구식이다. 흰색 데님 미니스커트에 비닐 펌프스를 신고 앞머리는 빗어 올려 스프레이로 고정했다. 하지만 하트 모양 얼굴형에 반짝이는 크고 검은 눈은 엄마의 미모를 부인할 수 없게 만든다. 만일 엄마가 지금 우리 학교에 다닌다면 남자들한테 정말 인기가 많을 것이다. 벌써 로럴이 뭐라고 하는 소리가 들리는 듯하다("너무 이성애 중심적인 발언 아니니?"). 로럴이 맞다. 하지만 나는 지금도 한창 젊었을 때의 엄마는 누가 봐도 매력적이었을 거라는 생각을 한다.

사진 속 엄마는 바람에 헝클어지는 앞머리를 매만지는 게 성가신 모습이다. 반면에 아빠는 포동포동한 볼에 보조개가 패도록 환하게 웃고 있다. 마치 이 세상에서 가장 운 좋은 남자인 것처럼.

아빠는 그날 정말 행복했던 것 같다. 하지만 가까이 들여 다보면 아빠 얼굴에 그림자가 드리워져 있다. 아마 두 사람 위로 솟은 건물의 각도 때문인 듯한데, 사진이 선명하지 않다. 어쩌면 다른 것 때문일 수도 있겠다.

부모님도 분명 한때는 행복했을 것이다. 아닌가? 뉴욕의 젊고 아름다운 두 사람. '이레이저Erasure'처럼 인기를 끌던 그룹의 노래든 뭐든 당시 유행하던 음악과, 낙서와 깨진 지하철 창문, 그리고 범죄가 있던 그때의 뉴욕. 부모님의 결혼 생활에도 사랑이 없지는 않았다. 그래, 그랬을 것이다. 아빠 는 확실히 엄마를 아주 좋아했다. 엄마가 외투 입는 걸 도와 주었고, 문도 잡아 주었다. 집에 올 때는 엄마와 나를 위해 장미 두 송이를 사 들고 와서 우리의 저녁 접시 위에 올려놓 기도 했다. 엄마는 "왜 그렇게 프리볼로Frivolo(하찮은)한 데다 돈을 낭비하고 그래?"라며 한 번도 기뻐하지 않았다. 그러 면 아빠는 접시 위로 고개를 떨구곤 했다. 그럴 때마다 나는 "아빠, 정말 마음에 들어요!"라고 소리쳤다. 그러면 아빠 얼 굴이 다시 환해졌다.

생각해 보니 두 사람 사이에는 늘 뭔가 메마른 느낌이 감 돌았다. 윤아 고모 집에 있는, 그릇에서 한 움큼 집으면 손

안에서 부서져 버리는 퀴퀴한 오징어 과자 같은 그런.

나는 엄마와 아빠의 결혼사진 옆 선반에 열쇠를 던져 놓고 방으로 들어간다. 작은 공간이지만 오롯이 내 것이다. 내 1인용 침대 밑에는 서랍장이 있다. 나는 옷 대부분을 거기에 보관한다. 내 책장에는 《리틀 골든 북스Little Golden Books》와 《베이비 시터스 클럽Baby-Sitters Club》, 《구스범스Goosebumps》부터 잔뜩 모서리가 접힌 오스틴과 브론테, 워튼의 작품들까지, 전 연령대를 아우르는 책들이 꽂혀 있다.

책상은 분홍색과 흰색이 섞여 있고 멍청한 무지개색 하트와 유니콘 스티커가 덕지덕지 붙어 있다. 어릴 때부터 쓰던 책상이다. 중학생 때 유성 마커로 시커멓게 칠해, 반짝이 스티커의 공격에도 끄떡없게 만들었다. 책상 위에는 트랜스포머 스티커가 붙은 마이클 오빠의 노트북과 내 교과서가 놓여 있다.

창문 밖으로 통풍구가 보인다. 게다가 루스벨트 가에서는 자동차 경적이 끝도 없이 울린다. 나는 과제를 시작한다. AP 미적분학Calc(나는 Calc AB 과정만 듣는다)을 제일 먼저 편다. 제일 싫어하는 과목부터 해치우고 싶기 때문이다. 그다음은 AP 지리다.

AP 영문학 과제를 시작하기 전에 주방으로 가서 간단히 먹을 만한 음식을 찾아본다. 엄마가 다이어트 중이라서 과자 같은 간식거리는 없다. 가스레인지 위 찬장 안에 플랜터즈Planters 땅콩 통이 보인다. 하지만 기름때가 묻어 끈적거리고 땅콩에서는 좋지 않은 냄새가 난다. 유통 기한을 확인해 보니 2년이나 지나 있다. 나는 땅콩 통을 버린다.

저녁 식사 시간이 다가오는 게 두렵다. 와이더에 지원하겠다는 말을 아직 엄마에게 털어놓지 못했다. 엄마는 자기가 아는 대학에만 지원하라고 한다. 컬럼비아나 퀸스가 아니면 생각도 하지 말라는 얘기다. 졸업 학년까지 기다릴 게 아니라 진작 엄마한테 말할 걸 그랬다. 나는 아빠에게만 내가 얼마나 와이더에 가고 싶은지 말했고, 아빠는 늘 나를 응원했었다.

꿈을 크게 가지렴, 알레하-야. 아빠는 내게 말하곤 했다. *이 나라에서는 네가 원하는 건 뭐든 될 수 있어.*

나는 아빠가 엄마를 설득해 줄 거라 기대했던 것 같다. 아빠가 세상을 떠나고 나니 엄마한테 말을 꺼낼 적당한 때를 찾을 수가 없다. 머릿속으로는 분별 있게 자리에서 일어나 이를 닦고 잠자리로 가야 한다는 것을 알면서도, 소파에 앉은 채 쏟아지는 졸음을 주체하지 못하고 꾸벅거리는 사람처럼, 나는 미루고 또 미루었다.

꿈을 크게 가지렴. 아빠는 이런 말도 했던 것 같다. *아빠의 행동 말고 아빠의 말을 따라.* 하지만 아빠 자신은 자신의 말을 믿었는지 궁금하다. 왜냐하면 아빠는 마지막 일자리를 잃고 소파에 붙박이가 된 이후로 더는 재즈를 연주하지 않았기 때문이다.

끝이 없어 보이던 과제를 대충 마무리한 후, 나는 저녁 식사를 준비하기 시작했다. 요양 보호사인 엄마는 오늘 2교대 근무라 내가 식사 당번이다. 엄마가 아직 장을 보기 전이라, 내 점심 도시락 재료 외에 냉장고 안에 있는 건 양파 반 개와 달걀 세 알이 전부였다. 냉동실에서 밥 한 줌이 든 비닐봉지를 발견했다. 꽁꽁 언 눌은 밥이었다. 즉 볶음밥을 만들어야 한다는 얘기였다.

밥을 데우는 동안, 나는 양파에 그물 모양의 칼집을 넣어 깍둑썰기했다. 아빠는 요리를 좋아했다. 엠파나다_{Empanadas. 만두를 닮은 아르헨티나 전통 음식}를 특히 잘 만들었다. 아빠는 갈아 놓은 쇠고기와 잘게 다진 완숙 달걀, 당면, 올리브, 파슬리로 속을 채웠다. 그리고 전통적인 아르헨티나식으로 굽는 대신, 기름에 튀겼다. 바삭하고 감칠맛 나는 완벽한 황금색 주머니였다. 아빠의 엠파나다를 먹어 보지 않았다면 인생을 모르는 거나 마찬가지라고 할 수 있었다.

재료를 팬에 넣고 섞고 있는데 엄마가 들어오는 소리가 났다. 밖에서 묻혀 온 오물을 털어 내느라 신발을 현관 매트 위에 대고 쿵쿵 구르는지 열쇠가 짤랑거렸다. 그 소리로 봐서 엄마 기분이 좋지 않다는 걸 알 수 있었다. 엄마가 돌보는 노인 환자들은 종종 신체 기능을 스스로 조절하지 못했다. 엄마는 음식 찌꺼기나 토사물, 배설물이 묻지 않도록 머리를 뒤로 바짝 묶었다.

엄마가 주방으로 들어왔다. 나는 순간 엄마가 얼마나 나이 들었는지 느끼곤 잠시 당황했다. 칠흑 같던 머리카락이 어느새 희끗희끗해져 있었다. 엄마는 그걸 값싼 싸구려 염색약으로 감췄다. 하트 모양의 얼굴은 두꺼운 화장으로도 피로한 낯빛이 감춰지지 않았다. 짙은 눈에는 걱정이 가득했다. 시청 앞에서 찍은 결혼사진 속 모습과는 전혀 달랐다.

"뭐 안 좋은 일 있었어?" 나는 주방으로 들어오는 엄마에게 조심스럽게 말을 건넸다.

"매일 똑같지 뭐." 엄마의 말투를 보니 더는 말하고 싶지 않은 듯했다.

이건 좋지 않은 징조였다.

엄마는 싱크대에서 손을 씻으며 강박적으로 문지르고 또 문질렀다. 다 씻은 후에도 손톱 밑에 검붉은 줄이 여전히 남아 있는 게 보였다. 혹시 피일까?

나는 오랫동안 정리하지 않아 산처럼 쌓인 우편물을 옆으로 치우고 식탁을 차렸다. 식탁은 검정 합성수지를 칠한 8인용 테이블로 윤아 고모네 집에서 가져온 것인데, 우리 집에는 너무 컸다. 엄마와 나는 서로 반대쪽 끝에 앉았다.

"이게 다 뭐니?" 엄마가 의심스러운 목소리로 물었다. 보통 우리는 주방 조리대에서 식사했다. 엄마는 자기 휴대 전화로 영상을 찾아보고 나는 내 휴대 전화로 로럴과 문자를 주고받으면서.

"그냥." 나는 그릇을 내려놓으며 대답했다. "그냥…… 변화를 좀 주고 싶어서."

우리는 저녁을 먹었다. 말없이. 아니, 저녁을 먹는 사람은 나뿐이었다. 내가 만든 음식은 맛없고 기름진 혼합물이었다. 아빠가 만들어 주던 음식이 떠올랐다. 아빠라면 똑같은 찬밥과 양파 반 개, 달걀 세 알로도 레스토랑 수준의 마법 같은 음식을 만들어 냈을 것이다. 리소토 스타일의 밥일 수도 있고, 겉이 바삭한 주먹밥일지도 몰랐다. *2B 식당Bistro*에 오신 걸 환영합니다. 아빠는 과장된 몸짓과 말로 접시를 내려놓으며 우리의 식사를 즐겁게 해 주었을 것이다.

아빠가 해 주던 음식이 그리워. 나는 그저 생각만 할 뿐, 입밖으로 내지는 않았다. 엄마는 아빠를 떠올리는 걸 좋아하지 않았다. 나는 이 정보를 어렵게 습득했다.

내가 볶음밥에 간장을 뿌리자 엄마가 눈살을 찌푸렸다.

"에일, 그러면 너무 짜잖아." 엄마가 혀를 차며 말했다.

"내가 먹을 거니까, 내 마음대로 해도 되잖아." 마음과 달리 말이 거칠게 튀어나왔다. 엄마는 늘 내가 먹는 걸 은근히 비꼬았다.

엄마는 어깨를 으쓱하며 담배에 불을 붙였다. 내가 어릴 때는 피우지 않았지만, 아빠가 세상을 떠나자 곧바로 다시 피우기 시작했다. 온통 검은색 옷차림으로 장례식장 주차장 구석에 웅크리고 서서 담배에 불을 붙이던 엄마의 모습을 나는 아직도 기억한다. 엄마가 볶음밥이 담겨 있는 그릇에 재를 털었다. *내가 엄마를 위해 만든 그 볶음밥 위에.* 아직 한 입도 먹지 않았는데.

나는 엄마가 다음 담배를 피울 때까지 기다렸다가 말을 꺼냈다. "긴히 할 말이 있어."

"귀찮아. 그냥 말해, 에일." 엄마가 신경 쓰기 싫다는 듯 대꾸했다.

"와이더에 지원하려고. 완전 명문 대학이야."

"와이더? 들어 본 적도 없는 학굔데." 엄마가 콧등을 찡그리며 말했다. 더는 듣고 싶지도 않다는 말투였다.

나는, 엄마가 들어 본 적이 없는 학교라고 해서 명문대학이 아닌 건 아니라는 말을 하고 싶었다.

하지만 그 대신 내가 한 말은 이랬다. "U.S. 뉴스 앤 월드 리포트U.S. News and World Report에서 매긴 미국 대학 순위에서 1위를 차지한 작은 인문 대학이야. 메인주에 있고(이 말은 대충 얼버무렸다) 교수당 학생 비율이 낮아. 즉 소규모 수업이 가능하고, 교수의 관심을 많이 받을 수 있어." 나는 모든 통계와 사실을 늘어놓았다.

하지만 엄마는 바보가 아니었다. 내가 얼버무리듯 넘어간 부분을 붙잡고 늘어졌다.

"메인주에 있다고?" 엄마가 물었다. "그건 이미 논의했었잖아. 뉴욕 밖에 있는 학교에는 지원할 수 없어."

그건 논의라고 할 수도 없었다. 엄마는 아빠의 장례식이 끝나자마자 이렇게 말했었다. "하나 확실하게 해 둘 게 있어. 너는 대학에 다니기 위해서 뉴욕에 있는 거야. 논의 끝." 엄마는 슬픔에 잠겨 있었고, 나도 그랬다. 와이더 얘기를 꺼내기에 적절한 시점이 아니었다.

하지만 학자금 지원 신청 기간이 곧 끝날 예정이었다.

엄마 얼굴의 주름이 깊어졌다. 엄마는 억지로 레몬을 먹은 사람처럼 입을 오므리며 누런 담배 연기를 내뿜었다.

나는 크게 기침을 했다. 물론, 일부러 그런 것이었다.

"알레하." 엄마가 *마치 이성적으로 생각하려고 노력 중이라는 식의* 말투로 내 이름을 불렀다. "사촌들도 다 뉴욕에 남았잖아. 마이클도 컬럼비아대학에 진학했고, 제이슨도 컬럼비아랑 뉴욕대학에 지원했어."

"그 두 곳보다 와이더 순위가 더 높아." 내가 말했다. 맞다. 내 목소리에는 퀘이커 오츠의 속물근성이 묻어 있었다. 어쩔 수 없었다.

게다가 컬럼비아와 뉴욕대학은 재정 지원 프로그램이 형편없기로 악명 높은 곳이었다. 우리는 윤아 고모네와는 형편이 달랐다. 고모네는 실제로 돈이 있었다. 엄마는 대체 왜 나를 우리가 감당할 수 없는 학교에 굳이 보내려는 걸까? 그것도 내가 관심도 없는 학교에?

엄마는 대학을 졸업한 적이 없다. 외할머니와 외할아버지는 엄마를 미국으로 유학 보냈지만, 학업을 마치기 전에 돈이 다 떨어져 버렸다. 아르헨티나 페소화의 하이퍼인플레이션Hyperinflation 탓이었다. 당시에는 우유 하나 가격이 계산하러 가는 동안에도 열 배씩 오르곤 했다. 사람들은 그날 필요한 식료품을 사기 위해 현금이 가득 든 여행 가방을 끌고 나왔다. 엄마는 아르헨티나로 돌아갈 돈이 없어 이곳에서 생활비를 벌어야 했다.

어쨌든 엄마는 학구적인 느낌은 아니었다. 10대 때 미국으로 건너온 아빠는 대학은 고사하고 고등학교도 졸업하지 못했다. 이유를 물으면 아빠는 그저 어깨를 으쓱하며 "푸에스Pues"라고만 대답할 뿐이었다. 이건 "음"이나 "어"만큼 무의미한 말이었다.

"알레한드라." 엄마가 말을 이었다. "퀸스칼리지 같은 대학은 어때? 아니면 헌터라도?"

담뱃재가 또 한 번 엄마의 밥그릇에 튀었다. 나는 믿기지 않는다는 얼굴로 엄마를 쳐다봤다. 퀸스칼리지라니? 헌터라니?

"가까운 곳이면 집에서 통학할 수도 있고." 나는 대답하지 않았다. 엄마가 말을 계속했다. "그리고 학비도 더 저렴하잖아."

진심인가?

"여기 계속 살면서 대학을 갈 방법은 없어."

엄마가 다시 입술을 오므렸다. 미끼를 물지 말지 고민하는 모양이었다. 하지만 엄마는 물지 않았다.

"뭐, 생각해 봐." 엄마는 마치 이미 거래가 끝났다는 듯, 그리고 자신의 얄팍한 주장이 먹혔다는 듯 말했다.

"시간이 많지 않으니까 그렇지. 학자금 지원 신청 기간이 곧 마감이라고." 정말 너무했다. 볶음밥도, 담배도, 엄마가 이 대화를 노골적으로 피하는 것도. "엄마가 대학을 졸업하지 못했다고 해서 나를 *나쁜* 대학에 보낼 필요는 없잖아."

비열했지만, 참지 못하고 말이 입에서 튀어나와 버렸다.

"알레한드라, 나는 그렇게 말한 적 없어." 엄마가 입으로 누런 연기를 더 내뿜었다. 엄마의 눈은 더 이상 이 논의를 하고 싶지 않다고 말하고 있었다.

그게 내 화를 더 돋웠다. 대체 엄마가 나한테 원하는 게 뭐야?

뉴욕에서, 이 낡은 아파트에서, 썩어 죽을 때까지 평생 살라는 건가? 내 학문적 야망에 대한 엄마의 태도는 모순적인 데가 있었다. 아빠의 죽음 이후 엄마는 온갖 잘못된 방식으로 엄마 노릇을 그만두었다.

이제는 나도 어쩔 수 없었다. "아빠라면 내가 와이더에 가길 원하셨을 거야!"

아빠 얘기에 엄마는 입술이 하얗게 되도록 입을 꾹 다물었다. 나도 내가 지나쳤다는 걸 잘 알았다. 하지만 엄마는 아무 말 없이 침착했다. 침착해도 너무 침착했다.

"네 아빠의 사고 이후로 상황이 달라졌잖니."

이게 엄마가 그 일을 말하는 방식이었다. 7호선 플랫폼에 있던 목격자들이 말하는 방식. 붐볐고, 분주했으며, 그건 그저 "사고"였다는 것이다.

그걸로 우리의 대화는 끝이 났다. 엄마가 손도 대지 않은 밥그릇에 담배꽁초를 똑바로 꽂았다. 나는 내 방으로 갔다. 뒤에서 문이 쾅 하고 닫혔다.

내 책상 맨 아래 서랍에는 로커웨이 해변에서 아빠와 찍은 사진이 있다. 우리 사이에는 손도 대지 않은 켄터키 프라이드치킨이 식어 가는 중이다. 심지어 엄마도 없다. 로커웨이에 도착하자마자 아빠랑 싸웠기 때문이다. 짐을 내렸을 때, 아빠는 파라솔을 깜빡했다는 사실을 깨달았다. 엄마는 우리 모두 햇볕에 까맣게 타겠다며 걱정했다. 아빠가 파라솔을 빌릴 수 있을 거라고 말하자 엄마가 몹시 화를 냈다. "돈이 남아도는 줄 알아, 후안!"

파라솔 때문에 일어난 싸움이었지만, 나는 그 싸움이 파라솔보다 훨씬 더 많은 것에 관한 것임을 알았다. 엄마는 결국 차에 남았고, 해변으로 향한 건 아빠와 나뿐이었다. 그날은 행복해야 하는 날이었다. 해변에서 내가 가을에 퀘이커 오츠에 입학하게 된 걸 축하할 예정이었다. 그냥 가지 말 걸 그랬다.

　나는 절대 그 사진을 꺼내 보지 않는다. 보기만 해도 슬프기 때문이다. 나는 항상 아빠와 함께 세상과 싸워 나가리라고 생각했다. 그런데 이제는 나 혼자뿐이다.

6

/

몬토야 분수

엄마의 우울한 기분이 온 집안으로 퍼져 나갔다. 마치 변기 수조에 냄새나는 물이 가득 찬 느낌이었다. 이 형편없는 비유처럼 나는 열쇠를 움켜쥐고, 변기 물 내리듯 집 밖으로 나와 마리아 이네스 몬토야 공원으로 향했다. 잠깐 머리를 비우고 싶을 때마다 찾는 곳이었다.

'공원'이라고는 하지만 이는 과장된 표현이었다. 이곳은 센트럴 파크나 프로스펙트 파크, 플러싱 메도우 코로나 파크가 아니었다. 몬토야 공원은 울타리로 둘러싸인, 낙서투

성이 벤치가 있는 작은 광장이었다. 이 공원의 백미는 오래전 작동을 멈추고 바싹 마른 채 쓰레기를 잔뜩 담은 분수였다. 마리아 이네스 몬토야가 누군진 모르지만, 이런 형편없는 장소에 이름이 쓰이다니 좀 안됐다는 생각이 들었다.

분수 맞은편 벤치에 낯익은 사람이 앉아 있는 게 보였다. 짧고 검은 머리카락에 통통한 모습. 분명 빌리 디아즈였다.

"야, 빌리!" 나는 그의 주의를 끌기 위해 팔을 흔들며 소리쳤다.

하지만 벤치에 가 보니 빌리가 아니라 내가 모르는 아이였다. 그 아이는 이상하다는 눈빛으로 나를 쳐다봤다.

"미안." 나는 어물쩍 사과했다. 깜빡했다. 빌리가 아직 산토도밍고에 있다는 걸. 빌리는 우리 아빠 장례식 직후에 그곳으로 떠나 아직 돌아오지 않았다.

나는 분수 반대편 끝에 앉았다. 빌리가 아닌 저 아이가 내가 자신을 쫓아다닌다고 생각하지 않도록.

빌리와 내가 친구가 된 건, 그는 아빠가 없고 나는 아빠가 있어서였다. 그래. 그때는 아빠가 있었다. 몬토야 공원에서 아빠는 내게 축구를 가르치려고 했지만 거의 실패했다. 빌리(당시에는 '기예르모'라고 불렀다)는 분수 가장자리에 앉아 우리를 애타게 바라보던 외로운 아이였다.

"저 아이 외톨인가 보네." 아빠가 말했다.

나는 어깨를 으쓱했다. 옆 반이었지만 잘 모르는 아이였고, 외톨이든 아니든 내 알 바도 아니었다. 엄마가 늘 얘기했듯, 온 세상 문제를 내가 해결할 수는 없는 것 아닌가?

아빠가 내 등을 떠밀며 말했다. "가서 같이 놀자고 해 봐."

"싫어요!" 나는 반발했다. "그러면 내가 자길 좋아한다고 생각할 거란 말이에요."

아빠가 나를 또 떠밀며 말했다. "친절하게 굴어야지, 알레하-야."

그래서 나는 마지못해 그 애한테 갔다. "우리 아빠가 네가 우리랑 축구하고 싶은지 알고 싶으시대."

빌리의 표정이 밝아졌다. 하지만 그의 미소가 곧 사라졌다. "괜찮아." 내가 예의상 물어보는 것일 뿐 정말 같이 놀고 싶은 게 아니라는 사실을 눈치챈 듯했다. 그때도 빌리는 '눈치'가 있었다. 이는 사회적 상황에서의 직감을 뜻하는 한국말이다.

나는 마음이 누그러졌다. "같이 하자. 어쨌든 선수 한 명이 더 필요하니까."

그래서 우리 셋은 함께 축구를 했다. 나는 지금처럼 그때도 축구에는 젬병이었지만, 그럭저럭 재미있게 놀았다. 아빠는 일부러 계속 져 주었다. 빌리, 아니 기예르모가 두어 골을 넣게 해 주기 위해서였다. 빌리도 처음에는 잘하지 못했지만, 공을 찰 때마다, 패스할 때마다, 머리로 받을 때마다 부쩍부쩍 실력이 늘었다. 아빠는 그렇게 놀고 나면 미스터 소프티Mister Softee 트럭에서 아이스크림을 사 주었다. 몬토야 공원에서의 축구는 일상이 되었고, 우리는 배낭을 임시 골대로 삼곤 했다.

퀘이커 오츠에 입학하고 잭슨 하이츠의 오랜 친구들과 사이가 틀어진 후에도, 빌리와의 우정만큼은 그대로였다. 나는 로럴이나 다른 학교 친구들과 나눌 수 없는 얘기들을 빌리와는 할 수 있었고, 그 반대의 경우도 마찬가지였다. 그는 "늘 진실했다." 너무 진부한 표현이라는 건 알지만, 사실이 그랬다.

아마도 빌리가 학교 친구들과는 다른 방식으로 나를 대했기 때문인지도 몰랐다. 우리 아빠를 알아서 그렇게 느껴졌을 수도 있었다. 나만큼이나, 빌리는 이 구역, 이 *세계*를 벗어나고 싶어 했다.

아니, 어쩌면 빌리는 내게서 벗어나고 싶었던 건지도 모르겠다. 다 지난 일이지만.

이런 생각을 하는 이유는, 아빠의 장례식이 끝날 무렵 그 애가 나한테 쏟아붓듯 한 말이 무슨 의미인지 알 수 없기 때문이다. 그때 나는 그의 말을 중간에 잘라 버렸다. 그 일이 있고 난 후 빌리는 도미니카공화국으로 가는 비행기에 올랐다. 나는 메시지를 쓰고 지우고를 반복했다. 심지어 빌리의 엄마인 디아즈 부인에게 산토도밍고에 있다는 빌리 할머니의 전화번호를 물어볼 생각까지 했었다. 결국 말보다 침묵이 안전할 것 같다는 결론을 내렸지만.

'빌리 아닌 아이'가 자리에서 일어나 공원을 나섰다.

쿼이커 오츠에 입학하기 전에는 와이더라는 이름은 들어본 적도 없었다. 우리가 아는 대학 이름은 하버드와 컬럼비아뿐이었다. 대학 학위를 따는 목적은 오로지 퀸스를 벗어나 도시의 펜트하우스나 롱아일랜드의 맨션에 들어갈 수 있을 만큼 보수가 높은 직업을 얻기 위함이었다.

퀸스 거주민들은 멍청하지도, 천박하지도 않았다. 그저 현실적일 뿐이었다. 이들은 전쟁, 기근, 빈곤 같은 온갖 끔찍한 일을 피해 자신의 모든 걸 버린 채 알 수 없는 위험을 무릅쓰고 도망쳐 온 사람들의 후손이었다.

제임스 우드가 최근 〈뉴요커New Yorker〉에 뭐라고 썼는지, 비트겐슈타인이 정치 체계에 관해 뭐라고 했는지, 푸코가

팬옵티콘Panopticon. 영국의 공리주의 철학자 제러미 벤담이 제안한 원형 감옥 건축양식에 대해 어떤 생각을 했는지, 신경 쓸 시간이 어디 있겠는가?

게다가, 팬옵티콘이 다 뭐란 말인가?

우리 이웃 사람들에게는 돈과 음식, 보금자리가 바로 아메리칸드림이었다.

하지만 *나*한테는 아니었다. 나는 *이미* 도착해서 정착한 사람들에게 속하기를 갈망했다. 돈과 음식, 보금자리를 당연하게 생각하는 사람들, 퀸스의 모든 이들이 쓰는 엉망진창 영어에 비하면 완전히 다른 언어라고 해도 좋을 만큼, 정확하고 세련된 영어를 구사하는 사람들 말이다.

나에게 와이더는 바로 그런 것들의 상징이었다.

한때는 이 모든 것을 아빠에게 설명하려고 애를 썼었다. 하지만 도중에 그만두었다. '이미 가진' 것에 감사할 줄 모르는 아이처럼 보이고 싶지 않았기 때문이다. 어쨌든 내가 처한 상황은 빈민가의 시멘트 건물에 살며 가족이 운영하는 노동력 착취의 현장에서 하루도 빠짐없이 일주일 내내 일했던 아빠의 어린 시절보다는 나았다.

그래서 나는 내 생각을 마음속에 담아 둔 채 비밀로 간직했다.

무엇보다도 나는 아빠가 오래된 카시오Casio 키보드로 연주하는 재즈를 계속 듣고 싶었다. 키보드 위로 춤추듯 손가락을 놀릴 때 얼굴을 보면, 아빠가 얼마나 몰입하고 있는지 알 수 있었다. 그럴 때면 아빠는 마치 세상을 창조하는 사람 같았다. 나는 재즈를 별로 좋아하지 않았지만(시끄럽고 혼란스러웠다), 그 음악이 아빠에게 어떤 의미인지는 이해할 수 있었다.

엄마 말로는 아빠가 원래 아르헨티나에서는 일명 '피아노 신동' 같은 사람이었는데 이민을 왔다고 했다. 아빠는 음악가의 꿈을 펼칠 기회를 얻지 못했다. 아빠에게는 많은 것을 해 볼 기회가 없었다. 나는 이민이 아메리칸드림을 이루는 길이라고 생각했다. 하지만 우리 가족에게는 이민이 아메리칸드림을 죽이는 길이었던 것 같았다.

"아빠, 미안해요." 나는 텅 빈 분수대에 대고 외쳤다. 하지만 내 목소리는 콘크리트 벽에 부딪혀 공허하게 울려 퍼졌다.

"미안해요, 미안해요, 미안해요!"

나는 몬토야 분수가 무슨 성스러운 고해실이라도 되는 양 거기에 대고 외쳤다. 그리고 결코 이루어질 수 없는 속죄를 기다렸다. 하지만 세상의 모든 성모송Hail Mary. 성모 마리아에게 바

67

치는 가톨릭 교회의 기도을 다 외운대도 아빠가 돌아올 수는 없을 터였다.

이런 감정을 누구 앞에서도 인정한 적 없지만, 아빠의 죽음이 슬프기만 한 건 아니었다. 그건 '착한' 딸이나 느낄만한 감정이었다.

내가 느끼는 건 오히려 분노였고 죄책감이었다.

나는 아빠가 싸워 보지도 않고 싸움을 포기했다는 사실이 화가 났다.

아빠는 나한테도 싸우지 말라고 가르쳤다.

나는 분수에다 대고 말하고, 울부짖고, 소리 질렀다. 하지만 아빠는 대답하지 않았다.

빌리에게 문자를 보내려고 휴대전화에 손을 뻗었다. 오랜 본능에서 나오는 행동이었다. 하지만 나는 멈췄다. 그리고 몬토야 분수에서 일어나 빌리 대신 로럴에게 문자를 보냈다.

7

/

JBJ,
악명을 떨치다

'그냥 쓰기'라는 과제가 주어진 지 일주일이 지난 오늘, 조너선 브룩스 제임스는 칠판에 작문 과제를 적었다.

우울한 소식을 들었던 경험에 관해 쓰시오.

클레어 데브로가 손을 번쩍 들었다. "'우울하다'를 정확히 어떻게 정의하죠? 온갖 문제 상황을 수반하는 임상적인 의미로 말씀하시는 건가요, 아니면 비유적인 의미로······"

제임스가 클레어의 말을 끊으며 대답했다. "자신의 인생작이 불합격 통지서 정도의 가치밖에 안 된다는 사실을 막 깨달았을 때, 그 정도의 우울감 같은 거라고 보면 됩니다."

평소에 들고 다니던 원고 뭉치는 보이지 않았다. 그의 부은 듯 불그스름한 얼굴과 유리알 같은 눈동자가 왠지 모르게 아빠를 떠오르게 했다.

언젠가 학교에서 돌아왔을 때 아빠가 카시오 키보드를 쓰레기통에 버린 일이 떠올랐다. 아빠와 엄마는 아빠의 재즈 연주를 놓고 늘 싸우곤 했는데, 이제는 그 키보드를 버렸다고 싸우고 있었다.

"후안, 버릴 거였으면 돈이라도 받고 팔지 그랬어?"

"그냥 눈앞에 있는 걸 견딜 수가 없었어, 됐어? 베로, 포르 파베르 데하메 엔 파스¡Vero. por favor dejame en paz(날 그냥 좀 내버려 둬)!"

작년에 일어난 일이었다.

나는 펜을 집어 들었다. 하지만 아무것도 쓸 수 없었다. 이번만은, 조너선 브룩스 제임스가 제발 대충 "그냥 쓰세요"라고 말해 줬으면 싶었다. 왜냐하면, 나는 이 주제로는 전혀 글을 쓸 수가 없기 때문이었다.

점심시간, 로럴이 화를 냈다.

"첫 수업 때 JBJ가 너한테 한 말 왜 나한테 얘기 안 했어? 뭐? '다문화로 접근하면 대학 가는 데는 아무 문제 없겠네'라고?"

"우리, 그 사람을 그렇게 부르기로 했었나?" 내가 샌드위치 포장을 벗기며 물었다.

"틸Teal(청록) 시간에 마야 창한테 들었어. 왜 내가 이런 얘기를 가장 친한 친구가 아니라 다른 사람한테 들어야 하는 거니?"

나는 로럴과 마야가 뒤에서 내 이야기를 하는 걸 좋아하지 않는 편이다. 어쨌든 그건 이미 일주일이나 지난 일이었다.

나는 다 잊었다. "별일 아니었어."

아, 정정하자. 약간 별일이긴 했다. 하지만 뭐 어떤가. 그가 나를 '칭크Chink'라고 부른 것도 아니지 않은가.

사람들이 얼마나 빨리 'C-'로 시작되는 모욕적인 말을 내뱉는지 알면 놀랄 것이다.

얼마 전 붐비는 열차에 오르다가 뒤에서 어느 남자가 미는 바람에 앞의 여자와 세게 부딪친 일이 있었다. 그 여자는 돌아보더니 다짜고짜 "이 망할 칭크가You Fucking Chink!"라고 소리쳤다. 그러고는 나를 칠 것처럼 주먹을 치켜들었다.

주변에 사람들이 많았지만 다들 가만히 서 있을 뿐 아무것도 하지 않았다. 나를 밀친 그 남자도 마찬가지였다. "뭔가를 봤나요? 그럼 신고하세요If You See Something. Say Something"라고? 참도 그러겠다. 지하철과 버스 광고판에 도배된 이 문구가 무색할 지경이었다. 진지하게 말해서, 누구나 '키티 제노비스Kitty Genovese. 1964년 3월 뉴욕에서 일어난 강간 살해 사건의 피해자. 주위에 사람이 많으면 사람들은 돕는 대신 오히려 방관한다는 '방관자 효과'의 대표적인 사례'처럼 이유 없이 칼에 찔려 죽을 수 있다. 어쨌든 행인들은 보던 휴대전화 화면에서 굳이 눈을 떼지 않을 것이다.

C로 시작되는 단어의 변형은 전부 다 들어 봤다. 루스벨트 가를 걸으면 "중국China!", "치니타Chinita!('칭크Chink'에 성적인 빈정거림을 더한 말이다)", "칭 – 총Ching - chong(한 번 해석해 보라)!" 등 온갖 말들이 날아들었다.

뉴욕처럼 다양한 인종이 섞여 있는 지역에서도 이럴 정도니 다른 지역에서는 어떨지 상상이 안 된다. 아마 우리 가족 전체를 공격해 올 것이다. 잠이라도 자려면 만일에 대비해 현관에는 3중 잠금장치를 달고, 경보 시스템은 물론 굶주린 핏불까지 키워야 할지 모른다.

핏불을 나쁘게 얘기하려는 건 아니니 오해하지 말기를. 4J호에 사는 곤잘레스 부인은 '앰버'라는 핏불을 한 마리 키웠는데, 사실 꽤 착한 개였다.

잠깐만. 'X 사람들은 그렇게 나쁘지 않다. X 출신인 친구가 한 명 있는데 그는 실제로 꽤 괜찮기 때문이다'라고 말하는 것과 뭐가 다르지?

지금 내가 단일 스토리즘Single storyism.복잡한 문제를 하나의 서사로 축소하는 경향을 저지른 건가…… 핏불 얘기하다 말고?

"그게 어떻게 별일이 아니야!" 로럴이 소리쳤다. "JBJ가 너한테 한 말은, 그러니까, 차별의 교과서적 정의에 딱 들어맞는 사례야. 우리 엄마(로럴의 엄마인 아멜리아 왓킨스는 미국시민 자유연맹ACLU 변호사였다)가 딱 그런 사건을 맡았거든? 그리고 이겼고. 앨리, 그 사람한테 뭐라도 한마디 해야 해!"

때로는 일을 키우지 않는 게 더 쉬울 때도 있다. 자꾸 언급하면 별것 아닌 일도 '사건'이 된다. 그리고 솔직히 말해볼까? 나는 지금도 심신이 고단해서 무언가에 더 이상 시달리고 싶지 않다.

때마침 마야 창이 우리가 있는 나무 아래로 다가왔다. 마야 창은 이렇듯 사교적이다. 테니스 팀 동료들은 물론 교내의 하위 무리까지 순회하듯 돌아다닌다. 마야는 점심으로 늘 먹는 정체불명의 녹즙을 빨대로 빨아 먹고 있었다.

"오, 이런, 앨리." 마야가 말을 걸어 왔다. "JBJ한테 진짜 한마디 해 줬어야 해! 그거 정말 별로였어.”

꼭 우리 입장이 반대였다면 자기는 무슨 말이라도 했을 것처럼 말하네? 왜 이래, 점수 못 받을까 봐 아무 말도 못 했을 거면서.

맨해튼 다리 위를 덜커덩거리며 지나가는 Q선 열차가 이렇게 감사한 적은 처음이었다. 그 소음에 순간적으로 모든 소리가 들리지 않았다.

“앨리, 그건 정말 은근한 차별이야!” 로럴이 씩씩거리며 말했다. “그건 아프리카계 미국인한테 농구 잘하냐고 묻고 중국계 미국인한테 차이나타운에 사냐고 묻는 거나 마찬가지라고.” 로럴이 마야를 흘낏 바라보더니 재빨리 덧붙여 말했다. “오해하지 마! 맙소사, 진짜 미안. 이건 그냥…… 예를 들자면 그렇다는 얘기였어.”

“로럴, 괜찮아.” 마야가 대수롭지 않은 듯 대답했다. 하지만 로럴의 머리 위로 내게 지어 보인 표정을 봐서는 괜찮지 않다는 걸 알 수 있었다.

우리 학년에서 유일한 아시아계 여학생인 마야 창과 나는 때때로 이렇게 말로 할 수 없는 것들을 공유했다. 자매애라고 할까, 공통된 직감이라고 할까, 아무튼 그런 게 있었다. 아시아인이라는 것은 우리의 유일한 공통점이었다. 왜냐하면 마야 창은 부모님이 의사에다 쾌활하고 대담한 운동선수지만, 나는 전혀 그렇지 않기 때문이다.

어떨 때는 우리 사이에 무언의 경쟁심이 느껴질 때도 있다. "다양성 Diversity"이 일종의 우리의 특징이 되고 그게 우릴 '특별'하게 만들어 주기 때문이다. 그래서 우리 둘이 있을 때는 공통점을 묻어 두고 어느 정도 경쟁하는 분위기가 만들어졌다.

주변의 모든 이가 다양성을 우리의 특징으로 삼지 않는 한은 그랬다.

"앨리." 로럴이 말을 이었다. "JBJ한테 아무 말도 하지 않을 거면 반드시 반 코틀랜트 선생님하고 얘기해 봐야 해."

"교장 선생님이 무슨 상관인데?" 내가 물었다. "왜 이래, 로럴."

퀘이커 오츠에 입학할 때 아빠는 내게 말했다. *넌 이 학교에서 손님 같은 존재야. 어떤 문제도 일으키지 말아라.* 그러면서 학교가 내게 얼마나 많은 학비를 지원해 주는지, 그걸 얼마나 감사해야 하는지 상기해 주었다. 나는 조용히 지내겠다고 아빠에게 약속했다.

1학년 때, 캐런 네빈스라는 선배가 내게 한 말은 오로지 "환영해! 새로 온 다문화 친구구나. 학교 구경시켜 줄게!"였다. 하지만 내 머릿속은 이런 생각으로 가득했다. 난 *I.S. 230 중학교에서 3년 내내 내셔널 아너 소사이어티*NHS, 인성, 학업, 리더십, 봉사의 네 가지 항목을 기준으로 우수 학생을 선발하는 명예 학생 단체 *멤버였고, 전 과목에서 만점을 받았는데, 도대체 다양성은 왜 자꾸 말하고 뭘 감사하라는 거야?* 하지만 실제로는 공손하게 침묵을 지키며 서 있었다. 그랬더니 캐런은 자신이 좋아하는 한국 드라마와 리비에라 마야에서 보낸 가족 여름 여행에 대해 수다를 늘어놓았다. 그리고 만일 내가 "잉글레스Inglés(영어)보다 스페인어가 편하다면" 스페인어로 대화해도 된다며 "시, 세 푸에데 아블라르 에스파뇰Sí. se puede hablar español(나 스페인어 할 줄 알아)"이라고 했다.

게다가 슈워츠 선생님이 역사 수업 그룹 과제에 "다양성" 점수를 추가로 주던 때였다. 모두가 마치 다양성 빙고 카드를 채우듯 나와 마야 창, 콜린 오카포를 서로 차지하려고 난리였다.

뭐, 어쨌든.

"앨리." 로럴이 불렀다. "왜 그렇게 소극적으로 굴어?"

소극적이라고? 나는 눈을 깜빡였다. "그 말은 좀 아닌 것 같은데."

"미안, 그런 뜻으로 한 말은 아니었어." 로럴이 물러섰다.

"난 그냥…… 현실적인 거야." 나는 로럴이 보지 못하도록 샌드위치를 쌌던 비닐을 공처럼 뭉쳐서 손에 쥐었다. 평소에 로럴이 늘 발암 물질인 PET 하나만으로도 환경에 얼마나 안 좋은 영향을 끼치는지 아냐며 잔소리를 늘어놓기 때문이다.

"내가 문제를 크게 만들면 어떻게 될 것 같은데? 아마 아무 일도 안 일어날 걸. 솔직히, 나는 와이더 지원에 필요한 보충 자료를 준비하는 일에만 집중하고 싶어."

그리고 학기가 끝나면 이 빌어먹을 뉴욕에서 벗어나는 거지.

로럴은 셀러리 스틱으로 턱을 톡톡 치며 생각에 잠겼다.

"우리가 뭘 해야 할지 알겠어." 그녀가 말했다. "앨리, 종이 한 장만 빌려줄래?"

나는 공식적으로 이 학교에서 유일하게 1900년대 학생처럼 공책을 들고 다니는 사람이었다. 나는 새 종이 한 장을 로럴에게 건넸다.

로럴은 바로 그 자리에서 적어 내려갔다.

선임 강사 조너선 브룩스 제임스를 즉각 해임할 것을 청원합니다.

"좋은 생각이다, 로럴." 마야가 동조했다.

나는 말했다. "잠깐, 얘들아Guys. 그냥 신경 쓰지 말자. 이게 JBJ가 해고당할 정도의 일은 아니잖아."

"솔직히, 이젠 그 단어Guys 쓰면 안 돼." 로럴이 끼어든다. "성차별적인 표현이거든."

"〈뉴욕 타임스〉에서 어떤 여성분이 그 단어 써도 된다던데. 이제 그 단어는 '성 중립적' 단어가 되었대." 마야가 정정했다.

로럴은 뭐라고 대꾸하려다가 방향을 바꿨다. "좋아. 그렇다면 여성분이라는 말을 쓰면 안 되겠네. 그건 성차별적일 수 있으니까."

마야가 로럴의 머리 위로 또 한 번 얼굴을 찌푸려 보였다. 마야의 표정은 *우와, 애 장난 아니네?* 라고 말하고 있었다.

로럴의 뒤에서 그런 표정을 짓는 아이들이 많다. 하지만 나는 그런 얘기를 로럴에게 해 주지는 않는다. 그래 봤자 로럴의 자의식만 더 자극할 게 뻔하니까.

로럴은 계속 이어서 적어 내려갔다.

아래 서명한 우리는 앤 오스터 프렙 스쿨(이하 "퀘이커 오츠") 학생인 알레한드라 김이 강사 조너선 브룩스 제임스(이하

"JBJ")에게 당한 부당한 대우에 이의를 제기합니다. JBJ는 다양성과 형평성, 포용성 및 공동체에 대한 퀘이커 오츠의 가치관을 지지하지 않습니다. 그가 업무를 계속할 수 있게 놔둔다면(로럴은 "업무"라는 단어에 줄을 그어 지우더니 "수업"이라고 고쳐 써넣었다), 퀘이커 오츠 또한 우리 유색 인종 학생들을 타자화하는 것은 물론 차별에 공모하는 것입니다.

"뭐냐, 로럴," 마야가 혀를 내둘렀다. "그 짧은 시간에 이런 걸 생각해 내다니 믿기지 않는다."

"타이핑해서 출력할 거야." 로럴이 말했다. "마야 창, 너의 한 표도 기대할게!"

"알겠어!" 마야는 이렇게 말하곤 테니스 팀에 다시 합류하러 자리를 떴다. 사람들은 늘 자신이 어느 자리로 돌아가야 하는지 아는 것 같다.

"하지만 로럴," 나는 마지막으로 간청했다. "넌 그 자리에 있지도 않았잖아."

"넌 내 가장 친한 친구잖아. 내가 지켜 줘야지." 로럴이 내 어깨를 팔로 꽉 안으며 말했다. 여전히 셀러리 냄새가 났다. "다신 이런 일이 일어나지 않게 하고 싶어. 이건 옳지 않으니까."

그러더니 로럴은 가방을 어깨에 둘러메고 '인디고Indigo(남색)' 시간이 다 끝나기 전에 급히 도서관으로 달려갔다.

로럴의 청원에 다행스러운 점이 있다면, 성공과는 거리가 멀다는 사실이었다. 지난번 청원은 교내 식당 직원들의 노동조합을 결성하는 것이었는데, 서명한 사람은 우리를 포함해서 네 명이 전부였다.

8

/

해피데이 세탁소

"그 강사한테는 절대 아무 말도 하지 마." 그날 저녁, 세탁소에서 만난 마이클 오빠가 말했다. 오늘따라 손님도 뜸하고 한가하길래, 조너선 브룩스 제임스의 수업 시간에 있었던 일과 로럴, 마야가 점심시간에 한 이야기를 전했더니 나온 말이었다.

윤아 고모의 세탁소 이름은 "해피데이"다. "오랜만이야 Long Time No See"나 "널 오래도록 사랑해Me Love You Long Time" 못지않게 엉터리 같은 이름이지만, 농담 아니고 진짜 세탁소 이름이다. 마치 "날 걷어차 주세요KICK ME!"라고 적힌 종이를 붙이고 다니는 아이처럼 대놓고 비웃어 달라는 것 같다.

마이클 오빠는 원래 골드만삭스 정직원이지만, 오늘 밤은 윤아 고모와 개리 고모부가 장례식장에 가야 해서 세탁소 문 닫는 걸 도와주러 와 있었다.

"그럼 오빠는 그 선생이 한 말이 괜찮다……는 거야?"

"당연히 괜찮지 않지." 마이클 오빠가 말했다. "일단, 인종 차별적이야. 둘째, 그 말은 명백하게 틀렸어. 그 사람, 아시아인들이 대학에 들어가기가 얼마나 힘든지 알긴 하는 거야? 우린 '생각보다 드러나 있는 소수 민족Non-UnderRepresented Minorities, N-URM'으로 여겨진다고. 그래, 잠깐 앉아서 생각해 보자. 우린 구덩이에 처박힌 개들처럼 서로 경쟁하고 있어. 같이 스타이브센트 학교에서 공부했던 아시아 학생들 아무나 붙잡고 물어봐. 우린 양쪽 세계 어디서든 최악의 상황이야. 백인이 아니라는 게 일단 최대 단점이지. 좋을 게 하나도 없다고."

마이클 오빠가 애초에 가려고 했던 대학은 하버드였다. 하지만 합격 대기자 명단에 오르는 데 그쳤고, 그래서 하버드 대신 컬럼비아에 갔다. 이 일은 오빠에게 여전히 쓰라린 기억으로 남아 있었다.

"그런데 왜 선생님한테는 아무 말도 하지 않는 게 좋겠다는 거야?"

"왜냐하면 내가 미국 경제계에서 한 가지 배운 게 있거든. 그건 바로 '일을 키우지 마라'야." 마이클 오빠가 말했다. "에일, 네가 정말 원하는 게 뭐지?"

"수업 시간에 불편하지 않으면 좋겠어."

"그리고?"

"와이더에 가고 싶어."

"그래, 그 문제로 돌아가 보자. 지미 존한테 무슨 말을 한다고 쳐 보자고."

"존 브룩스 제임스야, JBJ." 내가 정정했다.

"어쨌든. 최고의 시나리오는 JBJ가 이렇게 나오는 거겠지. *일깨워 줘서 고맙다.* 그러고는 모욕적인 발언을 더는 하지 않고, 너는 마음 편하게 수업을 듣고. 끝."

"그런데?"

"그런데," 마이클 오빠가 이어서 말했다. "최악의 시나리오는 뭘까? 네가 무슨 말을 했는데 그가 거기에 열받아 버리면 어떡할 건데? 앙갚음으로 점수를 개떡같이 줘서 네가 대학 갈 기회를 망쳐 버리면?"

오빠가 넥타이를 느슨하게 풀었다. 아직 정장 차림이었

다. "아니, 그냥 그 선생은 건너뛰고 바로 교장한테 말한다고 치자."

"교장 선생님이야." 내가 정정했다. "여자분이시고."

"좋아. 교장 선생님. 장담하는데, 네가 괜히 목소리를 높여서 자길 힘들게 한다고 짜증이나 낼걸? 설사 네 말을 들어준다고 쳐. 뭐, 가능성은 아주 희박하지만. 그럼 어떻게 될까? JBJ랑 얘기하지 않겠어? 그러면 JBJ는 자길 건너뛰고 교장한테 말했다고 더 열받을 거고. 점수를 개떡같이 주는 걸로 앙갚음하겠지. 넌 애초에 아무것도 안 한 것만도 못하게 되는 거야. 내부 고발자는 아무도 안 좋아해, 에일."

애초에 이 이야기를 오빠한테 한 게 실수인지도 모른다. 요즘 오빠의 조언은 가슴보다는 머리에서 나왔다. 직장에 다니며 일 중독자처럼 살면 이렇게 변하는 모양이다.

"그래서 어떻게 하라는 건데?" 내가 반박했다. "그냥 아무것도 하지 말고 아무 말도 하지 말라는 거야? 내 친구 로럴은 공개적으로 말해야 한다는데?"

"전에 여기 와서 좀처럼 갈 생각을 안 하던 그 애 말하는 거야?"

"맞아." 내가 대답했다. 그때 일을 생각하면 아직도 당황스럽다. 막 입학했을 때였는데, 로럴이 세탁소에 같이 오고

84

싶어 했다. 손님들이 있는데도 나랑 계속 이야기하고 싶어 하는 바람에 일 처리가 늦어져서 손님들이 짜증을 냈던 기억이 난다. 결국 우리는 안쪽에서 얘기를 나눴고, 그동안 마이클 오빠가 내 일까지 도맡아 해야 했다.

"네 친구라면 무슨 발언을 할 수도 있겠지." 오빠가 마지못해 수긍했다. "아빠가 교육위원회 임원이거나 힘깨나 쓰는 사람일 테니까. 잊지 마, 에일. 넌 장학금을 받는 처지라는 거."

굳이 또 알려 줄 필요는 없는데.

"나는 다만 네가 그냥 넘기는 것만도 못한 상황이 될까 봐 걱정스러워서 그러는 거야. 네 목표가 그 꿈의 학교에 입학하는 거라면, 그냥 거기에 에너지를 집중하는 게 어때?"

오빠가 한숨을 쉬며 말했다. "게다가, 직장에서 저들이 어떻게 말하는지 알기는 해? 맨날 '칭크'니, '동성애자Fag'니 떠들어 댄다고. 그게 여기 문화야."

"오빠, 개인적인 질문 하나 해도 돼?" 오빠가 고개를 끄덕였다. "회사 사람들이 오빠 동성애자인 거 알아?"

오빠는 잠시 침묵하다가 대답했다. "내가 동성애자라는 걸 부정하지는 않지만, 굳이 먼저 밝히지도 않아."

"하지만 결국 같은 거 아니야?"

"아니, 다르지." 그가 대답했다. "그 사람들은 내 개인사를 알 필요가 없어. 나는 거기에 일하러 가는 거니까."

나는 그 말이 틀린 것 같았다. "인사팀에 문제를 제기할 순 없어?"

"그러고 나면 뭐?" 갑자기 오빠가 무척 피곤해 보였다. "문제를 제기하면, 잠깐은 승리감이든 카타르시스든 뭐든 느낄 수 있겠지. 하지만 그러고 나면 다른 식으로 돌려받게 돼. 고된 업무는 다 내 차지가 될 거고, 승진에서도 누락될 거고. 이게 현실 세계야, 에일."

"하지만,"

"원래 그래. 저들의 문화가 불만스럽다면, 떠날 사람은 나인 거지."

'현실 세계', 아니, 적어도 마이클 오빠가 생각하는 그 냉소적인 세계는 끔찍한 것 같았다. 하지만 오빠는 정말 쉬운 일이 하나도 없었다. 아기였을 때 엄마를 잃었고, 아빠(개리 고모부)는 재혼했다. 그 상대가 바로 윤아 고모였다. 사실상 윤아 고모가 오빠를 키웠고, 오빠는 윤아 고모를 엄마라고 불렀다. 두 사람은 피만큼, 아니 피보다 진한 관계였다. 특히 친아빠가 아예 존재하지도 않는 사람처럼 굴어서 더욱 그랬다.

마이클 오빠가 동성애자임을 밝힌 후로 이런 상태가 계속되었다. 오빠는 개리 고모부가 자리를 비울 때만 해피데이에 일하러 왔다.

"마이클 오빠." 다시 한가해지자 나는 오빠에게 물었다. "왜 아직도 세탁소에 와? 특히나 오빠랑 개리 고모부는 사이가 좀, 그렇잖아……."

"아빠 때문에 오는 거 아니야. 아빠한테는 신경 쓸 수도 없어. 엄마 때문에 오는 거야. 하루라도, 아니 하루에 몇 시간 만이라도 이 일에서 벗어나시라고."

오빠가 무슨 말을 하는지 나는 안다. 언젠가, 어떤 여자가 맡긴 지 1년도 더 된 옷을 찾으러 세탁소에 온 적이 있었다. 옷을 찾아가라고 몇 주에 걸쳐 연락해도 응답이 없던 여자였다. 대부분의 세탁소와 마찬가지로 우리 세탁소에서도 고객이 세탁물을 60일이 지나도 찾아가지 않으면 그 옷은 기부하는 정책을 시행하고 있었다. 그런데도 우리는 1년을 기다렸다. 결국 윤아 고모가 세탁물이 없다고 말하자 그 여자는 "이런 망할 칭크Motherfucking chink"라고 욕을 했다.

중요한 것은, 세탁소 안에 두 명의 백인 여성도 함께 있었다는 사실이었다. 두 사람 모두 〈뉴욕 타임스〉 토요판과 값비싼 커피를 들고 있었고, 그 소릴 들었지만 아무 말 하지 않았다. 하지만 그들의 얼굴이 모든 걸 말해 주고 있었다. *자기들끼리 싸우라지.* 그들에게 이건 자신들과 아무 상관없는 싸움이었다.

딸랑 소리와 함께 세탁소 문이 열렸다. 문에는 빌어먹을 빨간색 중국식 종이 달려 있었다. 거래처 한 곳에서 중국인으로 착각해 준 것을 윤아 고모가 차마 거절하지 못해 받아 걸어 둔 게 분명했다. 또 한 고객이 산더미처럼 쌓인 세탁물을 한 아름 안고 휘청거리며 들어왔다. 우스꽝스러워 보일 정도로 엄청난 빨래 더미였다. 그녀는 우리에게 다가와 계산대 위로 옷가지들을 쏟아 놓았다.

빌리의 엄마, 디아즈 부인이었다.

"디아즈 아주머니?"

디아즈 부인은 청소 일로 생계를 유지했다. 대행사를 끼고 도시 곳곳을 청소하러 다녔다. 분명 어퍼이스트사이드 지역도 포함될 터였다.

"에일, 미 아모르ᵢMi amor(내 사랑)!" 디아즈 부인이 인사를 건넸다. 나는 계산대를 돌아 나가 그녀를 껴안았다. "요즘 왜 이렇게 얼굴 보기가 힘들어?"

나는 계산대 위에 널브러진 옷가지들을 만져 봤다. 아름다운 옷들이었다. 날아갈 듯 가벼운 실크와 고상한 파스텔색 리넨이 눈에 들어왔다. 노동절이 지났으니, 다들 여름옷들을 정리할 때였다. 나는 직물을 잘 아는 터라, 이 옷들이 얼마나 엄청나게 비싼 것들인지 알아볼 수 있었다.

"아, 아시잖아요. 학교 다니랴, 일하랴." 나는 모호하게 대답했다.

하지만 나는 디아즈 부인이 무슨 말을 하는지 알고 있었다. 빌리가 도미니카공화국으로 떠난 후 길에서 우연히 마주칠 때마다 잠깐씩 들러 인사하겠다고 그녀에게 약속했는데, 한 번도 들르지 않은 것이다(디아즈 부인네 집은 우리 아파트 단지 D동이었다).

이런 이야기가 부인 입에서 나오기 전에 나는 얼른 말을 건넸다. "근처에서 일하시는지는 몰랐어요."

그녀는 마치 '아, 그랬구나' 하고 말하듯 양팔을 벌려 보였다. "하지만 난 알고 있었어. 레쿠에르도 케 투 파피 트라바하바 아카Recuerdo que tu papi trabajaba acá(네 아버지가 여기서 일하셨잖아). 아세 무초 무초 티엠포 데 에소Hace mucho mucho tiempo de eso(아주아주 오래전에)."

아빠가 옛날에 해피데이에서 일했었다는 사실은 나도 알고 있었다. 엄마도 여기서 일했었다. 하지만 아빠와 개리 고모부 사이가 틀어지는 바람에 그때부터 아빠는 플러싱에 있는 한국인 아저씨의 과일 가게에서 일하고 엄마는 요양 보호사로 일하기 시작한 거라고 들었다.

나는 마이클 오빠에게 디아즈 부인을 소개했다. "뵌 기억이 나요, 아드님이랑 그때 거기서……" 마이클 오빠가 말끝을 흐렸다.

"맞아요." 부인은 오빠의 말이 끝나기 전에 고개를 끄덕이며 대답했다.

나는 두 사람이 무얼 하는지 알았다. 둘 다 내 앞에서 '장례식장'이라는 말을 언급하길 피하는 것이었다.

아빠의 장례식장에서, 빌리는 몸을 앞뒤로 흔들며 끊임없이 중얼거렸었다. 사촌 티토한테서 빌린, 너무 커서 헐렁한 남색 정장 차림이었다. 얼굴은 너무 울어서 퉁퉁 부어 있었다. 디아즈 부인은 그 옆에서 성모송을 외우며 빌리의 등을 연신 쓸었더랬다.

나는 분주하게 옷에 꼬리표를 붙이기 시작했다. "언제까지 해 드릴까요, 디아즈 아주머니?" 나는 씩씩하게 물었다. "모레, 괜찮으세요?"

"시 푸에데스Si puedes(그래, 괜찮아)." 부인이 대답했다. "메 푸소 로카, 라 세뇨라¡Me puso loca, la señora(그것 때문에 내가 미치

90

겠어, 아가씨)! 데헤셀로 비엔 림포, 에, 미 아모르¿Déjeselo bien limpo.¿eh. mi amor(깨끗하게 해 줘, 알았지, 내 사랑)? 문제가 생기는 건 원치 않거든."

나는 디아즈 부인에게 옷을 신경 써서 다루겠다고 약속했다. 세탁소를 나서려던 부인이 돌아서서는 내게 말했다. "알레하."

"네, 아주머니?"

"빌리가 곧 돌아와."

"아, 정말요?" 나는 대답했다. 뭔가 할 말이 있었다. 하지만 빌리가 도미니카공화국에서 돌아오는 이유는 새 학기가 시작되기 때문이라는 데 생각이 미쳤다.

디아즈 부인이 내 눈을 유심히 바라보며 말했다. "낯선 사람처럼 굴지 마, 므'이하M'hija(딸). 그래 줄 거지?"

나는 그러겠다는 뜻으로 고개를 끄덕였다.

부인이 내 뺨을 토닥이며 말했다. "아빠를 정말 많이 닮았어."

나는 눈물을 참느라 돌아서서 눈을 깜빡였다. 디아즈 부인은 눈치 있게 더 말을 걸지 않았다. 세탁소를 나서는 부인 뒤로 딸랑 중국식 종이 울렸다.

그날 저녁 내내 마이클 오빠는 계산대에서 일하고 나는 재봉틀 앞에 앉아 산더미처럼 쌓인 옷의 단을 정리하며 보냈다. 나는 재봉틀을 꽤 잘 다뤘다. 아빠가 나를 가르쳤다. 열 살 때 이미 정장 바짓단을 올릴 줄 알았고, 열두 살 때는 밑단 작업과 청바지 솔기를 재부착하는 더 세심한 일도 할 수 있었다. 아빠는 여러 가지 일에 능숙했다. 바느질과 자동차 정비, 집안의 이런저런 수리와 피아노 연주까지, 못하는 게 없었다. 나는 아빠가 그 모든 걸 내게 가르쳐 줄 줄 알았다.

눈에 다시 눈물이 차오르기 시작했다. *아니야, 울지 않을 거야.* 나는 손바닥으로 눈두덩이를 거칠게 꾹꾹 눌렀다.

효과가 있었다. 차오르던 눈물이 잦아들었다.

9

/

"진정한" 예술

다시 '토프' 시간, 조너선 브룩스 제임스는 '진짜 예술'과 '가짜 예술'을 비교했다.

"진짜 예술, 즉 *진정한 예술이란*," 그가 가슴을 쭉 펴며 말했다. "종잡기 힘든 정체성 정치 Identity Politics.인종이나 민족.종교.젠더 등의 집단 정체성을 기반으로 해당 집단의 이익과 관점을 집중적으로 대변하는 방식에 얽매이지 않는 글을 말합니다. 이목을 끌고 싶은 유혹이 들더라도 대중적으로 '유행하는' 것에 맞추려 하지 마세요."

JBJ가 교실 앞으로 천천히 걸어갔다.

"하지만 지금 나오는 책들이 다 그런 것들 아닌가요?" 조시 벅이 소리쳤다. "〈타임스 북 리뷰Times Book Review〉를 보면 다 정체성 정치던데요."

"짜증스러운 일이죠, 맞아요." JBJ가 인정했다. "하지만 진짜 문제는, 과연 그 유행 작가들이 오랜 세월 후에도 살아남을 작품을 만들어 내는가 하는 거예요." 그는 아니라는 듯이 손가락을 흔들었다. "진짜 예술은 인간 조건의 본질적 가치를 파고듭니다. 진정한 작가는 다음 세대를 위해 글을 써요."

그러더니 JBJ는 그 유리알처럼 푸른 눈으로 나를 똑바로 바라봤다.

맹세컨대 이건 내가 상상하던 상황이 아니었다.

아니, 상상하고 있었던가?

나머지 수업 시간 동안 JBJ는 자신의 원고 뭉치로 돌아갔다. 우리는 또 '그냥 쓰기'를 해야 했다. 이번에는 새로운 내용으로.

나는 JBJ의 수업에 계속 남아 있을 수가 없었다.

수업이 끝난 후 마야 창이 말했다. "로럴이 저 밖에서 서명받고 있던데."

나는 잠시 후에야 JBJ의 해고 청원 얘기임을 깨달았다. 속이 뒤틀렸다.

"그럼 이제, 돌이킬 수 없게 된 건가?" 나는 마야에게 물었다.

마야가 고개를 끄덕였다. "꽤 멋지단 말이야. 로럴이 지금 너를 위해 하는 일 말이지."

마야의 말투는 마치 내가 부탁해서 로럴이 그런다고 생각하는 것처럼 들렸다.

그들의 문화에 동의할 수 없다면, 내가 떠나야지. 수업이 끝나자마자 나는 교무과를 찾아갔다. 행정 담당자인 코박 선생님이 컴퓨터로 일정을 확인했다.

"미안하지만, 알레 - 핸드 - 러. 졸업 학년 선택 수업은 자리가 다 찼는데. 대기 명단에 올려 줄까?"

나는 그래 달라고 대답은 했지만, 그냥 하는 말이라는 걸 우리 둘 다 알고 있었다. 수업에 자리가 난 적은 한 번도 없었다.

*

"서명을 벌써 열다섯 개나 받았어!" 점심을 먹으며 로럴이 말했다.

"그러게. 그만큼이나 받았네." 내가 대꾸했다. "JBJ가 아는 것 같아. 아까 수업 시간에 나를 좀 이상한 눈으로 쳐다보더라고."

"변태처럼 말이야?" 로럴이 깜짝 놀라며 물었다.

나는 고개를 저었다. "아니, 불쾌한 표정에 좀 더 가까웠어." 나는 샌드위치 포장을 벗기며 대답했다. "그 수업은 더 못 듣겠어. 대기 명단에도 등록했고."

"왜 네가 수업을 그만 들어?" 로럴이 끼어들었다. "그 사람이 그만둬야지! 네가 잘못한 게 뭐가 있다고!"

"나도 알아." 내가 말했다. "아무래도 난 클레어 데브로처럼 되기는 글렀나 봐. 하하."

"여직원이 직장에서 성희롱 혐의를 제기했을 때랑 어쩌면 이렇게 똑같니. 회사는 꼭 그 여직원을 다른 부서로 옮기는 걸로 '문제를 처리'해 버리지. 그녀의 상사를 해고해야 마땅한데도!"

"로럴, 나는 그렇게 생각하지 않,"

"으으!" 로럴이 소리쳤다. "이 전체 시스템이 남성우월주의에 특권을 부여하는 방식은 정말이지 역겹다니까." 로럴이 자신의 점심거리를 포크로 푹푹 찌르며 투덜거렸다. 오늘은 브로콜리를 곁들인 불구르Bulgur. 듀럼밀을 데쳐 말린 후 빻아 만든 시리얼였다. "어쨌든, 넌 대기자 명단에서 벗어나지 못할 게 뻔해."

내 문제가 지금 청원이라는 형식으로 다 공개되어 버렸다는 굴욕감만 빼면, 한편으로는 경외감 비슷한 감정이 들기도 했다. 아니, 상당히 그런 감정이 들었다. 로럴이 용기 있게 나서서 목소리를 내는 것에 대해서 말이다. 그것도 나를 위해서. 그럴 필요 없는데.

하지만 로럴은 또한 내가 조용히 넘어가길 바란다는 것도 알고 있었다. 일을 크게 만들길 원치 않는다는 사실도. 특히 대학 원서를 꺼내 놓고 조용히 뉴욕에서의 마지막 1년을 버텨 내야 할 수험생 아닌가.

이제 JBJ에 대한 소문이 퍼져 나갈 것이고, 그러면 그 후폭풍을 감당해야 하는 사람은 내가 될 터였다.

누군가에게 감사와 분노를 동시에 느끼는 게 과연 가능한 일일까?

로럴은 내가 퀘이커 오츠에 입학한 날부터 내 편이 되어 주었다. 원래 그런 일은 잊기 어렵다. 말하기 너무 부끄럽지만, 우리가 서로의 이름을 알게 된, 공식적으로 처음 만난 그날, 나는 점심시간에 사물함 옆에 주저앉아 울고 있는 모습으로 로럴의 눈에 띄었다. 신입생이었던 나는 학교를 그만둘 각오를 하고 있었다.

퀘이커 오츠에 오기 전, 반에서 나는 늘 괴짜로 통했다. 잭슨 하이츠에 있는 예전 학교에서 나는 사서가 될 가능성이 가장 큰 학생이었다. 어떤 아이는 내 졸업 앨범 사진에 안경을 낙서해 놓기까지 했었다.

하지만 퀘이커 오츠에 오니 도저히 내 능력으로는 따라갈 수 없겠다는 생각이 들었다. 선생님들과 다른 학생들이 키르케고르와 니체, 쇼펜하우어를 인용하는 걸 들으며 나는 조용히 앉아 있을 수밖에 없었다. 그런 말들은 나한테는 그리스어 못지않게 낯선 언어였다.

어느 날엔가 영어 시간에, 나는 애써 용기를 냈다. 쉴즈 선생님이 내 평가지에 "수업 시간에 적극적이지 않아 우려됨"이라고 쓴 이유가 컸다. 나는 손을 들고 "허클베리 핀이 다른 사람과 상호 작용할 때마다 가면을 썼다고 생각합니다"라고 말했다. 하지만 다른 학생이 "무슨 뜻으로 그런 본질주의적인 말을 하는지 말해 주십시오"라고 요구했을 때,

나는 그 질문이 무슨 뜻인지도 못 알아들었다. 할 말을 찾아 더듬거리던 나는 결국 아무 말도 하지 못했다. 아예 손을 들지 말 걸 그랬다는 후회가 밀려왔다. 아예 이 학교에 오지 않았더라면 좋았을 것 같았다.

사물함 옆에서 울고 있는데 로럴이 나를 발견했다. 그녀는 내 앞에 쭈그리고 앉아 손수건을 건넸다.

"괜찮니? 우리 엄마가 그러는데, 울고 싶을 땐 우는 게 좋대. 주방에서 울다가 나한테 들키면 매번 그렇게 말씀하셔."

고마웠다. 나는 손수건을 건네받아 코를 풀었다. 살갗에 닿는 느낌이 거칠었다.

"가져." 로럴이 웃는 얼굴로 말했다. "그건 그렇고, 난 오늘 네가 페리윙클Periwinkle(보라색) 수업 시간에 한 말 정말 마음에 들었어." 그제야 나는 영어 시간에 곱슬머리에 현대의 히피처럼 하늘거리는 꽃무늬 옷을 입은 이 소녀를 본 기억이 났다. 그녀의 책상 위에는 늘 형광펜이 든 필통과 포스트 잇 디스펜서가 놓여 있었다.

"정말?" 나는 간간이 훌쩍거리며 물었다. "난…… 좀 바보 같다고 느꼈는데."

"전혀 바보 같지 않았어." 로럴이 강한 어조로 말했다.

"그리고 만약, 음, 본문을 인용했더라면 훨씬 강하게 주장할 수 있었을 거야. 네가 한 말에 딱 들어맞는 부분이 있었거든." 로럴이 《허클베리 핀Huck Finn》을 꺼내 보여 주었다. 그녀의 책을 들여다보던 나는 깜짝 놀라고 말았다. 어디에도 여백을 찾아볼 수가 없었다. 페이지마다 포스트잇 인덱스가 붙어 있었고, 전체 구절이 노랑, 초록, 주황, 형광 분홍, 파랑으로 강조되어 있었다. 여백에는 온통 휘갈겨 쓴 메모로 가득했다.

나는 그 각각의 색이 무슨 의미인지 물었다. "주제별로 표시해 둔 거야." 로럴이 설명했다. "분홍은 빈곤이 드러난 부분이야. 주황은 짐Jim과 관련된 것, 파랑은 헉Huck이 양심의 가책을 느끼는 부분이고. 다양한 색의 펜은 유용한 학습 도구가 될 수 있어. 특히 시각적 학습자의 경우라면. 물론 학습 유형을 '시각적', '청각적', '감각적', '공간적'으로 구분하는 이론이 틀렸을 가능성도 있지만." 로럴이 책을 덮었다. "알아, 알아, 말도 안 되는 시스템인 거."

"그렇지 않아." 나는 놀랐다. 예전 학교에서는 책에 뭐라도 표시한다는 건 있을 수 없는 일이었다. 모두 낡고 오래된 빌린 책들이었고, 접착제 냄새와 곰팡내 같은 게 났다.

로럴은 매우 우아하고 확신에 찬 태도로 본문의 또 다른 구절을 언급했다. 고등학생이라기보다는 마치 법정에 선 변호사 같았다. "너 꼭 〈로 앤 오더Law and Order〉에 나오는 검사처럼 말한다." 내가 말했다.

"그건 아직 안 읽어 봤는데." 로럴이 대답했다. 그리고 내 표정을 보고는 다시 말했다. "아, 그거. 텔레비전 드라마? 사실 텔레비전도 잘 안 봐. 나도 알아, 나 이상한 거."

로럴은 내가 자기 입만 쳐다보고 있다는 걸 의식한 게 분명했다. 그녀는 갑자기 태도를 바꿨다. "하지만 네가 나한테 피드백을 해 달라고 한 것도 아니니까, 어, 그러니까, 내 말 신경 쓰지 말라고. 너 좋을 대로 해! 나도 아빠가 맨날 잘난 척하면서 가르치려고 하면 진짜 짜증 나거든."

나는 조금 망설이다 물었다. "혹시…… 가르쳐 줄 수 있어? 수업 시간에 너처럼 말할 수 있게?"

어쩌다 이런 부탁을 했는지는 모르지만, 되짚어 보니 내가 먼저 로럴에게 도움을 청한 셈이었다.

그리고 로럴은 내 부탁을 들어주었다.

퀘이커 오츠에 계속 있을 수 있게 된 건 로럴 덕분이었다. 말하자면, 로럴이 내 인생을 구한 거나 마찬가지였다.

그날 하루가 끝나갈 무렵, 로럴은 스물두 명한테서 서명을 받았다는 문자를 보내왔다.

마음속에 있던 불편한 감정이 백배, 천배 커지는 느낌이었다.

10

/

치비

수업을 마친 후 나는 곧장 집으로 가지 않았다. 오늘은 엄마가 쉬는 날이었다. 나는 엄마한테 질문 세례를 받고 싶지 않았다. 또 싸울 게 뻔했고, 퀘이커 오츠에 다니는 동안 발생한 경제적 부담 문제는 물론 와이더에 지원하는 문제에 이르는 모든 이야기가 쏟아져 나올 터였다. 그러고 나면 아빠의 "사고"에 대한 엄마의 현실 부정과 이젠 후회해 봐야 아무 소용없는 가정들What-ifs이 또 기다리고 있을 것이다. 한 사람이 감당할 수 있는 죄책감에는 한계가 있는 법이다.

나는 몬토야 공원으로 향했다. 종일 심란한 일들을 겪고 나니 잠시 멍하게 앉아 있을 장소가 필요했다. 그저 초록 벤치에 앉아 사람들이 던진 쓰레기들로 가득한 말라붙은 분수를 바라보고 싶었다.

하지만 그럴 수 없었다. 초록 벤치에는 이미 누가 앉아 있었다. 하지만 엉덩이를 의자에 붙이고 앉는, 보통의 방식이 아니었다. 그 사람은 등받이에 걸터앉아 있었다. 원래 엉덩이가 있어야 하는 곳에는 발이 올라가 있었다.

동네 사람은 아닌 듯했다. 무릎 위에 팔을 얹은 채 앉아 있는 그는 키가 크고 팔다리가 길었다. 그는 게토레이 병을 농구공처럼 탁탁 번갈아 잡아채고 있었다. 그런데 지금 이 사람, 벤치에 발을 올리고 있네? 자기가 여기 주인인 줄 아는 거야, 뭐야? 그건 좀 아닌데.

"거기, 당장 벤치에서 발 내려!" 나는 소리쳤다.

그는 움직이지 않았다.

"발 내리라고 했다!"

"에잉! 진정해. 나야."

목소리가 어쩐지 친숙하면서도 낯설었다. 억양, 즉 단어들을 발음하는 리듬이 귀에 익었다. 하지만 낮고 굵은 저음이었다. 내게 익숙한 부드럽고 높은 목소리가 아니었다.

"빌리 디아즈?"

"뭐야, 벌써 잊은 거야?"

우리가 마지막으로 본 지 벌써 9개월이 다 되어 가고 있었다. 빌리는, 아빠의 장례식 직후 뉴욕을 떠났던 그 동그란 얼굴의 작달막하고 똥똥한 소년이 아니었다. 지금 내 앞에 있는 이 빌리 디아즈는 마치 야구 선수처럼 키가 크고 멀쑥했다. 뺨에는 아직 젖살이 조금 남아 있긴 했지만.

"너 완전 폭풍 성장했구나." 나는 소리쳤다. "대체 어떻게 된 거야, 치비?"

나는 일부러 빌리의 예전 별명을 불렀다. 오랫동안 부르지 않았던 별명이었다.

빌리의 얼굴이 빨개졌다. "그러지 마, 에일. 난 그대로야." 빌리의 목소리는 말할 때마다 갈라져 나왔다.

내가 빌리에게 관심이 있다고 생각할 수도 있겠지만, 아니다. 빌리와 나는 그런 사이가 아니었다.

자신이 누구를 좋아하는지, 좋아하지 않는지를 판단하는 확실한 방법이 뭔지 아는가? 추레한 운동복 바지 차림에 머리가 떡이 져 있어도 상대 앞에서 전혀 신경 쓰이지 않는다면, 당신은 상대에게 잘 보이고 싶은 생각이 전혀 없다는 뜻이다. 심장이 쿵쾅거리지도 않고, 상대의 입술에 입을 맞추고 싶은 생각도 들지 않으며, 서로의 타액이 섞이는 건 생각만 해도 구역질이 난다.

내가 빌리 디아즈에게 느끼는 감정도 거의 이렇다고 볼 수 있었다.

하지만 지금은 너무 달라 보였다.

우리는 포옹했다. 아주 어색하게. 빌리는 향긋하고 달콤한 향수라도 뿌렸는지 냄새마저 달라져 있었다.

빌리가 말했다. "저기, 마지막으로 본 날 내가 했던 말 있잖아. 해명하고 싶어. 그때 나는 그저,"

다시 거리감이 느껴지기 시작했다. 나는 전에 그랬듯이 말을 끊었다.

"다 괜찮아." 나는 급히 대꾸했다.

"너한테 부담 주려는 생각은 아니었어, 에일. 막 아빠를 잃은 너한테, 그런 말을 하면 안 되는 거였는데."

"이미 말했잖아, 괜찮다고."

나는 분위기를 완전히 바꾸기 위해 가볍게 손뼉을 치며 말했다. "그냥 하던 대로 하자."

"하던 대로라. 좋지." 빌리가 심드렁하게 받아넘겼다. 굵어진 목소리 때문인지 어조를 읽을 수가 없었다. "어쨌든, 걱정하지 마. 이제는 그런 감정이 아니니까. 그러니까······"

안도감이 밀려들었다. "잘됐네."

"잘됐지." 빌리도 똑같이 대답했다.

"그래."

"그래." 빌리는 게토레이 병을 손에서 손으로 옮겨 쥐며 다시 아까의 그 웃기는 자세로 벤치 등받이에 걸터앉았다.

"그럼 이제, 어떻게 지냈는지 말해 봐." 나는 최대한 '아무렇지 않은' 목소리로 물었다. "도미니카에서의 생활은 어땠어? 아주머니한테 전해 듣기로는 할머니 건강이 많이 좋아지셨다면서. 다행이다."

"맞아, 아부엘라 할머니는 이제 괜찮아. 뇌졸중 때문에 겁먹었었는데, 꽤 빨리 회복하셨어." 빌리가 말했다. "하지만……"

"뭔데?"

"거기서 *진짜* 힘들었어."

"정말?" 나는 깜짝 놀라 물었다.

"응." 그때 빌리의 얼굴에 능글맞은 미소가 번졌다. 장난기가 뻔히 들여다보였다. "나는 종일 해변에서 뒹굴고 노는데 너희들은 뉴욕의 추위에 벌벌 떨고 있을 생각을 하니까 말이지."

"재수 없는 놈."

"물은 또 어찌나 푸르던지. 무인도 같은 곳에서나 볼 수 있을 것 같은, 빌어먹을 그런 푸른색 있지. 게다가 거기엔 도리토스 과자 봉지나 콘돔 같은 쓰레기도 없고 말이야. 거기에 비하면 로커웨이는 쓰레기장이나 다름없다니까."

"두 배로 재수 없는 놈." 내가 말했다. "아니, 네 배 재수 없어."

이게 바로 빌리와 내가 서로를 대하는 방식이었다. 우리는 상스러운 말을 주고받았고, 거침없이 욕을 내뱉었으며, 서로의 말꼬리를 붙잡고 늘어지곤 했다. 하지만 퀘이커 오츠에 있을 때의 나는 퀸스에 있는 집으로 돌아왔을 때의 나와 달랐다. 학교에서는 혹시 발음이 틀린 건 아닌지, 단어를 잘못 선택하진 않았는지, 아니, 애초에 입을 잘못 놀리고 있는 건 아닌지 신경 쓰느라 늘 극도로 신중하고 조심스럽게 말했다(나의 '엄청난' 어휘력은 엄밀히 말하자면 독서에서 온 것이다. SAT 시험장을 방불케 하는 로럴 가족의 저녁 식사 자리 같은 데서 익힌 것이 아니라는 소리다).

예를 들자면, 나는 내가 "Eponymous(작품명이 작품 속 인물의 이름과 같은)"라는 단어를 안다는 사실을 꽤 대단하게 여겼다. 그래서 2학년 영어 수업 시간에 아주 자랑스럽게 "에-포-님-어스"라고 말했다. 우린 《제인 에어》를 읽는 중이었는데, 주인공인 '제인'의 이름이 바로 그 책의 제목과 같아서였다(별 쓸모없는 말이었지만, 뭐 아무튼 그랬다). 그때, 잉그럼 선생님이 웃음을 참느라 입술을 깨물며 내 발음을 정정했다. "정확히 말하자면 '이이-포운-어-머스'야. '하마', 즉 '히포포터머스Hippopotamus'와 같은 라임이지." 교실 전체가 웃음바다가 되었다. 정말 굴욕적이었다.

빌리가 웃었다. "농담이야. 도미니카에서는 그냥 그럭저럭 지냈어. 대부분 할머니랑 집에서 빈둥거리며 스페인어로 더빙된 옛날 방송들을 보면서 말이지. 몸이 좀 나으니 할머니는 내가 떠나 버릴까 봐 붙잡을 구실을 찾고 계셨던 것 같아." 빌리가 씩 웃자 보조개가 패면서 얼굴이 환하게 빛났다. "할머니가 제일 좋아하는 손자가 나라고 하시면서."

빌리는 그곳에서 지낸 일을 들려주었다. 낮에는 주로 할머니를 도와 허드렛일을 하다가 오후가 되면 할아버지와 도미노를 했다. 사촌들은 영어로 욕하는 법을 가르쳐 달라고 조르거나, 그렇지 않으면 그의 스페인어를 놀려 댔다.

"다시 뉴욕에 오니까 좋네." 빌리가 말했다. "쓰레기장 같은 해변까지도."

"쓰레기장 같다는 소리 계속 할래, 정말?" 나는 빌리를 장난스럽게 떠밀며 말했다. 친구 이상의 행동으로 오해하지 않도록 적당히 힘을 조절해서.

"지난 1년 동안 정말 이상한 게 뭐였는지 알아?" 빌리가 말을 돌리며 물었다. "거리나 상점에서 마주치는 사람마다 어떻게 전부 나 같은 도미니카인일 수가 있는지 믿을 수가 없더라고."

"왜 이래, 여긴 뉴욕이잖아." 내가 지적했다. "거기는 말 그대로 너의 나라고."

"알아, 하지만." 빌리가 게토레이 병을 꽉 쥐며 덧붙였다. "이번에는 그냥 기분이 이상했어. 나와 내 주변의 모든 사람이 똑같다는 게. 달리 어떻게 설명해야 할지 모르겠다. 그러니까, 여기서는 스페인 사람처럼 보여도 콜롬비아인일 수도 있고, 멕시코인일 수도 있고,"

나는 빌리를 째려봤다.

"미안, '라티노Latino. 미국에 사는 라틴계 남성을 의미'로 정정할게."

나는 다시 빌리를 째려봤다.

"어쩌라고!" 빌리가 웃음을 터트렸다. 하지만 나는 그가 짜증이 났다는 걸 알 수 있었다. "난 너처럼 좋은 학교에 다니지 않는다고. 너희들이 쓰는 정치적으로 올바른 말을 다 알 순 없어."

"지금 나랑 같이 해 봐. 자, '라팅스Latinx. 성별 구분 없이 라틴계 사람을 의미하는 중성적 표현', 따라 해 봐."

왜 지금은 내 입에서 나오는 이 말이 이토록 어색한 걸까? 퀘이커 오츠에서는 지극히 자연스럽게 들렸는데. 이상하게도 학교 밖에서는 낯설었다.

"알았어, 오츠 학생." 빌리는 이렇게 대답하면서 있지도 않은 안경을 밀어 올리는 척 집게손가락을 콧대에 가져다 댔다.

"꺼져."

이게 바로 퀸스, 아니 적어도 퀸스에 있는 우리 이웃들이 말하는 방식이었다. 누구도 정치적 올바름을 따지지 않았다. 정치적으로 올바르다는 것은 진부함을 뜻했고, 진부함은 곧 가식적임을 의미했다.

예를 하나 들어 볼까. 예전에 우리 집 복도 아래쪽에는 우리 건물에 남은 유일한 백인, 맥 패든 씨가 살았다. 그는 늘 우리를 "그 중국인 가족"이라고 불렀다. 정말 짜증 나는 일이었다. 그러던 어느 날 아침, 그가 눈보라 속에서 제설기에 가로막힌 아빠의 올즈모빌Oldsmobile 자동차를 꺼내 주었다. 아빠는 그의 집 문 앞에 놓인 젖은 삽을 보고 그 사실을 알았다. 맥패든 씨는 자신이 한 일을 과시하지 않았다. 자기가 한 옳은 일을 인정받으려고 추접스럽게 구는 사람들과는 달랐다. 아빠는 고마움의 뜻으로 고개를 끄덕였고, 엄마는 맥패든 씨 집 문 앞에 과일을 가져다 두었다. 그리고 그는, 여전히 우리를 "그 중국인 가족"이라고 불렀다.

이게 바로 퀸스에서의 일상이다.

이건 나도 알고, 빌리도 아는 사실이다. 하지만 가끔 빌리는 내가 이런 걸 모른다고 생각하는 것 같다. 아마도 내가 퀘이커 오츠에 다니기 시작하면서부터 그런 듯하다. 우리 동네에서 나는 어떻게 보면 외계인이다. 하지만 나는 퀸스의 방식을 잘 안다. 물론 항상 다 마음에 드는 건 아니지만 말이다. 이곳 사람들이 하는 말은 온통 알아듣기 힘들고 거칠지 몰라도, 속마음까지 그런 건 아니다.

언젠가 한 번은 로럴에게 이걸 설명해 보려고 한 적이 있었다. 하지만 로럴은 전혀 이해하지 못했다. 브루클린 사람이라서 그런지도 몰랐다. 브루클린은 고급 주택지로 탈바꿈하면서 예전에 외곽 자치구로서 갖고 있던 독특한 개성과 열정을 다 잃어버렸다.

나는 빌리를 팔꿈치로 쿡 찔렀다. "나도 좀 마시자."

빌리가 게토레이 병을 건넸다. 꿀꺽꿀꺽 마신 나는 탄성을 내뱉었다. "역시, 오렌지 맛이 최고라니까."

"아니, 레드 맛이 최고지." 빌리가 대꾸했다. "그런데 다 떨어졌더라고."

우리는 공원에 있는 한 여자와 아이들을 지켜봤다. 새로 이사 온 게 분명했다. 동네에서 본 적 없는 사람들이었다. 여자는 한 번도 머리를 빗은 적이 없는 것 같았고, 늘어진 바지는 온통 얼룩투성이였다. 서른인지 쉰인지 나이를 가늠하기 힘들었다. 조금 안쓰러운 마음이 들었다. 하지만 그렇게까지 안쓰럽지는 않았다. 그녀의 아이들은 내 점심보다 값이 더 나가는 꽤 비싼 착즙 음료를 빨아 먹고 있었다.

"나만 그렇게 느끼는 건가? 아니면 내가 떠나 있어서 그런 건가? 왜 잭슨 하이츠에 백인들이 더 많아진 것 같지?" 빌리가 물었다.

"네가 생각하는 게 맞아."

엄마는 잭슨 하이츠로 이사 오는 백인이라면 다 좋아했다. "림피안도 엘 바리오Limpiando el barrio", 즉 이웃이 점점 백인들로 채워져 동네가 깨끗해진다는 것이었다. 나는 그렇게 좋은 일만은 아니라고 말했다. 그리고 아르헨티나에서 자행되었던, 원주민들을 모두 몰아낸 잔인한 역사를 열변을 토하며 비난했다. 엄마는 담배를 입에 문 채 듣는 둥 마는 둥 했다. 나는 결국 혼자 지쳐 나가떨어지고 말았다.

우리는 그 가족을 지켜봤다. 여자는 한 손으로 큰아이의 손을 잡은 채 다른 한 손으로는 아기가 탄 유아차를 밀었다. 그들 때문에 세 사람은 족히 지나갈 수 있을 만한 보도가 꽉 찼다. 맞은편에서 오던 누네즈 부인과 아이는 그 여자와 그 여자의 아이들, 유아차가 지나갈 수 있도록 걸음을 멈추고 옆으로 비켜서야만 했다. 하지만 그 백인 여자는 고맙다는 말조차 하지 않았다. 아예 안중에도 없는 것 같았다.

퀸스에서는 이게 기본이었다. 빌리와 나는 순간 눈이 마주쳤다. 우리는 둘 다 고개를 설레설레 흔들었다.

"브루클린이 너무 비싸져서 다들 여기로 온다는 얘기는 들었어." 빌리가 말했다.

"덕분에 괜찮은 커피숍 몇 개가 새로 생겼잖아?"

"너희 엄마가 커피 못 마시게 하지 않았었나?"

"그건 아빠였지."

생각할 새도 없이 불쑥 말이 나왔다.

아빠 얘기에 우리는 둘 다 입을 다물었다. 그저 말없이 텅 빈 분수만 바라봤다. 그때 빌리가 침묵을 깼다.

"예전에 너 분수에 공 빠트렸던 거 기억나냐? 그때 난 아저씨가 엄청 화내실 줄 알았는데."

기억난다. 그때의 몬토야 분수는 물이 가득했고, 워싱턴

스퀘어에 있는 분수처럼 공중으로 우아하게 물줄기를 뿜고 있었다. 바닥까지 말라붙은, 쓰레기만 가득한 분수가 되기 전의 이야기였다.

"맞아." 나는 웃음이 났다. "그거 새 공이었거든!"

"그런데 아저씨는 전혀 화내지 않으시더라. 난 그게 너무 멋져 보였어."

아빠는 빌리에게 '치비'라는 별명을 지어 준 장본인이었다. '치비Chivi'는 새끼 염소나 샌드위치, 또는 그 둘 모두를 뜻하는 '치비토Chivito'의 줄임말이었다. 빌리의 이름은 스페인어로 '기예르모Guillermo', 영어의 '윌리엄William'과 같았다. 아마도 아빠는 빌리의 이름에서 '빌리 – 고트Billy - goat(숫염소)'를 떠올렸던 것 같다. 잘은 몰라도, 이게 아빠 식 유머였다.

"나 아직도 아저씨 생각 많이 해." 빌리가 안타까움이 묻어나는 목소리로 말했다.

"음, 안 그래도 돼."

"그런 식으로 말하지 마, 에일." 빌리가 나를 향해 돌아보며 말했다. "*나한테 아빠는 아니었지만……* 아저씨는 늘,"

"그래. 우리 아빠는 너희 아빠가 *아니야.*"

나는 이걸로 아빠 얘기를 끝냈다.

빌리의 말을 끊는 바람에 분위기가 심하게 어색해졌다.

우리는 조용히 앉아 새로 이사 온 그 여자와 아이들을 지켜봤다. 큰아이가 징징거리며 유아차에 올라타려고 했다.

"이미 논의했던 얘기잖니, 드레이퍼." 여자가 말했다. 그녀는 어린아이가 아니라 마치 어른 대하듯 말하고 있었다.

"하지만, 엄마." 드레이퍼라는 소년이 말했다. "이건 내 유아차예요."

"드레이퍼, 아가. 전에는 네 유아차였지. 하지만 지금은 네 동생 애니 거야. 넌 다 컸잖아. 다 큰 아이는 자기 두 다리로 걷는 거야."

"애니가 태어나지 않았으면 좋았을 텐데!" 드레이퍼가 유아차를 잡아당기며 소리쳤다.

여자는 아이를 말리지 않았다. "그건 퇴행 행동이야, 드레이퍼." 여자가 한숨을 쉬며 말했다.

빌리와 나는 또 눈길을 주고받았다. 나는 '퇴행'이라는 단어를 작년에야 처음 알았는데.

로럴한테서 문자가 왔다. 와이더 에세이 어떻게 돼 가고 있어?

나는 토하는 얼굴 이모지로 답장을 대신했다.

> 목요일에 수업 끝나고 같이 쓸래?

"남자 친구야?" 빌리가 놀리듯 물었다.

"아니거든, 로럴이라는 친구야." 남자 친구냐고? 그래, 맞다. 꼭 그런 기분이었다. "와이더 에세이 어떻게 돼 가냐고 묻는 거야. 지금 그것 때문에 골치 아프거든." 나는 한숨을 쉬었다. "이게 내 유일한 탈출 기회라서. 엄마랑 여기서 1분도 더 살고 싶지 않아. 신께 맹세해. 잠시라도 여길 떠날 수 있었던 넌 정말 운이 좋은 거야."

"그렇게 생각할 수도 있겠네." 빌리가 낮고 걸걸해진 새로운 목소리로 대답했다. 역시나, 어조를 읽기가 힘들었다.

"야, 네 입시 준비는 어떻게 돼 가?" 내가 물었다. "원한다면 같이 준비해도 되고."

"뭐, 좋지." 빌리가 먼 곳을 응시하며 애매하게 대꾸했다.

그 백인 가족이 저만치 멀어져 갔다.

"저기," 빌리가 목소리를 가다듬으며 다시 입을 열었다. "내일 티토랑 오후 내내 영화 보려고. 〈비키니 카 크래시 3Bi-kini Car Crash Party III〉 나왔더라."

나는 괴로운 신음과 함께 대답했다. "어쩜, 그런 얘기를 그렇게 진지하게 말하냐?"

빌리가 웃었다. "티토한테 네가 '여성 신체의 대상화'에 관해 강의했던 일 기억나? 장담하는데 그때 티토는 아마 미쳐 버리기 직전이었을 거다."

"그 여자들은 대체 왜 영화 내내 비키니만 입고 있다니?" 내가 반박했다. "그것도 빌어먹을 시베리아 한복판에서!"

"그냥 영화잖아, 에일. 너무 심각하게 받아들이지 말라고." 빌리가 말했다. 빌리의 사촌 티토와 당시 어울리던 친구들, 즉 제시 굽타와 샌디 리우, 매기 시스네로스, 산자야 파텔과 함께 1학년 여름에 〈비키니 카 크래시 1〉을 보러 갔을 때도 모두 똑같이 말했었다.

빌리만 나를 변호하고 나섰다. 그 바람에 서로가 더 어색해졌지만. 그때부터 나는 잭슨 하이츠의 옛 친구들과 더 이상 어울리지 않게 되었다.

빌리가 목을 가다듬고 말했다. "네 취향이 아닌 건 알지만, 오고 싶으면 와."

"아니." 내가 대답했다. "내 취향 아니야. 게다가 와이더 입시 준비도 해야 하고. 그래도 고맙다."

"괜찮아." 빌리가 여전히 게토레이 병을 손에 쥔 채 대답했다. 그리고 병 옆으로 흘러내리는 물기를 손으로 훔쳤다.

"저기, 그럼 커피 뭐 그런 거라도 마실까?" 내가 제안했다. "37번가에 카페 새로 생겼던데."

"*커피*를, 마시자고?" 빌리가 내 말투를 놀려 댔다. "뭐야, 게토레이로는 부족하신가요, 에일 양?"

"치비, 이 망할 자식."

"투셰Touché(졌다, 졌어)!" 빌리가 양손을 들어 올리며 말했다. "좋아. 언제 같이 커피 마시지 뭐."

"좋아."

"나도."

우리 둘 사이가 더 이상 어색하지 않아서 다행이었다. 빌리는 이제 도미니카공화국에서 돌아왔고, 고등학교 졸업을 앞두고 있었다. 나는 우리가 예전처럼 다시 아무렇지 않게 지낼 수 있게 되기를 바랐다.

11

/

로럴의 집

JBJ는 다음 수업에 나타나지 않았다. 그다음 수업, 또 그다음 수업에도. 임시 교사가 와서 자율 학습을 지도했다. 그 시간을 나는 와이더 입시 자료를 보충하면서 보냈다. 중요한 건 '해 보는 것'이었다. 논술 주제는 여전히 당황스러울 정도로 어려웠다.

클레어 데브로가 내 책상 위로 몸을 기울였다. "JBJ가 학교를 떠날지도 모른대."

"어디서 들었어?" 내가 물었다.

"네 친구 로럴 그린블라트-왓킨스가 청원 시작하지 않았어? 보나 마나 로럴이,"

클레어가 더 말할 가치도 없다는 듯 말하다 말고 눈을 깜빡였다.

"관심 없어." 내가 말했다. 뭐라고 대답해야 할지 알 수 없을 때마다 쓰는 말이었다.

*

소문의 사실 여부는 나중에 로럴을 통해 확실히 알게 되었다. "딩동, 드디어 악당을 해치웠어! JBJ가 사직서를 냈대. 믿어져? 이게 다 우리 청원 덕분이야!"

목요일이었고, 우리는 와이더 입시 자료를 보충하기 위해 F선을 타고 로럴의 집으로 가는 길이었다.

"네 청원을 말하는 거겠지." 내가 대답했다. 충격적이었다. 학교에서 클레어한테 소식을 들었을 때만 해도 나는 믿지 않았었다. "나는 그냥 JBJ가 수업을 쉬는 줄 알았어."

로럴은 내 말을 무시하지도, 굳이 정정하지도 않았다. "청원서를 교장 선생님한테 보냈더니, 선생님이 그걸 JBJ한테 보냈나 봐. 이곳에서 계속 수업하고 싶으면 감수성 교육을 받아야 한다면서. 그랬더니 JBJ가 뭐라고 말한 줄 알아? '됐습니다' 그러고는 그냥 그만뒀대!"

"일자리를 잃었다고?" 내가 물었다. "이것 때문에?"

"그 사람은 일자리를 잃은 게 아니야, 에일! 자기 발로 나간 거지. JBJ가 반 코틀랜트 선생님한테 뭐라고 한 줄 알아? 작가들은 얼굴이 두꺼워야 한다면서, 차세대를 응석받이로 키우는 일에 자신이 일조하는 건 윤리적으로 옳지 않다고 했대. 무슨 그런 독선적인 헛소리가 다 있니?"

"와우." 나는 한결 누그러져서 대답했다. "대체 그걸 어떻게 알았어?"

"교장 선생님이랑 엄마가 통화하는 걸 우연히 들었지." 로럴이 순간 겸연쩍어하며 대답했다. "더 일찍 말해 주려고 했는데."

"로럴." 내가 입을 열었다. "그 사람은 일자리를 잃었어. 네 청원 때문에." JBJ의 수업 시간이 점점 곤혹스러워지긴 했지만, 1년 동안 그냥 버틸 수도 있었다. 불편하게 공존하는 법을 배울 수도 있었다. 또, 솔직히 말해서 나는 '그냥 쓰기'로 대체되는 자율 학습을 고대했다. 1월에는 입시 서류 준비를 마쳐야 했기 때문에 더욱 그랬다.

"어, 그게 청원을 시작한 이유였잖아." 로럴이 신음과 함께 대답했다. "너 스톡홀름 증후군에 걸린 것 같아, 앨리. 여기서 피해자는 너야. 알겠어? 그리고 이제는 다른 수업으로 옮길 걱정 안 해도 되고! 우린 차세대 여학생들을 위해 엄청난 걸음을 내디딘 거야. 중요한 일을 한 거라고."

열차를 타고 가는 내내 나는 애써 불편한 감정을 밀어내려 했다. 로럴이 말한 것처럼, 잘된 일이길 바랐다.

로럴의 가족은 유명한 건물들이 줄지어 있는 파크 슬로프Park Slope의 깔끔한 브라운스톤에 살고 있었다. 로럴의 가족은 2000년대 초, 브루클린이 '위험하고 촌스러운 지역'이라는 이미지였을 때 "거의 공짜로" 이 집을 샀다. 그때만 해도 브루클린은 맨해튼에 집을 살 여유가 없는 사람들의 거주지로 여겨졌다.

물론 지금은 분위기 좋은 곳을 뜻하는 일종의 형용사가 되었고(거기 완전 브루클린 같네!), 로럴의 집에 갈 때마다 매번 다른 유명인의 일상을 목격할 정도가 되었지만 말이다.

오늘도 7번가에서 내리는데, 선글라스에 펑퍼짐한 청바지 차림의 한 여성이 휴대전화를 들여다보며 유아차를 밀고 있었다.

나는 로럴의 팔을 잡으며 말했다. "로럴, 저 사람 〈걸스

Girls〉에 나오는 그 여자야!" 나는 흥분하지 않으려고 애쓰면서 속삭였다.

"뭐? '걸스'가 누군데?" 로럴이 크지 않은 목소리로 속삭이듯 물었다.

"쉿! 〈걸스〉가 뭐냐고 물은 거겠지?"

순간 침묵이 찾아왔다.

사실 그렇게 좋아하는 프로그램도 아니었다. 브루클린에 거주하는 20대 여자들이 떼거리로 나와 자신들이 누리는 특권층의 삶에 대해 징징거리는 프로그램이었다.

"다시 봐 봐, 로럴!" 내가 말했다.

"오, 이런, 정말이네." 로럴이 탄성을 질렀다.

나는 〈걸스〉에 나오는 그 여자를 얼빠진 듯 계속 바라봤다. 하지만 그런 내 시선은 아주 은밀했다. 뉴욕 사람들이 그들을 대하는 데는 일정한 규칙이 있었다. 이곳에서는 그들을 커피 파는 카트나 바퀴벌레처럼 어디서나 흔히 볼 수 있기 때문이다.

1. 못 본 척한다. 800만 명이 좁은 지역에 밀집되어 살아갈 때 가장 중요한 건 서로 '선Boundary'을 지켜 주는 것이다.
2. 그들 자신이 당신보다 낫다고 생각하게 만들고 싶은가?

자존심을 지켜라.

나는 그 〈걸스〉 출연자가 유아차를 몰고 멀어져 가는 모습을 지켜봤다.

로럴과 나는 모퉁이 가게에 들러 간식거리를 샀다. 이 '보데가'는 마치 의류 부티크 같았다. 날렵한 차양과 창가 진열대, 깨끗하고 널찍한 통로에 자리한 선반에는 물건들이 빼곡한 대신, 일곱 가지 정도만 깔끔하게 올려져 있었다. 우리는 손질된 셀러리 스틱과 후무스, 카카오 함량이 81퍼센트인 다크 초콜릿 바를 골랐다. 로럴이 밀크 초콜릿 바를 추가했다. 로럴은 내가 그걸 좋아한다는 사실을 알고 있었다. 그녀는 간식값을 나눠 내겠다는 내 제안을 일축했다.

하지만 로럴의 집에 와 보니 애초에 간식을 살 필요가 없었음을 깨달았다. 주방에는 먹을 것이 가득했다.

우리는 주방에 따로 분리된 아일랜드 조리대 위에 각자 노트북을 놓고 앉아 글을 쓰기 시작했다(로럴이 자신의 태블릿을 내게 빌려주었다). *타닥-탁-탁.*

당신에게 "집"이란 무엇인가?

나는 생각나는 대로 입력했다. 2B호 아파트, 기름때 절은 주방 수납장, 텅 빈 냉장고. 건물 관리인이 쓰레기 수납장으로 만들어 놓은 통로가 내려다보이는 창.

로럴의 집과는 비슷한 구석이 단 한 군데도 없었다. 로럴은 식료품이 가득 찬 다용도실과 대리석 조리대가 갖춰진, 유서 깊은 역사적 거리에 자리한 깔끔한 외관의 집에 살고 있었다.

나는 '아웃테이크Outtakes'라고 이름 붙인 파일(로럴이 가르쳐 준 방법이었다)에 방금 입력한 내용을 지워 버렸다. 잭슨 하이츠에 있는 우리 아파트에 대해 있는 그대로 나열하는 걸 와이더가 원할 리 없었다.

로럴의 타자 소리가 멈췄다. 그리고 노트북을 조리대 저쪽으로 밀며 쉬었다 하자는 신호를 보냈다.

"이건 내 거." 나는 밀크 초콜릿에 손을 뻗으며 말했다.

"앨리, 네가 무엇을 쓰면 좋을지 알아냈어." 로럴이 말했다. "JBJ!"

"로럴." 나는 경고하듯 말했다.

"고려는 해 봐, 앨리." 로럴이 권했다. "쓰기만 하면 인종, 불평등, 고국을 망라하는 논문이 되고도 남을 거야. 그 사람들 그런 주제 진짜 좋아해. 때로는 있잖아," 로럴이 잠시 말을 멈췄다가 계속했다. "무슨 수를 써서라도 해야 하는 일이 있어."

"그렇게 그 사람한테 집착하는 걸 보니 네가 그 얘길 써야 할 것 같은데." 나는 농담을 던졌다.

로럴은 한숨을 내쉬며 대답했다. "내가 너라면 당연히 그러고도 남지." 로럴의 목소리에서 순간 아쉬움이 느껴졌다. "할 수만 있다면 그러고 싶다."

저 멀리 주방 벽에는 그린블라트 씨를 제외한 그린블라트 왓킨스 가족의 초상화가 걸려 있었다(결혼사진과 로커웨이 해변에서 찍은 가족사진은 작년에 치워졌다). 로럴과 로럴의 언니 레아의 사진은 사시사철 걸려 있었다. 중학교 졸업 사진 속 로럴은 치아 교정기와 안경을 꼈고, 칙칙한 갈색 곱슬머리를 뒤에서 하나로 묶어 늘어트렸다. 프린스턴 졸업 사진 속의 레아 언니는 윤기 흐르는 금발에 화장도 흠잡을 데 없었다.

로럴이 언니의 졸업 사진을 빤히 노려보며 말했다. "와이더의 조기 전형에 합격하지 못하면, 언니처럼 프린스턴에 가라고 아빠가 강요하실 게 뻔해. '부녀간의 전통'으로 만들자는 거지!" 로럴이 심하게 이죽거리며 말했다. 그러더니 일부러 구역질하는 소리를 냈다.

"하지만 레아 언니를 보면 잘됐잖아." 내가 지적했다. 레아 언니는 특허 기술 모니터링 회사인 워런 와이코프에서 처음부터 엄청난 연봉을 받으며 주니어 분석가로 일하고 있었다. 꾸미지 않아도 분장하지 않은 여배우처럼 예뻤고, 게다가 클레어 데브로처럼 착하고 상냥했다. 그냥, 모든 걸 다 갖춘 그런 사람이었다.

"언니는 진짜 재미없는 스타일이잖아." ("야, 로럴"이라는 말이 또 튀어나오려고 했지만, 사실 이 표현은 내가 먼저 썼다.)

"그런데 아빠는 자꾸 나를 언니처럼 만들려고 해."

작년에 그린블라트 씨가 로럴의 토론 대회가 끝난 후 우리를 그랜드 센트럴 오이스터 바에 데려가 스테이크를 사줬던 기억이 떠올랐다. 그때 로럴은 자신이 채식을 한다는 사실을 아빠에게 말하지 않았고, 그도 묻지 않았다.

그린블라트 씨는 로럴의 기념비적인 승리를 축하하는 대신 계속 다음과 같은 말을 했다.

"로럴, 그 곱슬머리 좀 어떻게 해야겠구나. 언니 다니는 미용실에 데려가 달라고 해라."

또한 그린블라트 씨는 나에게 자신이 얼마나 "고개를 숙인 채 일에만 전념하며", "쉬지 않고 죽어라 일하는", "한국인 이민자들"에게 감탄하는지를 계속 말했다. 그러면서 자기 회사의 한국인 주니어 분석가들이 주말 내내 오랜 시간을 일하고도 불평하는 법이 없다는 말을 덧붙였다.

짐작했겠지만, 로럴의 아빠는 좀 짜증 나는 인간이었다.

식사 시간 내내 로럴은 핏물 배어나는 스테이크가 마치 아빠의 얼굴이 그려진 다트판이라도 되는 양 포크로 푹푹 찔러 댔다. 나는 그저 고개를 주억거리며 "아, 네에"를 반복할 뿐이었다. 내 등심 스테이크값을 대신 내줄 사람이었으니까.

하지만 그건 내 착각이었다. 그린블라트 씨는 코네티컷으로 돌아가는 기차를 타야 한다며 계산을 로럴에게 맡긴 채 서둘러 자리를 떴다.

"내일 아침에 네 계좌로 입금해 주마. 5퍼센트 이자 쳐서." 그가 식당 문을 나서며 어깨너머로 소리쳤다.

로럴에게는 매정하게 느껴질 만한 행동이었다. 로럴은 아빠와 관계가 썩 좋지 않았다. 신입생 때 학교 행사 때문에 그가 우릴 태우러 온 적이 있었는데, 그때 차 뒷좌석에서 분홍색 끈 팬티를 발견했을 때부터였다(우리는 그 "팬티 게이트" 얘기는 입에도 올리지 않는다). 무엇보다도 로럴은 늘 언니 레아의 그림자에 가려진 채 살아야만 했다. 외동인 나는, 종종 외로움을 느끼긴 해도 적어도 부모가 나를 다른 자식과 비교하는 일은 없었다.

하지만 그래도 로럴은 아빠와 어떻든 관계를 맺고는 있었다. 적어도 로럴의 아빠는 살아 있었다.

나는 생각을 멈췄다. 사과를 오렌지와 비교하는 건 바람직하지 않다. 불행은 경쟁의 대상일 수 없다.

우리는 다시 하던 일로 돌아왔다. 아니, 우리가 아니라 로럴만 그랬다. 나는 계속 텅 빈 화면만 바라보았다. 집. 집이란 무엇일까? 집이 아닌 건 무엇일까?

나는 로럴에게 조언을 구하기로 했다.

인종은 종종 오해의 대상이 된다.

너무 밋밋했다. 나는 지우고 다시 썼다.

우리 학교에서 정체성 정치는 다루기 까다로운 문제다.

이 문장도 삭제했다.

재미없어, 재미없어, 재미없어. "재미없는" 로럴의 언니보다 더 재미없었다. 나는 다시 시작했다.

때로 우리는 자신의 영웅에게 실망한다. 그들은 우리를 "집 없는 사람"처럼 느끼게 만들 수 있다. 나는 이 사실을 유명 소설가 조너선 브룩스 제임스를 만났을 때 힘들게 깨달았다.

"잘 돼 가는 모양이네." 키보드를 두들기는 내게로 몸을 기울이며 로럴이 중얼거렸다.

로럴의 말이 맞았다. 때로는 무슨 수를 써서라도 해야 하는 일이 있다.

글이 물 흐르듯 막힘없이 써졌다. 그만둘 수 없었다.

다음 날, 우리는 학교로부터 조너선 브룩스 제임스의 사직을 알리는 이메일을 받았다.

이번 일로 귀한 앤 오스터 프렙 스쿨 학생들에게 불편을 끼쳐 죄송합니다. 곧바로 후임 강사를 구할 예정입니다.

로럴이 옳았다.

12

/

추락한 영웅

추락한 영웅, 좌절된 조국:

결정적인 위기에 대한 결정적인 반응

알레한드라 김

와이더 칼리지 에세이 초안 #4.3

때로 우리는 자신의 영웅에게 실망한다. 그들은 우리를
"집 없는 사람"처럼 느끼게 만들 수 있다. 나는 이 사실을
유명 소설가 조너선 브룩스 제임스(이하, JBJ)를 만났을 때
힘들게 깨달았다. 그는 선택 과목인 창의적 글쓰기 수업

을 가르치기 위해 우리 학교로 왔다.

처음 JBJ를 보았을 때, 나는 경외감에 차 있었다. 《비커밍 브루클린》은 소설 창작 분야에서 매우 영향력 있는 작품이다. 위대한 작품을 쓰고자 고군분투하는 작가에 관해 이야기지만 그 이상의 내용을 담고 있다. 주인공이 불법 임대해 거주하는 "집"의 물 새는 지붕은 우리 사회 윤리의 "틈과 균열"을 상징한다. 아파트 콘크리트 바닥을 뻔뻔스럽게 돌아다니는 쥐는 권한을 부여받은 가난한 노동 계급의 초상은 물론 JBJ의 소설에 스며들어 있는, 점점 더 치명적으로 되어 가는 "바람직하지 않은 존재들"을 보여 준다 ("꿈꾸지 못하는 밤들, 잠 못 드는 날들이면 쥐처럼 생긴 그의 얼굴이 나를 찾아와 괴롭혔다"(346쪽)).

《비커밍 브루클린》은 우리의 포스트모던 세계의, 그리고 그 세계가 내포하는 의미를 찾기 위한 보편적인 투쟁에 관한 것으로, 철학과 문학, 사회학, 정치, 역사, 인류를 마치 융단처럼 능수능란하게 펼쳐 보인다.

간단히 말해서, 《비커밍 브루클린》에 묘사된 가상의 "집"은 전혀 집처럼 느껴지지 않았다. 그건 적대적 공간이었다. JBJ의 소설을 통하서, 나는 인간의 보편적인 감정인 소외감, 즉 "집이 없다고 느끼는 감정" 상태를 이해하는 작가를 만났다고 믿게 되었다.

그처럼 경이롭고 칭송받는 문학계 인물을 만나 지도를 받을 수 있게 되었으니, 내가 얼마나 전율하고 감탄하며 기대감에 찼겠는가.

하지만 아, 다 ㄷ소용없는 일이었다. 바로 수업 첫날에, 출석을 확인하던 JJJ가 내 이름의 민족성을 언급한 것이었다. 그 는마치 세상을 인종에 따라 분류되고 차별되는 곳으로 보거나 판단하는 듯했다. JBJ가 나쁜 뜻으로 내 이름의 '다문화성'과 대입에 유리할 가능성을 언급한 게 아니라고 주장하는 사람도 있을 수 있다. 하지만, 내 주장은 설사 그렇다 하더라도 그의 발언은 여전히 문제가 있으며, 나 같은 유색 여성은 문화적, 사회적 환경에서ㅅ 열등한 위치임을 상기시킨다는 것이다.

이럴 때 우리는 자기편이 되어 주는 사람의 도움이 필요하다. 우리는 문제에 정면으로 ㄷ대응하기 위해 힘을 모으고 있다. 내 가장 친한 친구인 로럴 그린블라트-왓킨스가 JBJ를 학교에서 몰아내기 위한 청원을 시작했다. 그녀의 말에 따르면 이미 20명 이상이 청원에 서명했으며, 이건 겨우 시작에 불과하다.

나는 소외 계층의 권리를 위해 싸우는 백인 칭구들이 있음을 감사하게 생각한다. 마찬가지로 청원에 힘을 보태준 한 사람 한 사람에게 감사한다.

나는 이번 일을 통해 엄청난 변화를 느꼈다. 내게 무척 중요한 전환점이라는 생각이 든다. 나는 이번 일이 때가되면 며칠은 아니더라도 몇 주 후 많은 주목과 관심을 얻을 수 있을 것으로 기대한다. 불의와 출신국 문제에 맞서 끊임없는 싸움을 계속하는 많은 이들에게 기운을 북돋워 주는 계기가 되기를 바란다.

이방인이라는 느낌을 준 일들이 사라지기를 고대한다.

그리고 와이더에서 내 '집'을 찾고 싶다.

이후 몇 주 동안 나는 초안을 거듭 작성하면서 와이더 칼리지 지원에 필요한 보충 자료를 준비했다. 피드백을 위해 로럴과 마이클 오빠에게 이메일을 보낼 생각이었다. 두 사람 모두 피드백을 주겠다고 했고, 랜디바도 선생님은 최대한 많은 피드백을 받아 보는 게 좋다고 조언했다. 막 "보내기" 버튼을 누르려는데, 머릿속에서 로럴의 목소리가 들려왔다. *교정은 꼭 인쇄해서 보도록 해!* 그래서 나는 원고를 플래시 드라이브에 넣어 루스벨트 가에 있는 카피캣KopyKatz으로 갔다. 종이 인쇄가 가능한 곳이었다.

나는 원고를 인쇄했다. 그리고 컴퓨터 화면에서는 미처 보지 못한 오타를 발견하고 부끄러움을 느꼈다. 수정한 다음 다시 인쇄했다. 그리고 더 많은 실수를 발견했다. 끝이 보이지 않았다. 그러다 마침내 자료를 이메일로 보냈다.

곧바로 로럴에게서 답장이 왔다. 이번 에세이 진짜 좋다, 앨리! 내 말 맞지? 내가 그럴 거라고 했잖아! 와이더에서 받아들이지 않을 수 없을걸!

로럴의 반응에 나는 드디어 마음이 놓였다. 뭐랄까, 마치 로럴한테서 "좋다!"라는 말을 듣기 전에는 숨도 쉬지 못하던 느낌이었다.

마이클 오빠는 그 주가 다 끝나갈 즈음에야 답장을 보내왔다. 지금 막 다 읽었어. 나는 답장을 보냈다. 빨리도 읽었네! 농담이고, 엄청 바빴을 텐데 진짜 고마워! 어떤 것 같아?

이거 진짜 네가 쓴 거야?

혹시 어디서 베낀 거냐고 묻는 거면, 아니거든?

아니, 그게 아니고, 세련되고 학구적인 느낌이라서……

감사! 나도 알아. 퀘이커 오츠에서 좀 배웠지.

하지만 어쩐지 너 같지 않은 느낌?
모르겠다. 그냥 내가 아는 그 앨리-캣 같지 않아서.

그게 무슨 말이야?

......

그건 오빠 방식이겠지.

......

오빠 때랑은 달라.
지금은 전기도 있고 비행기도 날아다니는 시대라고.

아이쿠. 그런 말은 반칙인데.

......

아무튼. 에일, 넌 될 거야. **하던 대로 해!** :-)

왜 강조하고 그래?

저기 상사 온다. 윽. 가 볼게.

137

13

/

다양성 총회

10월 중순에 가을 총회가 열렸다. 상급반 전체가 퀘이커 미팅 하우스Quaker Meeting House에 모였다.

나는 몰래 과제를 하기 위해 뒤쪽에 자리를 잡았다. 이런 총회는 대개 지루하기 마련이었다. 학교 모금 담당 부서에서 나와 현재 재학 중인 학생들은 물론 "미래의 앤 오스터 사상가와 셰이커 교도, 퀘이커 교도가 될 차세대 물결"을 위한 후원을 요청하는 것으로 마무리되기 일쑤였다.

하지만 오늘은, 강당 무대를 가로지르며 거대한 배너가

늘어뜨려져 있었다.

우리는 모두 하나. 앤 오스터 프렙 스쿨의 다양성 총회에
오신 걸 환영합니다!

스파이더맨 못지않은 감각, 즉 개소리 감지기가 예민하
게 작동하기 시작했다.

반 코틀랜트 교장 선생님이 무대 한가운데로 걸어 올라갔
다. 그녀가 주로 하는 일은 일반적인 '학교 관리 업무'로, 동
쪽 부속 건물의 '성별 비순응Gender Nonconforming' 화장실을 수리
하는 일, '수어드 파크Seward Park' 지역의 환경 정화 운동 참가
신청서에 서명하는 일, '태번 온 더 그린Tavern on the Green'에서
열리는 휴일 자선 만찬 행사권을 판매하는 일 등이었다.

그때 반 코틀랜트 교장 선생님이 목소리를 가다듬었다.

"하지만 조금 더 중요한 문제를 이야기할까 합니다. 오
늘, 이 첫 연례 다양성 총회에 우리는 다양성과 공정성, 포
용성을 논의하기 위해 모였습니다. 우리 앤 오스터 프렙 스
쿨은,"

학생들이 야유하기 시작했다. 교장 선생님은 결국 말을
정정해야 했다.

"알겠어요, 알겠어요." 교장 선생님이 항복하듯 손을 치켜들며 말했다. "우리 퀘이커 오츠는,"

환호성이 터져 나왔다.

"최근에 제 주의를 끄는 일이 있었습니다." 교장 선생님은 말을 이었다. "우리 퀘이커 오츠 공동체의 한 구성원이 오티스의 자랑스러운 다양성 존중 원칙에 합당한 대우를 받지 못했다는 사실을 알게 되었어요. 제가 이 자리에 선 이유는, 우리 공동체의 모든 구성원은 모두 하나인 것처럼 서로를 존중해야 한다는 점을 상기시키기 위해서입니다."

개소리 감지기가, 그 예민한 감각이 온몸을 얼얼하게 휘감는 듯했다.

"하지만 우리는 지난 일을 곱씹기 위해 이곳에 모인 게 아닙니다." 교장 선생님은 계속해서 말했다. "우리의 앞에 놓인 밝은 미래를 보려고 여기에 있는 것입니다. 우리는 한 학생을 위해 이 강당에 모였습니다. 용기 있게 목소리를 낸 학생입니다. 그 학생이야말로 '동맹Ally'이라는 말의 교과서적 정의임을 저는 단언할 수 있습니다."

교장 선생님이 허공에 손가락으로 따옴표 표시를 했다. 마치 그 용어를 우리에게 소개하는 게 자신이 처음인 줄 아는 듯했다. 사실은 제일 늦게 알았을 거면서.

"모두 따뜻한 축하의 박수 부탁드립니다. 로럴 그린블라트-왓킨스!"

잠깐, 뭐라고? 이 총회 배후에 *나의* 로럴이 있다고? 오늘 아침 사물함 앞에서 만났을 때만 해도 아무 말 없었는데? 로럴이 무대 위로 뛰어 올라갔다. 우습게도, 로럴은 아까와는 다른 옷을 입고 있었다. 소매를 걷어 올린 언니의 검정 블레이저 상의에, 시험 때만 입는 진한 청바지 차림이었다. 로럴이 머리를 묶고 있던 끈을 풀었다. 불안할 때마다 하는 행동이었다. 로럴의 머리카락이 구불거리며 흘러내렸다.

"나의 오티스 여러분!" 로럴이 우렁찬 목소리로 소리쳤다. "우리는 *심판의 시대*에 살고 있습니다. 오늘 우리는 매우 긴급한 문제를 논의하기 위해 퀘이커 미팅 하우스에 모였습니다. 저는 제 착한 친구에게 일어난 일을 들려 드리고자 합니다. 제 가장 *친한* 친구는 문화적 무감각의 피해자입니다."

순간, 나는 경악스럽고 수치스러웠다. 빌어먹을, 정말 저기서 지금 로럴이 떠들어 대고 있다는 사실이 믿기지 않았다. 그녀는 내가 수업 시간에 JBJ한테 당한 일을 온 강당에 대고 말하기 시작했다.

JBJ가 동급생들 앞에서 그런 말을 한 것이 그토록 나쁜 일이었다면서, 지금 로럴은 그 말을 전교생 앞에서 반복하고 있었다.

두려움이 걷잡을 수 없이 밀려들었다. 자신의 목소리가 녹음되어 재생되는 걸 들을 때의 그 민망한 기분을 아는가? 자신의 목소리가 평소와 달리 얼마나 얄팍하고 징징거리는 것처럼 들리는지, 그리고 평생 그렇게 우스꽝스러운 목소리로 살았다는 게 믿기지 않고, 순간 세상에 어떤 식으로 들릴지 의식하며 처절하게 깨닫게 되는 그런 기분?

이 당혹스러움을 천배쯤 곱하면, 지금 내가 느끼는 감정과 얼추 비슷할 것 같았다.

나는 지금까지 로럴의 사회적 활동을 무수히 도왔다. 하지만 내가 그 활동의 대상이 된 적은 한 번도 없었다.

내부 고발자는 아무도 안 좋아해, 에일.

로럴이 '거룩하기 그지없는' 목소리로 발언을 이어 가는 모습이 마치 노련한 연기처럼 느껴졌다.

강당 안은 분개한 학생들의 기막혀하는 소리로 가득 찼다. 어처구니없었다. 왜냐하면 당시 JBJ의 수업 시간에는 이들 중 누구 하나 눈길조차 주지 않았기 때문이다. 이들이 내지르는 고함과 외침 모두 가식적으로 들렸다.

그저 이런 이슈에 민감한 척하는 건가? 서로를 위해서?

어떨 때 내가 정말 '소속감'을 느끼는 줄 아는가? 진짜 결정적인 순간에 누군가 목소리를 내줄 때다. 즉 내가, 또는 나 같은 처지의 누군가가 지하철이나 거리에서 치욕스러운 일을 당하는 걸 보고 관심을 보여 줄 때 말이다. 그저 제자리에서 휴대전화나 광고판을 들여다보는 대신! 그리고 이미 일이 벌어지고 난 후 학교 총회 같은 안전한 자리에 모여 "인종 차별"이라며 입으로만 떠들어 대는 대신, 사건이 벌어진 그 자리에서 행동으로 보여 줄 때다.

나는 강당 뒤쪽에 자리를 잡은 게 이렇게 감사할 수가 없었다. 내 자리는 무대와 밝은 조명으로부터 멀리 떨어져 있었다.

로럴은 여전히 연단에 서서 우레처럼 소리를 질러 대고 있었다. "오티스 여러분, 내 가장 친한 친구가 마음의 상처로 괴로워하는 동안 거기 앉아서 아무것도 하지 않으실 건가요? 친구가 흘리는 피를 외면하실 건가요?"

교장 선생님이 로럴에게서 마이크를 낚아채듯 빼앗았다. "좋아요, 좋습니다. 고마워요, 로럴. 그리고 '역경을 이겨 낸 사람'에게 주어지는 첫 '특별상'을 수여하게 된 것을 큰 영광으로 생각합니다. 수상자는 알레 – 아헴! – 드라 김!"

심장이 철렁 내려앉았다. 로럴이 교장 선생님의 귀에 무슨 말인가를 속삭였다.

"아, 미안합니다. 알레한드라 김. 수상을 위해 무대 위로 올라와 주시기 바랍니다!"

함성이 강당을 가득 채웠다. 야유도 조금 섞여 있었다. 하지만 귀에서 쿵쿵 울리는 맥박 소리 때문에 들리지 않았다. 얼굴이 빨갛게 달아올랐다. 숨이 턱까지 차올랐다. 숨을 쉴 수가 없었다.

모두의 시선이 나에게 쏠려 있었다.

오, 맙소사, 어떡하지. 오만 가지 감정이 밀려왔다. 로럴에게 계속 그 '토프' 시간에 일어난 일은 별일 아니니까 잊으라고 말해 왔다. 일이 이렇게까지 커질 줄은 몰랐다. 마지막 학년에 내가 원했던 건 모든 과거 일은 전부 잊고 계속 살아나가는 것뿐이었다.

여전히 연단에 서 있던 로럴이 나를 발견하고는 앞으로 나오라고 손짓을 했다.

"얼른, 앨리!" 로럴이 소리쳤다.

다리가 휘청거렸다. 나는 앉아 있던 줄에서 일어나 통로로 나갔다. 학생들이 연호하는 소리는 점점 커져 귓속을 울릴 정도였다.

어떤 감각도 느낄 수 없었다. 다리가 떨렸지만 나는 하라는 대로 앞으로 나아갔다. 그러다 보니 어느 순간 무대 위에 올라가 있었다. 갑자기 교장 선생님이 내게 상을 건넸고, 그 순간 사진 촬영이 이루어졌다. 사방에서 플래시가 터졌다. 모든 스포트라이트가 내게 쏟아졌다. 옆에 선 로럴은 마치 오늘이 자기 인생에서 가장 행복한 날이라는 듯한 표정이었다.

지금 퀘이커 오츠의 로비 앞쪽 중앙에 걸려 있는 그 사진 액자를 들여다보면, 로럴과 교장 선생님, 내가 함께 무대 위에 서 있다.

우리 셋 모두 카메라를 향해 웃고 있다.

하지만 이 중 한 사람은 사실 전혀 웃고 싶은 마음이 아니었다.

14

킨스보로 플라자역

나는 무대에서 내려오자마자 내달렸다. 출입구를 나와 거리로, 운하를 건너 그 아래 지하철역까지.

분노는 정말 이상하다. 아니, 사실 이상하다기보다는 시뻘겋도록 뜨거운 동시에 새하얗게 질리도록 차갑다. 고체이면서 액체인 동시에 기체다. 순 모순덩어리다. 가슴을 무겁게 짓누르다가 치솟으며 목덜미를 후끈하게 만들고는 관자놀이로 올라가 활활 타오른다. 농담이 아니라 정말로 눈알이 터져 나갈 것만 같다.

이렇게 강렬한 느낌은 처음이었다. 이런 굴욕감은 한 번도 느껴 본 적이 없었다. 다들 내가 피해자인 척한다고 생각할 것만 같았다. 세상에서 가장 악랄한 사기꾼이 된 기분이었다.

다문화로 접근하면 대학 가는 데는 아무 문제 없겠네.

JBJ한테 진짜 한마디 해 줬어야 해!

넌 애초에 아무것도 안 한 것만도 못하게 되는 거야.

넌 이 학교에서 손님 같은 존재야. 어떤 문제도 일으키지 말아라.

친구가 흘리는 피를 외면하실 건가요?

온갖 말들이 머릿속에서 어지럽게 소용돌이쳤다. 내가 원하는 건 오직 집에 가는 것이었다. 그런데 이제는 집이 뭔지도 알 수 없었다.

아이러니했다. 와이더 에세이에 실컷 쓴 게 그 주제 아니었던가.

나는 열차로 돌진했다. 기억들이 양파 껍질처럼 한 겹씩 선명하게 분리되면서 그 매운 기운에 어쩔 수 없이 눈물이 났다. 나는 눈물을 참으려고 눈을 깜빡였다.

주방 조리대 위에 앤 오스터 프렙 스쿨 안내 책자가 놓여 있었다. 맨 앞에 들어간 사진이 무척이나 유혹적이었다. 우거진 초록 캠퍼스에 여러 유색 인종 아이들이 둥글게 둘러 앉아 있었고, 그중 한 아이가 생기 있는 표정으로 이야기하는 동안 나머지 아이들은 미소 띤 얼굴로 집중해서 듣고 있었다. 도시에 이런 학교가 실제로 있다는 게 믿기지 않았다. 꼭 그 학교에 가고 싶었다.

믿거나 말거나, 나를 퀘이커 오츠에 보낸 건 사실 엄마의 아이디어였다. 엄밀히 따지자면, 제일 먼저 생각해 낸 사람은 윤아 고모였다. 고모는 제이슨을 퀘이커 오츠에 보낼 생각이었는데, 놀랍고 또 놀랍게도, 제이슨의 성적이 입학 자격을 얻기에 불충분했다. 윤아 고모는 카탈로그를 우리 엄마에게 건넸다(사촌들한테 필요 없어진 많은 것이 나한테 왔다). 사실 나는 가을에 브롱스 과학 학교에 갈 예정이었다. 그런데 중학교 졸업을 앞둔 봄에 엄마와 엘리베이터를 탔다가 3B호에 사는 산체스 부인과 마주쳤다.

"들었어요?" 산체스 부인이 큰 소리로 속삭였다. 전할 소문이 많은 모양이었다. "6층에 사는 손 씨네 딸 말이에요. 오늘 아침에 글쎄 지하철에서 얼굴을 베였대요! 이 도시는 아주 못 쓰겠어요. 나는 도저히 남편이 연금을 받고 마이애

미에서 멋지게 은퇴 생활을 할 수 있을 때까지 못 기다리겠어요."

"손 씨네 딸이라면…… 브롱스 과학 학교에 다니지 않나요?" 엄마는 순식간에 상황을 간파하고 물었다.

"카산드라 손." 나는 숨을 내뱉듯 말했다. 카산드라는 과학 고등학교 3학년이었다. 내가 가을에 그 학교에 입학하면 챙겨 주겠다고 했었다. "언니는 괜찮아요?"

"살아는 있단다. 네가 궁금한 게 그거라면." 산체스 부인이 대답했다. "하지만 차라리 죽는 게 낫지. 그런 얼굴로 사느니."

엄마가 못마땅한 얼굴로 쯧쯧! 혀를 찼다. 산체스 부인은 눈치 없이 계속 떠들었다.

"거긴 정글이야! 브롱스 동물원의 동물들을 다 풀어놓은 것 같다니까."

그러더니 산체스 부인은 목소리를 낮추며 또 다른 흥미진진한 얘깃거리를 꺼내려 했다. "4H호 로페즈의 남편과 5C호 쵸드리의 아내 얘기 들으셨어요? 훌리오가 청소 도구함에서 두 사람이 있는 걸 봤대요."

엄마는 떠벌리기 좋아하는 산체스 부인의 손아귀에서 급히 벗어났다. 그리고 집에 오자마자 텔레비전을 켰다.

NY 1(그때는 유선 방송을 봤다)과 채널 2, 4, 5, 7, 9, 그리고 11까지, 뉴스마다 온통 그 얘기였다. 잭슨 하이츠에 사는 온화하고 학구적인 한국인 소녀가 브롱스의 4호선 열차에서 공격을 당했고, 커터 칼로 얼굴을 스무 차례나 베였다는 소식이었다. 화면에 가해자의 사진이 공개되었다. 벨뷰 병원에서 막 퇴원한 여자 노숙자였다.

그날 밤 아빠가 일을 마치고 돌아오자 엄마가 가족회의를 소집했다. 그 당시 아빠는 플러싱에 있는 식료품점에서 일했는데, 주인인 레 아저씨는 전형적인 심술쟁이였다. 하지만 그는 늘 아빠에게 공짜 식료품 봉지를 들려 보냈기 때문에, 우리는 불평할 수 없었다.

"우리 딸을 브롱스 과학 학교에 보낼 순 없어!" 엄마가 아빠에게 말했다.

"그건 그냥 별개의 사건이었어." 아빠가 지적했다. "어디서든 일어날 수 있는 일이었다고."

엄마는 특유의 멸시하는 표정을 지으며 맞받아쳤다. "나는 우리 딸을 그런 위험에 처넣으려고 그 먼 길을 온 게 아니야! 백구에서 떠나지 않는 편이 나을 뻔했어!"

중학교에 입학하기 전 여름, 엄마와 부에노스아이레스에 갔었다. 그때, 백구에 가려고 했지만 택시 기사들이 운행을 거부했다. "죽을 자리 찾아가는 건 다른 사람한테 부탁하쇼." 그들은 하나같이 악명 높은 아르헨티나 특유의 '유머 니그로Humor negro, 블랙 유머'로 반응했다. 그래서 나는 사실상 엄마와 아빠가 자란 빈민가에 가 본 적이 없었다.

"지하철 안에는 다른 사람들도 가득했는데, 그 미친년은 손 씨네 딸을 선택했어." 엄마가 아빠에게 말했다. "그걸 그냥 우연이었다고 말하지 마."

"저기 베로,"

"그게 우리 딸이 될 수도 있다고."

이 말에 아빠는 침묵했다.

"이미 오래전에 이 지역을 벗어났어야 했어. 당신 누나네처럼."

"비교하지 마." 아빠가 아빠답지 않게 엄한 목소리로 대답했다.

"후안, 이건 협상할 문제가 아니야. 이미 입학 담당자와 만나기로 했고. 이 학교야." 엄마가 인조 손톱을 붙인 손가락으로 앤 오스터 프렙 카탈로그를 두드렸다.

엄마의 말에도 불구하고 나는 아빠의 수치심이 느껴졌다. 나는 그런 아빠의 모습이 당혹스러워서 다투는 두 사람을 뒤로하고 식탁에서 일어났다.

다음 날, 엄마와 나는 앤 오스터 프렙 스쿨을 방문했다. 학교는 차이나타운의 공동 주택을 개조한 건물에 자리하고 있었다. "캠퍼스"는 맨 위층이었고, 인조 잔디로 뒤덮여 있었다. 진짜 풀은 단 한 포기도 없었다. 맨해튼 다리를 우르릉거리며 오가는 지하철 소리에 도시의 소음이 하나도 들리지 않았다. 딱 보니 엄마도 실망한 눈초리였다. 솔직히 나도 조금 그랬다. 이곳은 카탈로그에서 본 그 "초록빛 우거진" 캠퍼스가 아니었다.

우린 교실도 방문했다. 열 명의 아이들이 선생님 주위에 촘촘하게 둘러앉아 있었다. 누구 하나 눈치를 보거나 손을 들고 말하지 않았다. 사실 아무도 손을 들지 않았다. 학생들은 답을 외쳤고, 대화는 한순간도 끊어지지 않았다.

예전 학교와는 너무나 다른 모습이었다. 학교에서 나는 말을 너무 많이 해 수업 시간을 독차지하는 건 아닌지 조심하느라 지칠 대로 지쳤었다. 손을 드는 아이도, 답을 아는 아이도 나뿐이었다. 모르는 게 없다며 비아냥거리는 말도, 너무 열심히 하는 거 아니냐는 말도 듣기 싫었다. 하지만 여기 퀘이커 오츠 교실에서는 다들 열심이었다. 따라서 열심히 한다고 해서 비난받을 걱정은 할 필요가 없었다.

게다가 낙서나 껌 자국이 있는 책상이 하나도 없었다.

퀘이커 오츠는 천국 같았다. 이 말 말고는 달리 표현할 방법이 없었다. 나는 더 이상 브롱스 과학 학교에 관심이 없었다. 간절히 이 학교 학생이 되고 싶었다. 나는 입학 담당자를 만났다. 그는 내 성적표와 졸업 시험 성적을 보고 몇 가지 질문을 했다. 나는 어느 정도 지적인 답을 내놓으려고 노력했다.

지하철역으로 돌아왔을 때, 엄마는 떼 지어 오가는 군중을 보며 긍정의 뜻으로 고개를 끄덕였다. "좋네." 엄마가 말했다. "안전하겠어." 사방이 중국인들이었지만, 괜찮았다. 외부에서 보기에 우리는 그들처럼, 그들은 우리처럼 보일 터였다. 엄마가 무슨 생각을 하고 있는지 나는 잘 알았다. 아시아인에게 차이나타운보다 안전한 곳이 또 있을까?

내가 퀘이커 오츠에 합격한 직후부터 아빠는 쉴 새 없이 일하기 시작했다. 엄마도 마찬가지였다. 내 학비 때문에 추가 근무한다는 사실을 알고, 나는 죄책감을 느꼈다. 그래서 그때부터 해피데이 세탁소에서 일하기 시작했다. 하지만 1학년 중반쯤 아빠한테 무슨 일이 생긴 건지, 아빠는 전과 다르게 행동하기 시작했다. 괜찮아 보이는데 어딘가 이상했다. 항상 멍한 눈길이었고, 내가 무슨 말을 해도 거의 집중

하지 않는 듯했다.

그러다 한국 식료품점 일자리를 잃었고, 다른 일자리를 찾지 못했다. 그래서 엄마가 더 많이 일해야 했다. 아빠는 절대 집 밖으로 나가지 않았다. 그리고 곧 소파를 떠나지 않게 되었다. 학교에서 돌아오면, 아빠는 갈라진 낡은 가죽 쿠션을 벤 채 꼼짝없이 누워 있고 텔레비전만 혼자 시끄럽게 떠들어 대기 일쑤였다. 〈판사 주디Judge Judy〉라는 프로그램이었다. 아빠는 화면에 집중하고 있지 않았다. 골똘히 허공만 바라볼 뿐이었다. 마치 머릿속으로 우리 세계와 완전히 동떨어진 영화를 재생하고 있는 것 같았다.

"안녕, 아빠." 나는 아빠한테 가서 뺨에 뽀뽀하고 포옹하면서 이렇게 말하곤 했다. 나를 보고도 아빠는 별로 기뻐하지 않았다. 기운 없는 목소리로 "알레하−야, 베니스테 ¿Veniste(왔니)?"라고 할 뿐이었다. 마치 환풍기에 대고 말하는 것 같았고, 그마저도 말하기 버거워 보였다. 하지만 여전히 아빠의 말은 새가 지저귀는 것 같았다.

그해 내내 나는 노력했다. 소파에서 아빠를 일으키려고 노력했고, 공원에서 축구를 하게 하려고 노력했고, 미스터 소프티 트럭에서 '밤 팝Bomb Pop' 아이스크림을 먹게 하려고, 산책하게 하려고 노력했다. 닥치는 대로 뭐든 했다. 하지만 아빠는 꿈쩍도 하지 않았다. 지금도 떨칠 수 없는 그 끔찍하고 멍한 눈빛으로 소파에 누워 있을 뿐이었다.

2학년이 되자 아빠는 더 나빠졌다. 하지만 나는 내 삶에 집중하고 있었고 마침내 퀘이커 오츠에 적응해 간다고 느꼈기 때문에, 아빠는 뒷전이었다. 그저 친구 사귀기, 좋은 성적 받기, 와이더를 목표로 삼기 등 더 중요하고 시급한 관심사에 몰두했다. 아빠와 둘만 집에 있는 게 싫어서 일부러 집에 늦게 오기도 했다.

나는 이 이야기를 퀘이커 오츠의 누구에게도, 심지어 로럴에게도 하지 않았다. 내가 이곳에서 이방인처럼 느끼는 이유 목록에 평범치 않은 아빠까지 보태고 싶지 않았다.

엄마와 나는 아빠 문제를 모두에게 비밀로 했다. 윤아 고모도 예외는 아니었다. 하지만 고모가 뭔가 잘못되었다는 사실을 눈치챘다는 걸 나는 알고 있었다. 언젠가 한 번 고모가 우리 집에 온 적이 있었다. 늦은 가을이었다. 나는 라이언스Lions, 즉 도서관에서 돌아오는 길이었는데, 집 밖으로 큰 소리가 새어 나왔다. 아빠와 고모의 목소리였다. 아빠는 몇 달 동안이나 목소리를 높이는 건 고사하고 거의 말도 하지 않던 상태였다. 나는 믿을 수 없었다. 내가 문을 열기도 전에 윤아 고모가 뛰쳐나왔다. 고모는 나를 보고 멈칫했다.

"아…… 이걸 깜빡했네. 네 아빠 주려고 가져온 건데." 고모가 손에 든 비닐봉지를 내려다보다가 건넸다. 안에는 타파웨어에 깔끔하게 포장된 한국 음식이 가득 들어 있었다.

아빠는 언제나처럼 소파에 웅크리고 있었다. 하지만 어깨가 들썩이는 걸 보고 알았다. 아빠가 울고 있다는 걸.

"아빠." 나는 감정을 추스를 틈을 주려고 아빠를 불렀다. "고모가 이거 아빠 드리래요. 냉장고에 넣어 둘게요."

아빠는 윤아 고모가 가져온 음식에 손도 대지 않았다. 음식은 몇 주 동안 그대로 썩어 갔다. 나는 그날 아빠와 고모가 무슨 일로 다퉜는지 전혀 알 수 없었다.

그로부터 두 달 후, 아빠는 퀸스보로 플라자역에서 추락해 사망했다.

장례식이 끝나고 나는 몇 주 동안 악몽에 시달렸다. 한번은 아빠가 소파에 누워 있는데 거기에 불이 났다. 나는 불을 끄려고 하기는커녕 나부터 피하느라 바빴다. 문을 향해 달려가면서 어깨 너머 뒤돌아보니 아빠가, 불길에 휩싸인 채, 나를 보며 웃고 있었다.

아빠의 죽음 이후, 나는 끊임없이 과거를 돌이켜 보며 허우적거렸다. 만일 윤아 고모가 그 카탈로그를 우리한테 주지 않았더라면 어땠을까? 만일 카산드라 손이 그 열차가 아닌 다음 열차를 탔더라면 어땠을까? 애초에 내가 퀘이커 오츠에 입학하지 않았더라면, 그래서 아빠가 학비와 이후에 필요할 대학 등록금 때문에 돈을 더 많이 벌어야 한다는 압박을 받지 않았더라면 어땠을까?

입학 전날 밤에 본 아빠의 표정을 잊을 수가 없다. 아빠는 등록금 고지서를 들여다보고 있었다. 너무 피곤하고 정말 지쳐 보였다.

"아빠, 저 그 학교 안 가도 돼요." 그날 밤 내가 한 말이 기억났다. 물론 나는 가고 싶었다. 그것도 아주 절실하게. 그렇지만 이번 결정이 우리 가족에게 얼마나 큰 부담이 될지 알 만한 눈치는 있었다.

그러나 아빠는 활짝 웃으며 말했다. "당연히 가야지!" 그리고 꿈을 크게 가지라고, 이 나라에서는 내가 원하면 뭐든 될 수 있다고 말했다.

아빠가 세상을 떠난 후에야 나는 그때 아빠의 미소가 거짓이었음을 깨달았다.

혹시 내가 퀘이커 오츠에 가지 않았더라면 아빠는 지금도 살아 있을까, 나는 꽤 오랫동안 궁금했다. 왜냐하면 학비 90퍼센트를 장학금으로 받아도 그 남은 10퍼센트가 여전히 너무 부담스러웠기 때문이다.

　아빠는 나를 데리고 지하철 음악을 들으러 가곤 했다. 아마도 우리가 돈이 없어서였을 것이다. 가난한 사람들은 오락을 즐기려면 슬기로워야 한다. 지하철 음악이란 퀸스보로 플라자역에 가서 7호선과 N선이 분주히 오가는 소리를 듣는 걸 의미했다.

　에스쿠차스¿Escuchás(들어 봐), 알레하-야. 아빠는 말하곤 했다. 들리니?

　아빠는 열차들의 불규칙한 리듬에 맞춰 내 등을 두드렸고, 덕분에 나도 그것을 느낄 수 있었다. 동쪽으로 향하는 열차와 서쪽으로 향하는 열차가 서로 부르고 대답하듯 덜커덩거리며 오갔다.

　어떨 땐 아빠처럼 손바닥으로 무릎을 치기도 하고 내 마음대로 음을 붙여 멜로디를 부르기도 했는데, 그러면 아빠가 무척 기뻐했다. 나는 대체로 지루했다. 아빠가 눈을 감고 박자에 맞춰 고개를 끄덕이기 시작하면 다리아Darya의 탐정소설을 읽으면서 아빠의 감상이 끝날 때까지 기다렸다(나는 당시 그 시리즈에 푹 빠져 있었다). 하지만 아빠의 가르침은 용케도 내게 스며들었다. 박자에 맞춰 손가락을 톡톡 두드리는 아빠 옆에서 책을 읽는 동안, 나 역시 그 삐걱거리는 리듬, 그 광기에 찬 음악을 느끼기 시작했다.

그런데, 아빠가 세상을 떠났다. 나는 평생, 아빠와 모든 질문과 답을 주고받을 시간이 충분하다고 생각했었다.

하지만 실제로 일어난 일은, 새해 연휴를 마치고 학교로 돌아갔다가 교실에서 불려 나왔고, 그런 나를 마이클 오빠가 리셉션에서 기다리고 있다가 병원으로 데려갔으며, 그곳에서 아빠가 돌아가셨다는 사실을 들은 것이었다.

아빠가 세상을 떠난 직후 수많은 지지와 애도 웹사이트를 훑었다. 모두 "삶을 계속 살아갈 것"을 권고했다. 한번은 7호선을 타고 퀸스보로 플라자역까지 가 보려고 한 적이 있었다. 하지만 곧 과호흡 증상이 시작되었고, 공황 상태가 된 나는 숨을 쉴 수가 없었다.

혼자만의 생각에 빠져 있던 나는 내가 7호선 열차에 탔다는 사실도 깨닫지 못했다. 내 몸은 자동으로 6호선으로, 4/5호선으로, 그런 다음 7호선을 타고 그랜드 센트럴역으로 향했다. 열차는 맨해튼을 떠나 퀸스를 가로지르는 중이었다.

극심한 공포가 밀려오기 시작했다. 이건…… 너무 일렀다. 아직은……. 아직은 퀸스보로 플라자 역을 마주할 수 없었다. 아빠의 지하철 음악이 요란하게 귓가를 두드렸다. 또다시, 숨이 쉬어지지 않았다.

나는 너무 겁이 나서 한 정거장 전인 코트 스퀘어역에서 내렸다. 바보처럼 눈물이 왈칵 터져 나왔다. 나는 거칠게 눈물을 닦아 냈다. 눈이 양파를 썰 때보다 더 쓰렸다. 심장이 소금이라도 뿌린 듯 따가웠다.

내가 조금 더 강인한 사람이었다면 퀸스보로 플라자역에서 마주친 그 두려움에 맞설 수 있었을지도 모른다. 빈 선로를 바라보며 풀리지 않는 조각들을 맞춰 볼 수 있었을지도 모른다. 생의 마지막 순간, 아빠는 무슨 생각을 했을까? 하지만 그 순간 다른 생각들이 꼬리를 물고 몰려와 머릿속을 어지럽혔다.

만약에, 만약에 다르게 상황이 흘러갔더라면, 어땠을까?

아빠, 정말 보고 싶어요. 어떻게 우릴 버리고 떠날 수 있어요?

어떻게 나를 두고 갈 수 있어요?

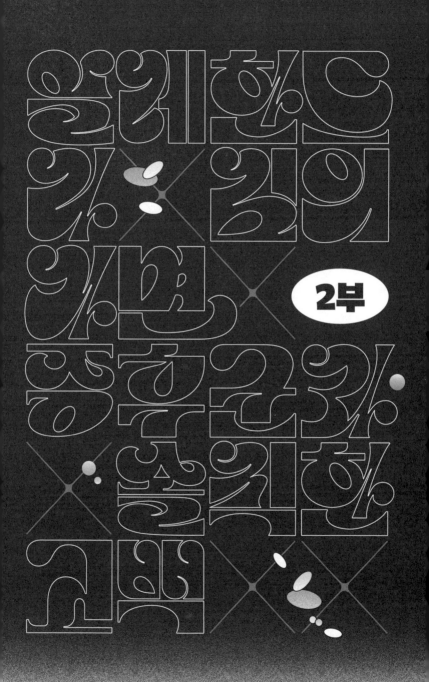

15

/

힙스터 커피

"그러더니 나를 무슨 빌어먹을 다양성 선발 대회에서 뽑힌 여왕처럼 전교생 앞에 세우는 거 있지." 나는 빌리에게 하소연했다. 그리고 퍼레이드 하듯 허공에 대고 팔을 휘저었다. *왼쪽, 오른쪽, 팔꿈치 흔들고, 왼쪽, 오른쪽, 손목 흔들고, 또 손목 흔들고!*

빌리는 내가 다양성 총회에서 상 받은 일을 한마디로 정리했다. "백인들께서 너무 시간이 남아도셨네."

우리가 있는 곳은 37번 가에 새로 생긴 카페 중 하나인

'차이티Chaiti'였다. 나는 총회를 마치고 잭슨 하이츠로 돌아와 빌리에게 문자를 보냈다. 시간 괜찮아? 그때 말한 대로 커피 한잔 어때? 그래서 우리는 지금 여기에 와 있다. 빌리는 도착하자마자 울어서 얼룩덜룩해진 내 얼굴을 보고 무슨 일이 벌어졌다는 걸 알았다. 나는 JBJ와의 일이며, 청원, 다양성 총회 등 그동안 있었던 일을 빌리에게 다 털어놓았다.

빌리는 묵묵히 들어 주었다. 절대 섣불리 판단하지 않았다. 빌리가 없는 동안 내가 그를 얼마나 그리워했는지 새삼 깨달았다. 원래 나는 그에게 모든 일을 털어놓곤 했었다. 아빠가 세상을 떠나고 빌리도 이곳을 떠나자, 내게는 아무도 없었다.

"내 말은, 학교가 이 일을 '더 키우고' 싶어 하는 것 같다는 거야." 내가 말했다. "나한테 참여하고 싶은지 묻지도 않고 말이야. 전부 가식적으로 느껴졌어."

"너한테 먼저 얘기하지도 않고 일을 벌였다니 좀 엉망이다." 빌리가 말했다. "하지만 뭐, 그럴만한 이유가 있었겠지. 로럴하고는 얘기해 봤어?"

"아니, 그냥 뛰쳐나왔어."

로럴한테서 거의 천 통에 가까운 부재중 전화와 문자 메시지가 와 있었다. 하지만 나는…… 응답할 수 없었다. 생각을 정리할 시간이 필요했다. 만일 지금 당장 로럴과 마주한다면, 나는 폭발할지도 몰랐다.

하지만 '퀘이커 오츠 학생'인 앨리는 폭발하지 않았다.

카페는 만석이었다. 빈 테이블이 하나 있기는 했지만, 그 위에는 담요며 기저귀 가방, 공갈 젖꼭지, 젖병, 주스 팩 등이 잔뜩 흩어져 있었고, 건너편 테이블에는 유아차를 끌고 온 부모들이 자리 잡고 있었다. 그들은 우리가 보는 걸 알면서도 치우려 하지 않았다.

빌리와 나는 눈길만 주고받을 뿐 아무 말도 하지 않았다. 우린 음료를 받아 들고 우유와 설탕, 일회용 나무 젓개가 놓인 선반 옆에 가서 섰다.

나는 라떼를 한 모금 마시려다 뱉을 뻔했다(오늘의 특별 음료였다). 라벤더와 캐모마일 향을 넣은 액상 비누 맛이었다. 목이 타들어 가는 것 같았다.

"대체 왜 그냥 평범한 맛이 나게 만들지 못하는 걸까?" 내가 말했다.

"저런 걸 주문하는 사람이 너였구나." 빌리가 실눈을 뜨고 메뉴판을 들여다보며 말했다. "맙소사, 한 잔에 4달러나 하잖아."

평소의 나라면 구두쇠처럼 돈 한 푼에 벌벌 떨었겠지만,

오늘은 날이 날인만큼 이런 걸 시키고 싶었다. "그냥 뭐든 새로운 걸 시도해 보고 싶었어."

빌리가 자신의 2달러 50센트짜리 커피잔을 들어 올렸다. "그래서 기본을 지켜야 하는 거야. 대체 몇 번을 말해 줘야 알겠냐, 김?"

나는 그의 말을 끊으며 말했다. "짧게 해라, 바보야!"

"그렇게 말할 줄 알았다." 빌리가 웃었다.

빌리는 웃으면 아주 귀여웠다. 보조개 때문이었다. 왜 여자 친구를 사귀지 않는지 궁금했다. 이제는 아주 "매력이 넘치는" 모습이 되어 도미니카공화국에서 돌아왔으니, 여자아이들이 꿀벌(아니, 똥파리?)처럼 그의 주위에 떼로 몰려들 게 뻔한데.

"그럼 정확히 누구한테 불만이 있는 거야?" 빌리가 물었다. "학교? 선생님? 아니면……?"

나는 라떼를 한 모금 또 마셨다. 굳이 말하자면, 마실 때마다 맛이 조금씩 나아졌다.

"나도 몰라." 내가 대답했다. "이 정치적 올바름 문제에 관한 한 나는 언제든 JBJ를 택할 거야. 학교가 자꾸 일을 안 좋은 방향으로만 끌고 가는 것 같아. 로럴은 그런 상은 꿈도 꿔 본 적 없을 거야. 그냥, 그 애답지 않아."

"그래?" 빌리가 물었다. "그게 그저 '공공의 구경거리'에 불과했다고 생각하는 거야?"

"여태 그걸 기억하고 있다니 믿기지 않네."

빌리와 로럴은 한 번, 딱 한 번 만난 적이 있었다. 1학년 때 〈욕망Desiring〉이라는 프랑스 영화를 보기 위해 어느 영화 포럼에 갔을 때였다. 영화가 끝난 후 빌리는 그냥 앉아서 레드 게토레이를 마시고, 로럴과 나는 라떼를 마시며 영화 얘기를 나눴었다. 이가 나간 찻잔과 구겨진 냅킨 등 온갖 부서진 사랑의 상징을 훑던 카메라에 대해서, 등장인물들의 함축적인 대화에 대해서, 운명론적이고 이해하기 어려운 영화의 분위기에 대해서, 그리고 영화의 사적이고 은밀한 순간을 "공공의 구경거리"로 바꿔 놓은 감독에 대해서.

맞다. 아마도 꽤 참고 들어 주기 힘든 이야기들이었을 것이다(변명을 좀 하자면, 로럴과 나는 그 영화를 주제로 써 내야 할 과제가 있었다). 한숨 돌리는 동안 로럴이 빌리에게 영화에 대해 어떻게 생각하는지 물었다.

"그 남자랑 여자랑 그냥 말없이 세 시간 동안 앉아 있던 게 다잖아." 빌리가 게토레이를 한 모금 꿀꺽 마신 후 이어서 말했다. "난 딱 3초 만에 뭘 말하는지 알겠던데."

그날의 대화는 잘되지 않았다.

이후 나는 로럴과 만나는 자리에 빌리를 초대한 적이 없었고, 그 반대의 경우도 마찬가지였다. 로럴이 〈비키니 카 크래시 파티〉를 1탄이든 2탄이든, 아니면 3탄이든 관람하는 모습을 상상할 수 있겠는가? 있을 수 없는 일이었다. 종교나 정치를 다루는 영화라면 몰라도.

"아니, 그거랑은 달라." 나는 빌리에게 대답했다. "로럴은 자신이 진짜 옳은 일을 한다고 믿는 것 같아. 그래서 미워할 수가 없어."

말하는 도중, 나는 문득 깨달았다. 총회가 참을 수 없이 치욕적이었던 만큼, 로럴은 자신이 정말 옳은 일을 하고 있다고 생각했다는 것을.

"그럼 가서 로럴하고 끝장을 봐, 에일." 빌리가 말했다.

"아니, 로럴과 얘기하기 전에 좀 진정할 필요가 있어."

"네 성격 튀어나올까 봐 그러는구나."

나는 고개를 저었다. "아무리 미운 사람이라도 내 성격을 다 드러내 보일 순 없지."

'내 성격'이란 사람들 앞에서 끝장내 버릴 작정으로 덤비는 걸 의미했다.

나는 사람들과 대립할 때가 많았다. 아무래도 뉴욕이 이민자들의 도시이고, 누구도 같은 언어를 사용하지 않다 보니 그런 것 같았다. 우리는 가장 낮은 공통분모를 찾아야 했다. '고함치기'라는 보편적인 언어를 이해 못 할 사람이 있을까? 지하철 쩍벌남에게 아무 말이나 소리쳐 보라. 정확히 무슨 뜻인지는 몰라도 다리 오므리란 소리라는 건 알아들을 테니까.

어릴 때부터 같이 자라다시피 한 친구들, 즉 제시 굽타, 샌디 리우, 매기 시스네로스와도 비슷한 일이 있었다. 퀘이커 오츠에 입학하고 막 새 학기가 시작되었을 때, 나는 학교까지 통학하랴, 과제 해내랴, 완전히 갈피를 못 잡고 우왕좌왕하고 있었다. 시작은 매기였다. "왜 이제는 우리랑 놀지 않는 거야?"

"뭐야, 바쁘니까 그렇지!" 내가 말했다. "나는 시내에 있는 학교에 다니잖아."

샌디가 화를 냈다. "그래서, 이젠 네가 우리보다 낫다는 거야?"

이 말에 나는 화가 치밀어 올랐다. "그렇게 생각할 정도로 네가 멍청한 거라면, 뭐, 그럴 수도 있겠지."

이 말이 도화선이 되었다. 샌디는 매기와 제시, 그리고 내가 우등반에서 공부하는 동안 자신만 '보통반'에 있는 것에 대해 늘 열등감을 느끼고 있었다.

샌디가 곧바로 받아쳤다. "누구더러 멍청하대!"

결국 아귀다툼이 되었다. 우리 넷은 루스벨트 가 한복판에서 소리를 질러 대기 시작했다. 하지만 다들 아무렇지 않게 우리를 지나쳤다. 얼마나 소리를 지르면서 싸웠는지는 밝힐 수 없다. 우릴 말리지 않은 건 뉴욕 사람들이 싸움에 소극적이어서가 아니었다. 그냥 우리가 싸움꾼이라서였다.

우리 넷은 아주 결판을 지을 태세로 싸웠다. 초등학교 때부터 해묵은 온갖 치사한 과거들이 다 쏟아져 나왔다. 솔직히 곪은 상처가 터진 듯한 카타르시스가 느껴졌다.

그제야 우리는 새 출발을 할 수 있었다. 이제는 동네에서 우연히 만나도 모두 친구인 척하느라 애쓰지 않아도 된다. 이건 진심이다.

그런데 퀘이커 오츠에 입학한 후, 나는 소리를 지르는 게 품위 없는 행동으로 인식된다는 걸 깨달았다. 이 사실을 나는 아주 힘들게 배웠다. 신입생 때, 화장실에서 한 아이가 내 앞으로 새치기를 한 적이 있었다. 나는 화장실이 정말 급했고, 쉬는 시간은 단 5분뿐이었으며, 다음 수업은 3층에서, 마지막 수업은 지하에서 있었다. 이름이 바이올렛 트리클이던 그 아이는 친구에게 부탁해 화장실 줄을 맡아 둔 상태였다. '연줄Cronyism'은 화장실 줄에까지 뻗어 있었다.

"야!" 나는 소리쳤다. "여기 줄 선 거거든!"

순간 정적이 흘렀다. 아주 순식간의 일이었다. 줄에 서 있던 아이들의 눈이 전부 나를 향했다.

나는 그 얼굴들, 가늘게 뜬 눈과 혐오스럽다는 듯 비죽거리던 입술을 결코 잊지 못할 것이다. 그 애들은 마치 자기들보다 한참 아래에 있는 사람 보듯 나를 내려다봤다.

"뭐야, 새로 온 애, 쟤 진짜 무례하다." 바이올렛 트리클이 줄에 선 내 앞을 미끄러지듯 지나가며 자기 친구에게 속삭였다. 잘못한 사람은 자기라는 건 알지도 못하는 것 같았다. 그날 나는 화가 머리끝까지 났지만, 그 불만을 표현할 말이 없었다.

그래서 배운 방법이 목소리를 낮추는 것이었다.

내가 성질을 죽이는 이유는 하나 더 있었다.

왜냐하면 마지막으로 말다툼을 벌였을 때, 결국 화를 이기지 못해 다시는 되돌릴 수 없는 말을 내뱉고 말았기 때문이다.

마침내 테이블 하나가 비었다. 하지만 또 한 무리의 유아차 부대가 들이닥쳐 우리보다 먼저 자리를 차지해 버렸다. 잭슨 하이츠는 점점 더 로럴이 사는 동네와 비슷해졌다. 이

걸 어떻게 생각해야 할지 알 수 없었다.

빌리도 정확히 나와 똑같은 생각을 하고 있었다. "우리 바리오Barrio. 미국 내 스페인어 사용자 거주 지역도 값이 뛰는 건 시간 문제겠네." 그가 말했다. "엄마가 그러는데 그래서 우리 단지에도 사람들이 집을 보러 오고 있대."

"무슨 사람들?"

"너희 엄마한테 우편물 온 것 없어?"

나는 눈길을 돌리며 대답했다. "엄마랑 나는 별로 그런 얘기 안 해."

"그냥 지켜봐." 빌리가 말했다. "개발자들이 들이닥쳐서 여기 사람들을 다 몰아낼 거야. 그러고 나면 도시 사람들이 몰려와서 다들 그런 고급 라떼를 사 마시겠지." 빌리가 내 음료를 가리켰다.

"퍽도 그러겠다." 내가 받아쳤다.

"너랑은 더 이상 상관없는 문제겠지, 에일." 그가 말했다.

"그게 무슨 소리야?"

"무슨 말이냐면, 넌 여길 떠날 거라는 얘기지. 여길 나가서 대학에 갈 거잖아. 그러니까 그 작고 예쁜 머리로 걱정할 필요 없다고."

"그 얘기라면," 나는 재빨리 말을 받았다. "너한테 물어보려 했는데. 대입 준비 어떻게 돼 가는 거야? 기한이 얼마 안 남았잖아."

빌리는 대답을 피하며 커피를 한 모금 마셨다. "준비하고 있어."

나는 그 말뜻을 알아챘다.

"순 거짓말."

"고민 중이야. 이제 됐지, 에일?"

"거짓말 두 번."

"좋아, 솔직하게 말할게." 빌리가 입을 열었다. "대학에 지원 안 할 거야. 3학년 수업을 다시 들어야 하거든."

"뭐라고?" 나는 커피잔을 내려놓았다. "산토도밍고에서 학교 다닌 거 인정 안 된대?"

"나 거기 있을 때 학교 안 다녔어."

"설명해 봐."

내 말에 빌리가 설명하기 시작했다. 지역 공립 학교에 다녔다는 말은 거짓말이었다. 학생들에게 필요한 의자와 책이 충분하지 않았고, 선생님들은 파업 중이라 학교에 출근하지 않았다. 게다가, 빌리의 스페인어 실력은 수업을 따라가기엔 부족했다. 미국인 학교는 외교관이나 사업가의 자녀들을 위한 곳이었고, 학비 또한 엄두도 내기 힘들 정도로

비쌌다.

"그럼 너, 1년 동안 그냥 할머니 집에서만 머물렀다고 한
거……"

"농담이 아니었지."

"4학년으로 바로 갈 방법은 없는 거야?"

"응, 엄밀히 말해서 나는 3학년 과정을 제대로 마치지 못
했거든." 그가 말했다.

"하지만 이런 생각이 들더라고. 그러니까, 학교에 다니는
게 무슨 의미가 있지? 그냥 다음 단계의 학교에 가려고 다
니는 거 아니야?"

"맞아." 내가 대답했다. "그게 진짜 중요한 거야."

"나는……" 빌리가 말하다 말고 머뭇거렸다. 입술이 떨리
는 게 보였다. "너나 네 퀘이커 오츠 친구들이랑은 달라. 내
가 어떻게 너네하고 경쟁하겠어?"

"어째서 그게 경쟁이야?"

"왜 이래, 에일. 순진한 척하지 마."

갑자기 정신이 번쩍 들었다. "야, 그런데 이렇게 이른 시
간에 어떻게 나 만나러 왔어?" 나는 내 문제에 사로잡힌 나
머지 다른 생각은 하지도 못했다. "치비, 너 지금 수업 땡땡
이치고 있는 거야?"

"넌 아니고?"

들켰다!

휴대전화가 울리기 시작했다. 또 로럴이었다. 1001번째 메시지가 날아들었다.

> 만나서 얘기 좀 할 수 있을까? 문자로 말하기가 너무 힘들어.

> 내가 다 설명할게.

지금 당장은 로럴을 대할 수 없었다. 나는 전화기를 멀리 치웠다.

"저기, 에일." 빌리가 말했다. "지금은 진짜 학교 이야기는 하고 싶지 않아."

딱 보니 빌리는 입을 다물 듯한 태세였다. 그래서 우선은 물러서기로 했다.

"알았어." 나는 휴전의 뜻으로 잔을 내밀었다. "치비, 먹어 볼래?"

"꼭 그러길 원한다면."

라떼를 맛본 빌리의 얼굴이 창백해졌다. 하지만 곧 정상으로 돌아오는 게 보였다.

"음, 확실히 처음엔 별론데 나중엔 괜찮네." 그가 말했다.

"그 말은, 얼굴을 보니 정말 괜찮은 모양이네?" 내가 놀리듯 말했다.

"그럼 내가 뭐라고 하겠냐? 게토레이 값으로 샴페인을 맛봤는데."

빌리가 농담인 듯 진담인 듯 고개를 저으며 말했다. "내 인생이랑 똑같네."

16

/

후유증

로럴은 다음 날 아침 수업이 시작되기 전, 사물함 앞에서 나를 찾아냈다. "앨리, 얘기 좀 할 수 있어? 계속 전화를 안 받던데."

내가 왜 그랬겠니? 나는 사물함을 닫으며 말했다. "무슨 할 얘기?"

"네가 화났을까 봐 무서웠어."

나는 입을 앙다물었다. 시뻘겋도록 뜨거운 동시에 새하얗게 질리도록 차가운 감정을 꾹꾹 눌러 참았다.

적어도, 참으려고 노력은 하고 있었다.

"총회가 있을 거라는 얘기 없었잖아, 로럴."

로럴이 자신의 책 더미를 내려다보며 대답했다. "미안해, 앨리. 얘기하고 싶었어. 하지만 네가 그 자리에 오지 않을까 봐 두려웠어."

"아. 내가 너무 '소극적'이라서 그랬구나."

로럴이 움찔했다. "미안. 그런 식으로 말하지 말았어야 했는데."

로럴이 이렇게 이상하게 군 건 아빠의 장례식 직후 말고 는 처음이었다. 그때 나는 로럴이 장례식에 오지 않은 것에 대해 이해한다고, PSAT 시험 전날이라 엄마에게 허락을 받 기 힘들었을 거라고 말해 주었다. 하지만 로럴은 기분이 엉 망이었고, 그래서 오히려 내가 나중에 로럴의 기분을 풀어 줘야겠다고 느낄 정도였다.

로럴의 이마가 바인더 속지처럼 구겨졌다. "앨리, 나는 네가 3년 동안 퀘이커 오츠에 적응하려고 애쓰는 걸 봤어. 그걸 알면서도 JBJ 같은 사람들이 너한테 함부로 대하는 걸 그냥 두고 볼 수는 없었어. 우리 학교는 너뿐만 아니라 나, 아니 누구한테라도 포용적인 공간이 되어야 해."

로럴은 깊이 숨을 들이마신 후 계속해서 말했다.

"정말, 솔직하게 말하면, 가끔 넌…… 문제를 일으키고 싶지 않아서 너무 꾹꾹 참기만 하는 것 같아."

불쾌했다. 하지만 틀린 말은 아니었다. 총회 얘기를 미리 들었더라면 난 화장실로 도망쳤을 것이다. 아마 예전의 나였다면 무대로 달려가 총회를 중단시켰을지도 모른다. 지금은 어떨지 모르겠지만.

로럴이 품 안의 책을 추슬렀다. "그때 기억나? 열차에서 어떤 여자가 너한테 빌어먹을……" 로럴이 말끝을 흐렸다.

"칭크라고 했던 거 말이야?" 내가 대신 말해 주었다.

"그래." 로럴이 내 말에 움찔하며 대꾸했다. "그때 정말 화가 났었어."

"그걸 기억하고 있을 줄은 몰랐네."

"열차 안에 사람이 그렇게 많았는데, 아무도 *뭐라 하지 않다니*. 그걸 떠올리면 지금도 열받아."

"사람들은 원래 다 그래." 내가 말했다. *뭔가*를 목격해도, 아무 말 하지 않는다.

"그래도 그러면 안 *되지*." 로럴이 화를 내며 말했다. "어제 불편하게 해서 미안해. 의도는 그게 아니었어. 하지만 뭔가 말은 해야 했어. 난 그냥 네 친한 친구만이 아니니까. 난 네 편이니까."

로럴의 얼굴이 투지로 넘쳐흘렀다. 3년 전 바로 이 사물함 앞에서 형광펜으로 덕지덕지 표시된 《허클베리 핀》을 보여 줄 때와 같은 표정이었다.

내 분노는…… 엄밀히 말해 사라진 게 아니었다. 하지만 내 안을 매섭도록 뜨겁게 채우던 압력이 빠지기 시작했다. 열차에서 그 여자가 나를 그 추악한 단어로 불렀을 때, 나는 사람들을 계속 쳐다봤다. 혹시라도 누군가 내 편을 들어 줄 사람, 불쑥 끼어들어 도와주는 사람이 있지 않을까 싶어서. 하지만 휴대전화만 쳐다볼 뿐 아무도 나서지 않았다.

사실 로럴은 우리 학교 전체를 통틀어 뭔가를 목격했을 때 무슨 말이든 하는 유일한 사람이었다. 게다가 자신이 직접 본 일도 아닌데! 같이 수업을 듣던 아이들은 그저 아무것도 하지 않고 가만히 앉아만 있었다. 그건 세상에서 가장 쉬운 일이었다. 나는 마음이 누그러졌다.

어제 빌리에게 했던 말대로였다. 난 로럴이 좋은 뜻에서 그랬다는 걸 알고 있었다.

로럴이 양팔을 벌리고 다가오려다 멈췄다. 뻔뻔스럽게 굴지 않으려고 자제한다는 걸 알 수 있었다.

그 순간, 나는 이쯤에서 그만하기로 마음먹었다. 계속 신경 쓸 만한 가치가 없는 일이었다. 로럴은 나와 가장 친한 친구였다.

"화해하고 잊어버리자, 엘." 내가 말했다.

그리고 그걸로 끝이었다.

"언제나 네 곁에서 지켜 줄 거야." 로럴이 말했다. "약속 할게."

일주일 내내 사람들은 내게 축하한다는 말을 건넸다. JBJ 수업 시간에는 아무 말도 하지 않았던 학생들이 이제는 '연 대Allyship'를 말하고 있었다.

다들 이런 식이었다.

"저런, JBJ 진짜 너무 심했다!"

"맙소사, 그 사람 해고하길 잘했네!"

"세상에, 뭐든 도움이 필요하면 말해!"

하지만 뒤에서는 나를 두고 속닥거렸다. 내가 자아도취에 빠져서 그렇게 느끼는 게 아니고, 그냥 느껴졌다. 내가 교실 로 들어가면 아이들은 하던 이야기를 멈췄다. 그런 행동은 내 이야기를 하고 있었다는 사실을 더 분명히 드러냈다.

아빠가 세상을 떠난 후에도 똑같은 일이 벌어졌었다. 사 람들은 자기들끼리 속닥거리면서 연민과 별난 호기심이 묘 하게 뒤섞인 태도로 나를 대했다. 아빠의 '사고'가 워낙 크고 갑작스러워서 온갖 뉴스를 장식한 탓이었다.

"불길한 7호선, 또 사람을 치다!"

"워킹 데드Wokking Dead. 미국 인기 드라마 시리즈 〈워킹 데드The Walking Dead〉에 중국 식
당 이름 'Wokking'을 붙여 패러디한 제목: 아시아 남성, 지하철 선로에서 곤
죽이 되다!"(진짜 이렇게 실렸다.)

"자세한 내용은 오후 5시에 방송됩니다!"

(제이슨은 '우리 진짜 유명해졌어!'라는 메시지와 함께 주요 기사를 계속
내게 업데이트했다.)

아직 이야기할 마음의 준비가 되어 있지 않은 상태에서
아빠의 죽음이 만천하에 공개되는 일만큼 끔찍한 일이 또
있을까.

그 누구도 내게 "너희 아버지 정말 투신한 거야?"라고 묻
지 않았다. 하지만 말하지 않아도 다들 알고 있었고, 그래서
더 수치스러웠다. 다들 이렇게 생각하지 않았을까? '대체
집안 꼴이 얼마나 엉망이었길래 그런 선택을 했을까?'

오늘은 화장실 칸에 앉아 있는데 여학생 둘이 이야기하
는 소리가 들렸다.

"그러니까, 그 애가 POCPerson Of Color. 유색 인종인 점은 이해해.
하지만 그렇다고 꼭, 알지, 내 말 무슨 뜻인지……"

"알지, 내 말 무슨 뜻인지"가 무슨 뜻인지, 나는 알았다.

상대방도 아는 게 분명했다. "완전 잘 알지." 그녀는 웃으며 말을 이었다. "그러면 이제 걔네한테 POC라고 못 부르는 거야?"

"누가 알겠어? 걔네 이름은 계속 바뀌잖아."

"걔가 그 사람 목을 날아가게 했다는 게 아직도 안 믿겨!"

"아빠가 그러는데, 이제부터는 아무 말도 하지 말래. 그랬다간 나도 그 사람처럼 당할 수 있다고." 처음 말을 꺼냈던 여학생이 손가락을 튕겨 딱 하는 소리를 냈다.

이게 바로 백인들이 자기들끼리만 있을 때 은밀히 나누는 생각인 걸까?

일반화하는 건 잘못된 일임을 나도 안다. 마치 '흑인들은 하나같이 어떻고, 아시아인들은 전부 다 어떻다'라고 말하는 거나 마찬가지니까. 저건 그냥 이 우주에서 어쩌다 백인이 된 두 사람이 가진 생각일 뿐이다.

그렇다고 꼭, *알지, 내 말 무슨 뜻인지*…… 이런 말은 전에도 들어 본 적이 있다. 하지만 이렇게 직접, 대놓고는 처음이었다. 왜냐하면 아시아인들은 '모범적 소수집단Model Minority'이라고 해서, 인종 차별을 당하더라도 상대적으로 온건한 방식으로 당한다. 하지만 이건 완전 헛소리다. '모범적 소수집단'이라는 말의 진짜 의미는, 조용히 고분고분하게 일하는 등 다른 사람들에게 편리할 때는 눈에 띄지 않지만 그렇지 않을 때는 확 눈에 띈다는 뜻이다.

나는 백인들이 백인이 아닌 사람들끼리 서로 다투도록 만드는 게 정말 싫다. 개처럼 싸우다 그들이 먹고 남긴 음식이나 얻어먹으라는 식이다. 가끔 이 학교 아이들은 백인과 흑인 사이에서 발생한 인종 차별만을 중요하게 보는 듯하다. 그러면 상황은 누가 더 심하게 당했는가를 놓고 벌어지는, 인종 차별을 주제로 한 불행 겨루기 게임이 되어 버린다.

더 이상한 건 뭔지 아는가? 나도 그 애들이 하는 말을 어느 정도는 이해한다는 것이다. 로럴은 이런 내게 '왜 적을 동정하는 거냐'며 스톡홀름 증후군에라도 걸린 거냐고 말할지 모른다. 하지만 백인도 그저 피부가 희다는 이유로 죄책감을 느껴야 한다면 정말 진절머리가 나지 않을까? 모든 말과 행동이 하나부터 열까지 감시와 비판의 대상이 된다면? 잘못 내뱉은 말 한마디 때문에 회사에서 잘릴지도 모른다는 두려움에 끊임없이 시달려야 한다면?

내 안에서 온갖 모순적인 생각들이 밀려들기 시작했다.

만일 내가 퀸스를 막 벗어났을 때의 앨리였다면, 그 애들을 가만두지 않았을 것이다.

하지만 이 학교에 아주 잘 동화된 덕분에, 지금 퀘이커 오츠에 다니는 앨리인 나는 한마디도 변호하지 않는다.

나는 화장실 칸 안에서 화장지 뜯는 소리, 탐폰 버리는 소리를 일부러 더 크게 내서 명백히 안에 사람이 있다는 티를 냈다. 이들에게 화제를 바꿀 시간을 주기 위해서였다. 그러면 화장실에서 나오는 나를 보고 적어도 이들이 무방비 상태에서 당황할 일은 없을 것 같았다. 아무 말도 안 한 척하면 그만일 터였다(이럴 때 필요한 게 바로 눈치다).

넌 이 학교에서 손님 같은 존재야. 어떤 문제도 일으키지 말아라.

나는 아빠의 조언이 마음에 들지 않았다. 이런 태도는 우리를 소극적으로 보이게 만들었다(로럴의 말이 또 등장하는군!). 사람들이 생각하는 아시아인들의 소극적인 이미지를 더 강화할 뿐. 그럼에도 나는 여전히 아빠의 조언을 따랐다.

아빠는 평생을 그렇게 꾹 참느라 아무 말도 하지 않고 살았던 걸까? 온갖 분노와 불의와 슬픔이 아빠를 전기 주전자처럼 끓어오르게 만들어서, 그래서 결국 별수 없이 그렇게?

나는 눈을 질끈 감으며 머릿속을 휙 스치고 달려가는 7호선을 떨쳐 냈다.

나는 화장실 칸을 나와 세면대 앞에 서 있는 두 여학생을 향해 잠자코 미소를 지어 보였다. 본 적이 있는 아이들이었다. 둘 다 2학년이었고, 둘 다 백인이었다. 둘 다 내게 미소로 답했지만, 죄지은 듯한 표정을 보니 내가 자신들의 이야기를 들었음을 아는 듯했다. 나는 그대로 화장실을 나왔다.

*

한편 로럴은 아주 즐거운 한 주를 보냈다. 교사들과 학생들 모두 새삼 존경스러운 눈으로 로럴을 보며 고개를 끄덕였다. 거의 대화를 나눌 일 없는 운동부 아이들조차도 복도에서 로럴을 보면 하이 파이브를 하자며 다가왔다. 그리고 이 모든 상황에서, 로럴은 마치 복권에라도 당첨된 사람처럼 만면에 웃음이 가득했다. 로럴의 그런 미소는 지금까지 한 번도, 그리고 지난 생일 때 아버지한테 1,000달러짜리 수표를 받았을 때도 보지 못한 것이었다.

로럴은 마침내 인정을 받았다. 그리고 늘 간절히 바랐던 (솔직히 인정할 건 인정하자) 인기도 얻었다.

좋은 친구니까, 나는 로럴이 잘돼서 기뻤다.

아니, 적어도 기뻐하려고 노력 중이었다.

17
/
문화 연구 수업

총회가 있은 지 2주가 지났다. 우리는 토프 시간 수업이 시작되기를 기다리며 교실에 앉아 있었다. 지난 주말, 학교에서는 JBJ의 후임으로 헌터대학 심리학 교수 파얄 채터지 박사가 올 것이며, "문화와 포용의 문제"를 함께 다루게 될 거라고 알려 왔다.

창의적 글쓰기는 없어지고, 우리의 새 선택 과목은 "문화 연구"로 바뀔 예정이었다.

"창의적 글쓰기 강사를 못 찾다니, 진짜 너무한다." 첼시 브래번이 마야 창에게 속삭였다. "난 판타지 3부작이 정말 쓰고 싶었거든, 알지?"

"그랬나?" 마야가 되물었다. "이 수업 외에 유일한 대안이 양자 역학의 모험뿐이라니."

실망한 학생들의 신음이 교실 안에 가득한 게 느껴졌다. 누구도 대놓고 나서서 불평하진 않았지만, 다들 이 쓰레기 같은 과목으로 대체된 것이 내 탓이라고 여기는 듯했다.

조시 벅이 내 쪽으로 걸어왔다. 이상했다. 수년간 세 마디 이상 나눠 본 적도 없는 사이였다.

조시는 다 갖춘 아이였다. 수영 선수인 그는 브루클린 출신에다 키가 크고 잘생기기까지 했다. 잘 생겨도 너무 잘생겨서 기분이 나빠질 정도였다. 그의 인생은 틀림없이 물속에서 유영하듯 수월하고 편할 터였다. 나는 눈이 멀어 버릴까 봐 그를 올려다보지도 못했다.

"야, 앨리." 그가 불렀다. "네가 작가가 되고 싶어 하는 줄은 몰랐다."

"아닌데." 나는 그의 관심을 끌었다는 사실이 으쓱해서 자백했다. 사실 나는 토프 시간에 꼭 선택 과목을 들을 필요는 없는 상황이었다.

조시가 이마 위로 흘러내린 검은 머리카락을 손가락으로

쓸어 넘겼다. "그렇다면…… 확실하게 짚고 넘어가 보자. 애초에 글쓰기에 관심도 없었으면서 JBJ를 쫓아낸 거야?"

교실 전체가 조용해졌다.

"아, 그건 그렇고, 앨리." 조시가 말을 이었다. "난 너 그 상 받은 거 축하 안 했다."

조시 벅은 오직 내게 굴욕을 주기 위해 나한테 말을 건 것이었다. 나는 속으로 혹시나 조시 같은 아이가 나하고 같은 생각을 하고 있을지도 모른다는 희망을 잠시나마 품었던 내가 바보처럼 느껴졌다.

나는 자리에서 벌떡 일어나 화장실로 갔다. 그리고 정신을 차리기 위해 얼굴에 찬물을 끼얹었다.

그런데 그때 몸에 맞지 않게 너무 큰 블레이저 상의에 찢어진 청바지, 컨버스 운동화를 신은 여자가 교실로 쓱 들어왔다. 키는 150센티미터를 간신히 넘길 정도였는데 머리 절반은 깨끗이 밀었고, 나머지 절반은 등까지 길게 늘어뜨리고 있었다. 나는 허둥지둥 자리로 돌아왔다.

대체 나는 파얄 채터지 박사를 어떻게 상상했던 거지? 진주 귀걸이에, '잘 차려입은 직장인' 스타일로 스웨터와 펜슬 스커트를 입고, 흰색 실험실 가운을 걸친 채 검은 생머리에 학구적인 미소라도 띤 사람을 기대했던 걸까?

형편없는 고정 관념이었다.

"저는 채터지 박사라고 합니다. 여자일 때도 있고, 제3의 성일 때도 있어요. 문화 연구 수업에 오신 걸 환영합니다." 박사가 굵직하고 위엄 있는 목소리로 말했다. 나는 저런 목소리를 원했다. 작은 키 따위는 잊게 만드는 목소리를. 채터지 박사는 멋져 보였다. 그리고 무서웠다. 어떤 헛소리도 받아 주지 않을 사람 같았다.

"자, 그럼 앞으로 나와서 칠판에 이름 열 번 써 볼 사람 있나요?"

"칠판에 자기 이름을 쓰라는 건가요?" 조시가 소리쳤다.

"그래요. 열 번."

"좋습니다. 제가 하죠." 조시는 다른 아이들에게 어깨를 으쓱해 보였다. 마치 '*바보 같은 짓이지만, 해 보지 뭐*'라고 말하는 듯했다. 그는 교실 앞으로 성큼성큼 걸어가 채터지 박사에게서 보드용 마커를 건네받았다.

"여러분, 주목해 주세요." 채터지 박사가 말했다.

조슈아 J. 벅 조슈아 J. 벅 조슈아 J. 벅 조슈아 J. 벅

조슈아 J. 벅 조슈아 J. 벅 조슈아 J. 벅 조슈아 J. 벅

조슈아 J. 벅 조슈아 J. 벅

조시는 화려한 서체로 칠판에 자기 이름을 썼다. 활자체가 아니라 필기체로 쓴 것이 어쩐지 놀라웠다.

"정말 쉽죠? 잘했어요, 조슈아 J. 벅." 채터지 박사의 태도가 너무 천연덕스러워서, 나는 그게 농담인지 진담인지 알 수가 없었다. "제일 잘하는 과목이 뭔지 물어봐도 될까요?"

"창의적 글쓰기라고 말하고 싶지만, 이제는 불가능하게 됐네요." 그가 말했다.

"조시 벅은 미적분학 심화반이에요!" 콜린 오카포가 소리쳤다.

"그래요?" 채터지 박사가 휘파람을 불었다. "그럼 수학을 잘하겠군요." 박사는 만족스러워 보였지만, 나는 마치 함정인 것처럼 느껴졌다.

허나 조시는 전혀 알아차리지 못했다. "꽤 하죠."

"좋습니다!" 박사는 칠판에 근의 공식을 적었다.

$$x = \frac{-b \pm \sqrt{b^2 - 4ac}}{2a}$$

"그건 근의 공식이잖아요." 조시가 별거 아니라는 투로 말했다.

나는 채터지 박사가 조시의 콧대를 꺾어 주기를 반쯤 기대했지만, 그녀는 오히려 더 부추기는 말을 했다. "맞아요. 정말 잘했어요!"

"그건 1학년 때 배우는 건데요."

"내가 사과하지요, 조슈아. 아주 쉬운 문제만 준비해 와서 그러니, 조금만 양해 부탁해요." 채터지 박사는 이렇게 말한 후 칠판에 뭔가를 더 적었다. "그럼, 만일 내가 $a=1$, $b=4$, $c=3$이라고 하면, 문제없이 x값을 구할 수 있겠네요?"

"그렇죠."

"학생들, 여기에 주목해 주시기 바랍니다. 여기 이 칠판을 봐 주세요." 채터지 박사가 반복해서 말했다.

그래서 모두의 시선은 조시가 근의 공식을 이용해 x값을 구하는 데에 고정되었다.

조시는 자신 있게 마커를 쓱쓱 그으며 문제를 풀기 시작했다. 그런데 곧 머뭇거리는 모습을 보였다. 앉은 자리에서 보니, 그는 당황한 듯 땀을 흘리고 있었다. 그러다 마커를 떨어뜨렸다. 교실 안은 너무 조용해서, 우리는 플라스틱 뚜껑이 바닥에 부딪히는 소리까지 들을 수 있었다.

"어, 자리에 앉아서 하면 훨씬 빨리 풀 수 있어요." 조시는 웅얼거리듯 말하고는 도망치듯 자기 자리로 돌아갔다. 자기가 떨어뜨린 마커를 주울 생각조차 안 나는 모양이었다.

결국 박사가 몸을 굽혀 주었다.

"전체 학급을 위해 희생한 조슈아에게, 모두 큰 박수 부탁드립니다." 박사가 말했다.

우리는 어정쩡하게 박수를 쳤다. 마치 실없는 일에 동원된 기분이었다.

"조슈아 J. 벅은 사람들 앞에서 뭔가를 해야 할 때 얼마나 압박감이 들 수 있는지를 아낌없이 보여 주었습니다. 특히 관중 앞에서 말이죠. 카네기 홀에서 공연하는 요요마도, 플러싱 메도우Flushing Meadows에서 시합을 하는 슈테피 그라프 Steffi Graf도 느끼는 거예요⋯⋯."

채터지 박사는 우리의 멍한 얼굴을 둘러보며 말했다. 대체 무슨 말을 하려는 건지 알 수 없었다.

박사가 다시 말을 시작했다. "MSG에서 공연하는 드레이크도⋯⋯"

"드레이크는 아니에요, C 박사님." 콜린 오카포가 큰소리로 외쳤다. 오카포는 좋아하는 선생님한테만 별명을 붙여서 불렀다. 다들 그 사실을 알고 있었다. 퀘이커 오츠에서 그만큼 유행을 잘 만들어 내는 학생은 없었다. 그가 말하면 다들 따라 했다.

이건 채터지, 아니, C 박사가 완전히 호감을 샀다는 의미였다.

"그럼, 다른 더 좋은 예가 있나요?"

"콜린 오카포요." 콜린이 말했다. "성별은 남자고요. 알겠어요. 장난 그만할게요. 마이클 잭슨이 문워크 할 때요."

"뒤로 걷는 그거 말이군요, 좀 구식인데." 채터지 박사가 고개를 끄덕이며 말했다. "소아성애 혐의가 있기도 했고."

교실 전체가 웃음을 터트렸다.

"아무튼, 우리 친구 조슈아가 아낌없이 우리에게 보여 준 그것은 '사회적 촉진 이론Social Facilitation Theory'의 원리입니다. 이 이론은 개개인이 혼자 있을 때와 사람들하고 있을 때 다르게 행동한다고 가정하죠." C 박사가 설명했다. "이름을 쓰는 것과 같은 단순한 작업의 경우, 우리는 사실 혼자 있을 때보다 사람들 앞에 있을 때 더 잘 수행합니다. 무슨 말인가 하면, 저 글씨체를 보세요!"

우리는 칠판으로 눈길을 돌렸다. 조시 벅의 글씨체는 정말 훌륭했다. 솔직히, 짐작도 못 했던 일이었다.

"하지만 근의 공식 풀이 같은 다소 복잡한 작업의 경우에는 그 반대라고, 다른 사람들 앞에서는 긴장해서 더 망치게 된다고 이론은 말하고 있어요."

조시가 계속 공책에 뭔가를 열심히 끄적거리다가 손을

들었다. "그런데 선생님, $x = -1$ 또는 -3이네요."

"맞습니다!" 채터지 박사의 말에 교실 전체가 조시에게 박수를 쳤다. 이번에는 진심이었다.

"제가 여러분 모두에게 소개하고 싶은 것은, 문화적 기대를 더했을 때 수행 능력에 대한 기대가 어떻게 달라지는가입니다. 조슈아가 수학을 잘한다는 사실을 우리가 몰랐다고 생각해 봅시다. 그렇다면 조슈아의 수행 능력에 대한 우리의 기대는 어떻게 바뀌었을까요?"

마야 창이 손을 들었다. 눈빛이 마치 꿈을 꾸는 듯 몽롱했다. 선생님과 사랑에 빠졌을 때 보이는 눈빛이었다. "칠판에 있는 근의 공식도 못 푼다고 생각하지는 않았을 것 같아요."

클레어가 말했다. "전 조시가 자기 능력을 부풀렸을 것 같아요. 허풍쟁이처럼요."

나는 조시가 조금 안됐다는 생각이 들었다. 조시는 지금 자기 책상을 노려보고 있었다. 동시에 칠판 앞에서 잘난 척하던 모습을 생각하면, 조금은⋯⋯ 고소한 마음도 들었다.

채터지 박사가 다시 말을 시작했다. "바로 그겁니다. 이제 관중이 있고 없고가 수행 능력에 얼마나 영향을 미치는 변수인지 알았겠지요. 그렇다면, 이런 기대를 문제가 되는 일에 두는 일이 과연 타당할까요? 이것이 바로 우리가 이 수업에서 검토할 질문 전부입니다."

박사는 뒤꿈치를 축으로 삼아 휙 돌아서더니 반대 방향으로 서성거리며 걷기 시작했다. 로럴도 논쟁을 벌일 때면 이런 행동을 할 때가 있었다.

"자, 문화 연구는, 우리의 신념 체계에 도전하는 일입니다. 우리의 가치관이 어디에서 왔고 환경과 문화가 어떻게 우리의 취향과 기호, 행동, 태도를 형성했는지 이해할 수 있게 해 줍니다. 이 수업이 진행되는 동안, 스스로 분석하고 묻고 답하면 좋겠습니다. 그 가치 체계를 계속 유지하고 싶은지, 아니면 기존의 가치관을 인식하고 그걸 뛰어넘어 발돋움하고 싶은지를 말입니다."

조시가 손을 드는 동시에 입을 열었다. "문화 연구는 원래 준비된 강좌가 아니라서 교장 선생님이 우리한테 수강 취소 권한을 주신 걸로 아는데, 맞나요?"

"그래요." C 박사가 고개를 끄덕이며 대답했다. "이 수업이 잘 맞지 않는다고 느낀다면 얼마든지 나가도 좋습니다."

박사가 출입구를 가리켰다. "이건 여러분 누구에게나 적용됩니다."

조시 벅이 가방을 챙겨 교실 밖으로 성큼성큼 걸어 나갔다. 다른 둘, 즉 길든과 로젠이 그 뒤를 따랐다.

"마지막으로 누구 또 나갈 사람 없나요?" 박사가 물었다.

다른 아이들은 아무도 자리를 뜨지 않았다. 나는 박사님을 생각해서 안도감을 느꼈다.

물론 C 박사에게 내 안도감은 필요하지 않았다. 그녀는 알아서 잘해 나갈 것 같았다.

*

수업이 막바지에 이르자 채터지 박사가 말했다. "여러분, 과제입니다. 다음에 대해 생각해 보길 바랍니다." 채터지 박사는 칠판에 뭔가를 적었다.

자신이 잘하는 것을 전부 적으시오.
사람들이 자신에게 잘할 거라고 기대하는 것을 전부 적으시오.

"다음 수업 때 이 목록으로 토론할 준비를 해 오세요."

종이 울렸다. 모두가 쏟아진 콩알처럼 복도로 굴러 나와 다음 수업을 위해 흩어졌다.

18

/

고정 관념 위협

수업을 마치고 집에 돌아온 나는 C 박사가 내준 과제부터
시작했다.

내가 실제로 잘하는 것:

 -진부한 농담으로 사람들(로럴과 빌리) 웃기기

 -뉴욕에서 길 찾기

 -헛소리와 위선 구분하기(직접 말하지 않고, 머릿속으로만)

 -남의 말 잘 들어주기

- 흑백 논리가 아니라 분석적이고 사려 깊게 이 세상을 이해하려고 노력하기
- 사람들이 어떻게 생각하고 말하고 살아가는지, 그리고 그 이유는 무엇인지 이해하기, 그리고 이해하고 싶어 하기

사람들이 내가 잘할 거라고 기대하는 것:
- 수학
- 모든 학교 과제
- 열심히 공부하기
- 피아노/바이올린/첼로(학교에서 사용하는 그 외의 모든 클래식 악기) 연주
- 예의 바르게 행동하기
- 권위에 따르기
- 말대답하지 않기
- 맹목적인 성적 대상(늙은 백인 변태들이 너무 흥분된다며 계속 원하는, 완전 역겨운 그 전형적인 "순종적인 동양 여성") 되기

나는 내가 적은 목록을 가만히 바라보다가, 두 번째 목록이 '김'이라는 성을 가진 사람에게 갖는 모든 기대에 기초하고 있음을 깨달았다.

그 사실에 약간 화가 났다. 이 목록 중 어느 것도 진짜 나와 상관있는 건 없었다. 아, 학교 과제만 빼고. 하지만 수학은 사실 내가 제일 못하는 과목이었다. 그리고 이게 사람들이 내게 잘하기를 기대하는 것이라면, 그 반대는 내가 못하기를 기대하는 일 아니겠는가? 사람들은 성이 '김'인 사람에겐 권위도 없고 자기주장도 없다고 생각한다. 대놓고, 또는 은근히, 나와 우리 가족을 마치 투명 인간 대하듯 밀쳐 낸 게 몇 번인지 셀 수도 없다. 게다가 우리가 그들에게 맞설 배짱이 없다고 생각한다. 해피데이 세탁소에서 어떤 손님이 우리한테 있는 힘껏 소리를 질렀을 때, 윤아 고모가 그냥 고개를 숙였던 일이 기억났다. 그 손님은 혐오스러운 어조로 우리를 대했다. 존중이라고는 찾아볼 수 없는 태도였다. 그러다가 자기 친구(이 사람도 백인이었다)가 오자 갑자기 목소리를 바꿨다. 세상 부드럽고 다정한 목소리였다.

이런 일은 생각보다 흔하다.

1학년 때 맥켄 선생님 수업 중에 트레이시 머레이가 내 쪽으로 몸을 기울이고는 선생님이 방금 뭐라고 말했는지 물은 적이 있었다. 그걸 본 선생님은 수업 중에 떠들지 말라며 나한테 소리를 질렀다. 트레이시가 아니라.

지난 주말에는 마이클 오빠와 〈해럴드와 쿠마, 화이트 캐

슬에 가다_{Harold & Kumar Go to White Castle}〉를 봤다. 백인 동료들이
자신들은 해피 아워_{Happy hour. 술집에서 특별 할인가로 음료를 파는 이른 저녁 시간대}
를 즐기러 나가면서 ('존 조'가 연기한) 해럴드에게는 자신들이
떠넘긴 일을 주말에 처리하게 하는 장면에서, 마이클 오빠
가 눈물을 삼키기 시작했다. 오빠는 절대 울지 않는다. 고모
부가 "넌 내 아들이 아니다"라고 말했을 때도 울지 않았다.

나는 잠시 영화를 멈췄다. 마이클 오빠는 왜 눈물이 나는
지 대충 말해 주었다. 골드만삭스에서 늘 야근에 주말 근무
까지 하고 있는데도 진급에서 밀렸으며, 자기 대신 승진한
사람은 절반만 노력해도 칭찬은 두 배로 받는 어떤 (백인) 동
료라고 했다.

"그 사람들이 그러는데, 나한테서는 권위가 느껴지지 않
는대." 오빠가 건조한 말투로 말했다. "그런데 그 사람 일을
다 도맡아 하는 게 대체 누구냐고! 그는 입으로만 그럴듯하
지, 정작 하는 건 없단 말이야." 오빠는 거칠게 눈물을 닦아
냈다. "묵은 이력서의 먼지를 털 때가 온 것 같아."

뭐라고 더 묻기도 전에 마이클 오빠는 리모컨을 잡고 "재
생" 버튼을 눌렀다.

나는 사람들이 내 이름 '알레한드라'만 알고 있을 때 내게
기대하는 것을 바탕으로 새로운 목록을 작성했다.

사람들이 (알레한드라인) 내가 잘할 거라고 기대하는 것:

-스페인어 말하기

-좋은 음식 먹기

-춤추기

······ 목록을 더 적을 수가 없었다. 하나같이 좋지 않은, 나쁜 것들만 떠올랐다. 이를테면, 영어를 못한다든지, 학교 과제를 안 한다든지, 불법적으로 국경을 넘어와 "강간"이나 "마약 거래", "범죄 확산"에 일조하는 일 따위였다. 전부 뉴스에 나오는 끔찍한, 그리고 잘못된 고정 관념들이었다.

전화로 낯선 사람, 즉 고객 센터 담당자 같은 이들과 통화할 때, 상대방은 종종 내 영어 말투에 놀란다. 특유의 억양이 느껴지지 않는다는 점 때문이었다.

빌리가 생각났다. 그리고 빌리의 "기예르모 디아즈" 목록은 나의 "김" 목록과 얼마나 다를지 궁금했다. 나는 그가 한 학년을 다시 다녀야 한다는 것, 그리고 사람들이 그것을 가지고 빌리를 판단하는 것이 싫었다. 불공평한 느낌이었다.

아빠는 미국으로 오면서 고등학교를 중퇴했다. 나는 아빠가 사람들이 자신에게 잘할 (또는 못할) 거라고 기대하는 일과 자신이 실제로 잘하는 일에 대해 어떻게 대처했을지 궁금했다. 아마도, 사방에서 가해지는 압박 때문에 자신은 잘하는 게 하나도 없다고 느끼지 않았을까.

엄마에 대해서도 궁금해졌다. 아빠는 엄마를 "레이나_{Reina} (여왕)"라는 별명으로 부르곤 했다. 아르헨티나 여자들은 다 자신이 여왕인 줄 아니까. 아빠는 이렇게 말하곤 했다. 엄마도 그 말을 인정했다. 엄마와 통화하는 사람들은 늘 스페인인 교환원을 상대하는 것처럼 느꼈다. 그들은 아마도 엄마가 한국 출신이라는 사실을 절대 짐작하지 못할 것이다. 엄마는 동네의 모든 보데가 주인들과 스페인어로 잡담을 나누지만, 그들은 엄마를 아직도 "중국인"이라고 부른다. 그건 아빠한테도 마찬가지였다.

이봐, 난 사람들이 눈에 보이는 대로 고정 관념을 가지고 대한다는 사실을 이제 막 깨달은 멍청이가 아니거든. 어이, 난 21세기 뉴욕에 사는 뉴요커라고. 단추가 잔뜩 달린 옷을 입은 1800년대 빅토리아 시대 여주인공이 아니라. 지금이 무슨, 고래 뼈로 만든 코르셋을 너무 꽉 조이는 바람에 숨도 제대로 못 쉬면서 남편감 하나를 잡기 위해 참아야 하는, 여자는 직업도 재산도 가질 수 없고 결혼만이 유일한 밥줄인 그런 사회인 줄 알아?

안다, 아닌 거.

하지만 이 '경험적 증거'가 목록의 형태로 나를 지켜보고 있으니…… 여전히 속이 쓰리다.

나는 100퍼센트 한국인이고, 100퍼센트 라틴계 사람(라틴스)이고, 100퍼센트 미국인이다……. 하지만 300퍼센트 같은 건 세상에 없다.

뭐가 더 최악일까? 나쁜 기대라도 받는 것과 아예 투명 인간 대접을 받는 것 중에서.

대체 왜 이런 것까지 비교해야 하는 거지?

*

다음 토프 시간 수업에 채터지 박사는 짝을 지어 서로의 목록을 비교하게 했다. 나는 클레어 데브로와 짝이 되었다. 그녀에게선 여전히 비싼 샴푸 냄새가 났다. 어디서 샀는지 물어볼까 생각했지만, 그랬다간 나를 무슨 정보나 캐고 다니는 소름 끼치는 아이쯤으로 볼 게 뻔해서 참았다.

우리는 목록을 교환했다. 나는 클레어가 자신에 대한 사람들의 '기대'를 "소녀, 신체적으로나 사회적으로나 여성, 딸, 손녀, 작가, 편집장" 등으로 분류해서 작성한 것을 보고 정말 놀랐다.

클레어가 내 목록을 들여다보다가 고개를 들면서 말했다. "재밌다. 우리 둘 다 한 개 이상 적었네."

"난 겨우 두 개였어. 네가 여러 개였지. 몇 개더라, 보자."

"열 개." 클레어가 다소 수줍게 대답했다.

"사람들이 나를 누구로, 또는 무엇으로 생각하느냐에 따라 기대하는 게 다를 테니 거기에 맞춰 다르게 행동해야 해서 그런 것 같아." 내가 말했다. "그래서 어떤 사람들하고 있는지에 따라 행동하는 방식을 어쩔 수 없이 바꾸게 돼."

나는 내가 그 많은 사람 중에 클레어 데브로에게 마음을 터놓고 있다는 사실이 믿기지 않았다.

"사람들이 우리를 어떻게 생각하느냐에 맞춰 행동하게 되는 그런 거 말이지." 클레어가 고개를 끄덕이며 말했다. "나는 늘 주위에 누가 있느냐에 따라 모드를 전환해."

"모드를 전환한다고? 그게 무슨 뜻이야?" 내가 물었다. '모드 전환의 의미가 뭐야?'라고 물으려다 표현을 바꾸었다. 무식해 보이고 싶지 않았다.

"아, 그건, 그러니까, 어떤 문화 집단에 둘러싸여 있느냐에 따라 언어를 전환하는 거라고 보면 돼. 할머니랑 있을 때는, 립스틱을 바르고 진주를 끼고, 〈뉴요커〉를 인용하는 거지. 학교 친구들이나 〈앙뉘〉 사람들과 편하게 있을 땐 또 다르고."

학교에서 우리와 어울릴 때의 클레어의 모드가 '편안함'인 줄은 몰랐다. 클레어 데브로가 지금보다 더 심하게 '클레어 데브로'스러운 게 가능하다고?

아니, 어쩌면 그 반대인지도 몰랐다. 할머니와 있을 때의 모습이 오히려 연기일 수도 있었다.

"무슨 말인지 알 것 같다." 나는 말했다. "나도 카테고리를 열두 개는 더 추가할 수 있을 것 같아."

퀘이커 오츠에 다니는 앨리는 '로럴과 함께 있는 앨리', '교실 안의 앨리', '화장실에서 멍청한 헛소리를 우연히 들은 앨리'로 더 분류할 수 있을 터였다. 퀸스에 사는 에일은, '엄마와 집에 있는 에일'과 '빌리와 공원에서 어슬렁거리는 에일', '아빠와 함께한 알레하 - 야', '윤아 고모와 함께 있는 에일', '마이클 오빠와 함께할 때의 앨리 - 캣', '해피데이 계산대 뒤에 있는 작고 예의 바른 아시안 소녀', '제이슨이 부르는 아 - 래(이건 제이슨이 내게 붙인 별명이다. 곧 알게 될 것이다)', 그리고 '한국말을 엄청 못 하는 제이슨의 스페인계 사촌'으로 분류가 가능하다.

기타 등등.

왜 나는 그냥 한 *사람*의 에일일 수 없는 걸까? 과연 이렇

206

게 다양한 모습의 자신이 한 사람 안에 존재할 수는 있는 걸까? 아니면, 그저 가면을 쓰는 걸까?

'진짜' 알레한드라 김은 누구일까?

"그러니까," 클레어가 입을 뗐다. "이 수업이 우리 모두 우려한 것만큼 나쁘지는 않은 거, 맞지?"

"난 C 박사님 나쁘지 않은 것 같은데, 다른 애들도 그렇겠지, 아마도." 나는 조시 벅과 로젠, 길든이 교실을 나가던 모습을 떠올렸다.

"아니 난 그냥, C 박사님이 그 뭐냐, 워낙 유명 인사, 아니 유명 인사였던 조너선 브룩스 제임스를 충분히 누르고도 남을 만큼 열심히 하고 계신다는 뜻이야. 많은 애들이 JBJ의 창의적 글쓰기 수업을 정말 고대했었잖아."

"아." 내가 말했다. "《비커밍 브루클린》이 워낙 '완벽'하긴 했지." 클레어는 지금 내가 JBJ가 해고된 것에 조금이라도 책임을 느끼고 사과하기를 바라는 건가?

클레어가 얼굴을 붉혔다. "나도 한때는 그렇게 생각했어. 그런데 이번 주말에 다시 읽어 보니까 그가 표현한 여성 캐릭터가 2차원적이라는 것만 눈에 띄더라."

클레어가 공책을 만지작거리며 말했다. "하고 싶은 말이 있는데, 너한테 사과하고 싶어. 수업 첫날 말했어야 했는데.

JBJ가 너한테 한 말은 별로 멋지지 않았어. 그땐, 내가 경외감에 빠져 있어서. 알지? 그러니까, 〈뉴요커〉에서 그 사람을 '밀레니얼 시대에 다시 태어난 헤밍웨이'라며 하도 띄우니까 나도 모르게 그냥."

"그게 과연 칭찬일까?" 내가 물었다.

클레어는 멈칫하더니 웃음을 터트렸다. "투셰Touché(내가 졌다)! 알레한드라."

나는 클레어의 마지막 분류 항목을 들여다봤다. "화이트 – 패싱White - Passing"이라고 적혀 있었다.

나는 무슨 뜻인지 정중하게 물을 방법을 모색했다. 그런데 그때 C 박사가 다시 수업을 진행하기 시작했다.

"혹시 '고정 관념 위협Stereotype threat'이라는 개념을 아는 사람?" C 박사가 칠판에 이 용어를 적으며 질문을 던졌다. 그녀는 마치 에어바운스 위를 걷는 아이처럼 컨버스 앞코를 바닥에 탁탁 튕기고 있었다. 에너지가 정말 넘치는 사람이었다.

첼시 브래번이 손을 들었다. "특정한 문화적 기대에 맞게 행동해야 하는 경우를 말하는 것 아닌가요? 예를 들면, 아프리카계 미국인 남성이라면 농구를 잘할 거라고 예상하는 그런 거요?"

첼시는 콜린 오카포를 흘낏 쳐다보고는 재빨리 말했다. "불쾌하게 할 의도는 아니었어!"

하지만 그는 첼시가 자신을 쳐다보면서 그런 말을 하기 전보다 더 불쾌한 눈치였다. 첼시는 잔뜩 움츠러들었다. 마야는 눈알을 굴리며 곁눈질했다. 이 순간 교실 안의 모두가 딱하게 느껴진 나는 손을 들어 올렸다.

"그러니까, 내가 수학을 못 하는데도 다들 내가 수학을 잘할 거라고 기대하는 그런 거 아닐까요? 왜냐하면, 어, 지금 분위기도 말이 아니고……?" 나는 얼굴에 대고 손부채질을 했다.

내 농담이 쿵 하고 분위기를 깼다. 웃는 사람은 C 박사뿐이었다. 나머지는 조용히 입을 다문 채 불편함을 숨기지 못했다. 초등학생 때 강론이 끝난 직후 미사가 시작될 때 실수로 방귀를 뀌었을 때보다 더 조용했다. 그야말로 쥐 죽은 듯했다.

그때는 옆 신도 석에 앉아 있던 빌리가 어색한 침묵을 깨며 방귀를 뀌었었다.

연대에는 이렇게 같이 방귀를 뀌어 주는 진정한 친구가 필요한 법이다.

"내가 설명하죠," C 박사가 말했다. "앞서 말한 '고정 관념 위협'과 그 반대인 '고정 관념 격려'는 우리 문화 집단 사람들이 기대하는 바에 따르라는 압력입니다. 다시 말해서, 부정적인 고정 관념이든 긍정적인 고정 관념이든 둘 다 압력으로 작용한다는 겁니다. 흑인 농구 선수나 아시아인 수학자가 바로 그런 예지요." 박사가 첼시를 향해, 그리고 나를 향해 다정한 미소를 지어 보였다. 마치 어쨌든 용기 내서 발표한 건 잘한 일이라고 말하는 듯했다.

"앞으로 몇 주 동안, 여러분 모두가 그 어느 때보다 더 자신에 대해 제대로 생각해 보기를 바랍니다." C 박사는 말을 마치며 자기가 한 말이 우스운지 키득 웃었다. "일기를 쓰세요. 세상을 살아가면서 무엇이 자신이 하는 말과 하지 않는 말에 영향을 미치는지, 무엇을 하고 무엇을 하지 않는지를 생각해 보세요. 배우가 되어 '나'라는 배역을 놓고 오디션을 준비한다고 가정하고 자신을 분석해 보기 바랍니다."

코믹한 신음과 함께 나도 모르게 이런 말이 튀어나왔다. "마치 자의식이 아직 충분하지 못한 사람처럼 하라는 말씀이신가요, C 박사님?"

나는 아이들이 어떻게 반응할지 겁이 나서 나도 모르게 숨을 죽였다. 하지만 놀랍게도 공감의 박수 소리가 무더기로 쏟아졌다.

C 박사가 말했다. "너 자신을 알라, 젊은 파다완Padawan. 스타워즈 시리즈에서 제다이 기사가 되기 위해 훈련받는 제자아."

박사의 뜬금없는 〈스타워즈〉 대사에 콜린이 휘파람을 불었다.

"여러분 모두 자신에 대해 꽤 놀랄 만한 걸 많이 발견하게 될 겁니다." 박사가 말했다. "고정 관념 위협이라는 개념을 처음 제시한 사회학자 클로드 스틸Claude Steele이 그랬던 것처럼 말이죠."

C 박사가 파워포인트 화면에서 클로드 스틸의 사진을 비췄다. 나는 자신의 구식 이론에서 정수만을 뽑아 다듬어 내놓는 삐쩍 마른 백인을 기대했었다. 그런데 스틸 박사는, 흑인이었다.

*

C 박사의 수업에 대한 소문이 퍼져 나갔다. 시작 때는 다들 두려워했던 수업이 이제는 모두가 관심을 보이는 수업이 되었다. 학생 세 명이 새로 들어왔다. 축구팀 주장 앰브로즈 개리슨, 작년에 물리 수업을 같이 들었던 콜트 브렌너, 그리고 학생회 회계 담당 레이시 웨이드가 바로 그들이었

다. 심지어 로럴도 수업에 들어오고 싶어 했다.

"아니, 조금 불공평한 것 같네. 문화 연구가 왜 처음부터 개설되지 않은 거야?" 로럴이 말했다. "이런 수업인 줄 알았으면 비교정치학 심화 과정에 등록하지 않았을 텐데."

"옮기면 되잖아?" 내가 말했다.

"못 옮겨. 대기자 명단이 있더라고." 로럴이 한숨을 쉬며 셀러리 스틱을 입에 넣었다. "게다가 대기자 명단은 원래 절대 줄어드는 법이 없잖아."

19

/

흘러가는 시간

어떻게 지나가는 줄도 모르게 몇 주가 흘러갔다. 선생님들
은 계속 과제를 내주었다. 마치 모든 선생님이 다 같이 작정
하고 동시에, 그것도 방학 직전에 몽땅 내기로 작정한 듯했
다. 나는 C 박사님이 내준 연구 방법론에 관한 10쪽짜리 과
제와 중국의 대기 오염에 관한 11쪽짜리 과제, 이디스 워튼
Edith Wharton의 《이선 프롬Ethan Frome》에서 피클과 도넛이 상징
하는 바를 문학적으로 분석하는 12쪽짜리 과제에다 중간고
사 벼락치기 공부까지 하느라 정신이 없었다. 게다가 내 인

생을 결정할 와이더 입시 준비에도 신경 써야 했다.

　그건 그렇고, 다들 하고는 있지만 학교 차원에서 제발
《이선 프롬》을 전체 교과 과정에서 금지할 순 없는 걸까?
이건 억눌린, 변변치 못한 인물들이 다 함께 (농담이 아니고)
터보건 썰매Toboggan ride를 탄 채 정신없이 클라이맥스를 향
해 내달리는, 지루하기 짝이 없는 작품이다. 우린 뉴욕을 배
경으로 하는 소설 중 단연 최고로 꼽히는《순수의 시대The
Age of Innocence》에서 워튼에 대한 열광을 끝냈어야 했다. 이
책은《대부The Godfather》처럼 가장무도회에서 기습을 계획하
는 부유한 백인들에 관한 이야기다.《순수의 시대》는 비록
100년 전에 쓰였지만, 우린 이디스 워튼이 무언가를 알고
있다는 것을 그냥 알 수 있다.

　공부하지 않을 때는 해피데이에 있었다. 하지만 그 시간
에도 나는 전혀 해피하지 않았다.

　학교 과제와 아르바이트, 그리고 (새해 직후 마감될) 대입 지
원의 틈바구니에서, 나는 단 1분도 로럴과 어울릴 시간이
없었다. 나는 대부분 도서관에 있었고, 그동안에 로럴은 선
생님들이나 토론팀을 만나거나 정기 전형에 지원할 준비를
했다. 와이더 조기 전형 서류는 이미 제출한 상태였다. 나는

"추락한 영웅, 좌절된 조국"의 문장들이 매끄럽고 힘 있는 문체가 될 때까지 고치고 또 고쳤다. 하지만 여전히 마음에 걸리는 게 있었다. *나 자신이 되라고?* 말이 쉽지, 마이클 오빠. 나는 그저 더 열심히 해야 한다는 뜻으로 받아들이고 계속해서 초안을 고치고, 또 고치고, 버리기를 반복했다.

엄마와 나는 2B호 아파트를 두 척의 배처럼 오갔다. 나는 엄마가 허락하든 말든 원래 계획대로 와이더에 지원하기로 마음먹었다. 이미 엄마는 내가 지원할 뉴욕 내 모든 학교의 학자금 보조 신청서에 서명했기 때문에, 엄밀히 말해서 나는 엄마의 허락이 필요하지 않았다. 게다가 실제로 대학에 입학할 때쯤이면 나는 열여덟 살이 될 터였다.

빌리가 있어서 정말 고마웠다. 학교 과제를 마치고 저녁 식사 설거지를 마친 후 정리까지 끝낸 밤이면, 몬토야 공원으로 빌리를 만나러 갔다. 우리는 말 같지 않은 소리를 주고받으며, 바보 같은 것과 똑똑한 것을 논하거나 때로는 아무 얘기도 안 하면서 시간을 보냈다.

뭘 하든 다 좋았다.

빌리와 함께 있을 때 나는 "긴장"할 필요가 없었다. 그냥, 있는 그대로의 나여도 괜찮았다.

20

/

디데이

드디어 12월 15일이 되었다. 일명 디데이, 바로 조기 전형 결과가 나오는 날이었다.

토프 시간, 종이 울리기도 전에 클레어 데브로가 꺅 하고 소리를 질렀다. "나 됐대! 조기 전형 합격이야!"

클레어는 모두가 볼 수 있도록 두툼한 노란색 봉투를 들어 올렸다. 반송 주소는 '와이더칼리지, 파인 레인 100, 와이더, 메인'이었다. 와이더는 아직도 일반 우편으로 입학 허가를 알리는 유일한 대학이었다. 그리고 이것 때문에 (악)명이 높았다.

나는 학급의 다른 아이들과 함께 클레어의 합격을 축하했다. 하지만 머릿속에는 온통 로럴 생각뿐이었다. 오늘 아침 사물함 앞에서 로럴을 보지 못했다.

조기 전형에 지원한 마야 창은 스탠포드에 합격했다. 거기서 D1 레벨 테니스 선수로 뛸 예정이었다. 조시 벅은 예일에 지원한 상태였다. BC 미적분학 수업을 같이 듣는 마야의 말로는, 앞 시간에 조시에게 어떻게 되었냐고 물었더니 "빌어먹을, 네 일이나 신경 쓰지?"라며 쏘아붙였다고 한다. 우리는 모두 그게 무슨 뜻인지 알고 있었다. 불합격한 것이다. 콜린 오카포는 애머스트에서 보류 통보를 받았다.

"말도 안 돼, 콜린!" 첼시 브래번이 말했다. "빌어먹을, 넌 반장이잖아. 게다가,"

첼시가 말하려다 말고 급브레이크를 밟았다.

"흑인이라고?" 콜린이 물었다.

"아니, 내가 하려던 말은……" 첼시가 허둥지둥 말끝을 흐렸다.

콜린은 언제나 그랬듯 지극히 반장다운 수완으로 불편한 분위기를 털어 냈다. "그 신뢰 고마워, 첼시. 되는 일도 있고 안 되는 일도 있고, 그런 거지."

C 박사가 교실로 슬렁슬렁 걸어 들어왔다. 콜린은 대학 얘기를 그만해도 돼서 안도하는 내색이었다. 속이 얼마나 쓰릴지 상상이 안 갔다.

수업 시간이 길게만 느껴졌다. 다음 수업도, 그다음 수업도 마찬가지였다. 점심시간에 우리 자리로 달려갔지만, 로럴은 거기에 없었다. 도서관에도, 상담실에도 없었다. 로럴에게 문자를 보냈다. 슬슬 걱정되기 시작했다. 로럴은 학교에 결석하는 법이 없는 아이였다. 사실상 퀘이커 오츠를 위해 산다고 해도 좋았다. 답장은 오지 않았다. 쉬는 시간마다 메시지를 더 보내 봤지만, 여전히 답은 없었다.

방과 후, 나는 할 일이 없어 곧장 로럴의 집으로 향했다. 로럴은 잠옷 차림으로 나를 맞이했다. 얼룩덜룩 붉게 달아오른 얼굴이 모든 걸 말해 주고 있었다.

"아, 로럴." 나는 숨을 내쉬었다.

"앨리." 로럴이 말했다. "그냥 학교 친구들을 마주할 수가 없었어."

겨우 그 말을 하자마자 로럴의 얼굴은 곧 울음을 터트릴 듯 일그러졌다.

나는 내 가장 친한 친구를 안아 주었다.

주방에서, 로럴은 면도날처럼 얇은 흰색 봉투를 보여 주었다. 반송 주소는 같았지만, 클레어가 토프 시간에 흔들어 보였던 그 두툼한 노란색 봉투는 절대 아니었다.

그린블라트-왓킨스 양에게,

와이더칼리지에 보여 주신 많은 관심에 감사를 드립니다. 우리는 귀하의 지원서와 우수한 학업 성적에 깊은 인상을 받았습니다. 하지만 자격을 갖춘 지원자의 수가 압도적으로 많아 유감스럽게도 귀하는 조기 전형 합격자 명단에 선정되지 못했음을 알려드리는 바입니다. 하지만 귀하의 지원이 보류되었음을 알려드리게 되어 기쁘게 생각하며, 정기 전형에서 합격 여부를 재검토할 예정입니다……

"귀하의 지원이 보류되었음을 알려드리게 되어 기쁘게 생각한다니, 이게 대체 뭐냐고!"

나는 내 눈으로 읽고도 믿을 수가 없었다. 로럴 그린블라트-왓킨스가, 보류되었다고? 나는 로럴을 대신해서 당혹스럽고 또 분노가 치밀었다. 로럴은 와이더에 갈 예정이었다!

하지만 마음 한편에서는 로럴이 와이더 조기 전형에 합격하지 못했다면 나도 정시 전형에 합격할 리 없다는 생각이 들었다. 이런 생각이나 하고 있다니, 스스로 형편없는 친구가 된 기분에 나는 이 생각을 깊숙이, 내가 떠올리고 싶지 않은 모든 생각이 사는 깊은 곳에 밀어 넣었다.

"적어도 불합격은 아니네." 나는 힘없이 말했다.

"고맙기도 해라." 로럴은 진짜로 울고 있었다. 원래 무슨 일이 있어도 울지 않는 아이였다. 내가 아는 사람 중 누구보다 강했다.

"이해가 안 돼." 나는 정말 이해가 안 돼서 이렇게 말했다. "어떻게 와이더가 널 합격시키지 않을 수가 있어? 아랍과 무슬림 여성 옹호에 관한 에세이는 정말 좋았다고!"

로럴이 손에 들고 있던 휴지를 갈기갈기 찢으며 대답했다. "나 마지막에 그 에세이 제출 안 했어."

"그럼 어떤 걸……?" 나는 말끝을 흐렸다. 로럴이 별로 말하고 싶어 하지 않는다는 걸 알 정도의 눈치는 있었다.

로럴이 휴지 한 장을 더 뽑아서 코를 풀고 눈물을 닦았다.

"내가 왜 그랬을까, 앨리? 이렇게 지원이 보류될 거면 뭐하러 3년 넘게 퀘이커 오츠를 그렇게 열심히 다녔을까? 차라리 확실하게 불합격시키지! 꼭 나중에 정기 전형 때 불합격시키려고 붙잡아 놓는 것 같잖아."

"그만해. 정기 전형 때는 확실히 합격할 거야, 두고 봐." 나는 로럴에게 장담했다. "너 말고 가장 강력한 정기 합격자 후보가 또 누가 있겠어? 그러니까 내 말은, 넌 로럴 그린블라트-왓킨스잖아. 네 모습을 봐!"

나는 벽에 걸린 로럴의 초등학교 졸업 사진을 가리켰다.

"내가 남자라면 이런 일이 없었을 텐데." 로럴이 코를 훌쩍이며 말했다. "대학은 남학생을 원하잖아. 등록률도 너무 낮고, 남자들은 자기들이 굳이 교육받지 않아도 된다고 생각하니까." 로럴이 코웃음을 치며 말했다. "그러니 자격이 차고 넘치는 여자들끼리 서로 경쟁하는 꼴이지 뭐야."

마이클 오빠도 아시아 여성과 남성에 대해 같은 말을 한 적이 있었다.

"로럴, 그 보류 통보가 널 규정하도록 놔두면 안 돼." 나는 주장했다.

"내가 불합격해서 좋아하는 사람이 누군지 알아?"

"불합격은 아닌……"

"우리 아빠야. 아빠는 딱 이래." 로럴이 자기 아빠 목소리를 흉내 내기 시작했다. "자, 이제, 로럴. 결국 호랑이(프린스턴대학의 상징)가 되어야겠구나! 올바른 인생길을 가기 위한 첫 단계야. 네 엄마처럼 감정적으로 굴진 않겠지?"

"정말 그렇게 말씀하셨다고?"

"그래. 내가 프린스턴에 가야만 등록금을 내주겠다고 하신 거 알아? 정서적 협박까지 해가면서 말이지. 나는 엄마가 펄쩍 뛰면서 내 편을 들어줄 줄 알았어. 그런데 눈길도 안 주더라. 예일대 로스쿨은 대체 뭐하러 간 거야? 붙잡아놓는다는 말이 나왔으니 하는 얘긴데, 엄마는 아직도 아빠랑 가깝게 지내. 말하자면 '새롭고 더 빛나는 모델'로 자기 자리를 대체했는데도 말이지. 정말 너무 상투적이라서 역겨워."

이건 사실이었다. 말 그대로 그린블라트 씨는 로럴의 새엄마(팬티 게이트로 악명 높은 바로 그녀)를 만나자마자 자신의 '스바루 아웃백Subaru Outback' 차량을 '테슬라Tesla'로 업그레이드했다.

"왜 꼭 아빠 말을 들어야 해?" 내가 물었다. "왜 그냥 하고 싶은 대로 못 해? 네가 아빠한테 의존하는 애도 아니고. 또……"

로럴은 대답할 생각이 없어 보였다.

"불쾌하게 하려는 건 아닌데." 나는 말을 계속했다. "하지만 난 너희 가족이 아주 돈이 많은 줄 알았어."

"그게…… 좀 복잡해." 로럴이 입을 열었다. "그러니까, 이 집은 엄마가 아빠한테 사들인 거야. 그 돈은 비영리 단체 급여로 계속 갚는 중이고. 내 생각엔 아빠가 내 등록금을 내기로 두 분이 일종의 합의를 한 것 같아."

난 이 말을 듣고 꽤 놀랐다. 나는 로럴이 그저 부자라고, 양쪽 부모 모두 돈이 많다고 추측했었다. 로럴의 엄마가 로럴의 아빠보다 가진 게 적은 건 중요하지 않았다. 그녀는 여전히 가진 게 많아 보였으니까.

그렇긴 한데, 로럴이 어떤지는 확신이 가지 않았다. 로럴의 박탈감은 내 박탈감과는 너무 달랐다.

"진짜 짜증 나." 로럴이 말을 계속 이어 나갔다. "아빠 연봉이 높아서 나는 재정 지원을 거의 받을 수가 없거든. 아, 미안!" 로럴이 방금 한 말을 취소하며 말했다. "기분 나빠하지 않았으면 좋겠다."

로럴은 이 말을 하면서 자기 입술을 깨물며 어쩔 줄 몰라 했다. "내 말은…… 우리 부모님 같은 사람들은, 역사적으로, 백인인 데다 영어를 사용한다는 특권 덕분에 시스템의 혜택을 보니까. 기분 상하게 하려고 한 말이 아니고……."

로럴이 초조한 눈으로 나를 올려다보며 말했다.

나는 뒤로 기대앉아 팔짱을 꼈다. "할 말 다 했어?"

"앨리, 제발. 제발 나를 이 고통에서 꺼내 줘!"

"이로써 나는 이 죄 많은 백인 소녀의 죄를 사하노라. 인 노미네 파트리스, 에트 필리, 에트 스피리투스 상크티In nomine patris, et filii, et spiritus sancti(성부와 성자와 성령의 이름으로), 아멘." 내가 성호를 그으며 말했다. 한국계 아르헨티나계 미국인 소녀를 가톨릭교회에서 빼낼 수는 있어도, 그 소녀에게서 가톨릭교회를 없애는 건 불가능하다. "속죄하려면 성모송을 10번 암송하고 파크 슬로프 커뮤니티 가든에서 평생, 매달 100시간 봉사를 해야 하노라."

"안돼에에에!" 로럴이 움찔 놀라며 손으로 얼굴을 감쌌다. "아, 앨리. 내년에 네가 많이 보고 싶을 거야." 로럴이 갑자기 진지한 목소리로 말했다.

"그만해." 내가 말했다. "우린 둘 다 내년에 와이더에 다니고 있을 거야. 또 더할 나위 없이 좋을 거고."

나는 로럴과 레아, 그들의 엄마 사진이 걸린 갤러리 벽을 올려다봤다. 해변에서 온 가족이 찍은 가족사진을 떼어 내고 남은 희미한 윤곽선이 눈에 띄었다.

나는 손뼉을 치며 말했다. "로럴, 옷 입어. 널 감옥에서 탈출시켜 주겠어."

로럴이 신음했다. "제발 토론 수업에 데려가지 말아 줘. 지금 당장은 학교 애들 못 보겠어."

"약속할게." 내가 대답했다. "우리가 갈 곳에는 학교 애들 단 한 명도 없어. 장담해."

그런 다음 우리는 지하철 A선을 타고 브루클린을 떠나 퀸스로 향했다.

승객 몇몇이 여행 가방과 더플 백을 갖고 있었다. "날 JFK 공항으로 데려가는 거야?" 로럴이 간절한 목소리로 물었다. "여권 챙기는 거 깜빡해서, 국내선만 가능한데."

"좀 기다려, 엘. 깜짝 놀라게 해 주려는데 망치지 말고."

하지만 우리는 짐이 있는 다른 여행객들처럼 하워드 비치에서 에어트레인AirTrain으로 갈아타지 않았다. 우리는 자메이카 베이를 가로질러 열차를 타고 계속 대서양을 향해 갔다.

로럴과 나는 A선 거의 끝까지 갔다. 역을 빠져나오는데 찝찌름한 바다 냄새가 물씬 풍겼다.

로럴이 내 팔을 찰싹 때리며 말했다. "뭐야. 로커웨이에 간다는 말 없었잖아, 알레한드라 김!"

"늦었어, 엘. 우린 이미 여기에 와 있어."

갑자기 로럴이 탄성을 질렀다. "맙소사! 여기 와 본 게 도대체 언제였지…… 언제였더라……."

로럴은 기억을 더듬었다.

"너희 집 주방에 걸려 있던 가족사진에서 봤어." 내가 말했다.

"그걸 기억하고 있다니, 믿을 수가 없다." 로럴이 말했다. "우린 늘 여기에 왔었는데. 우리 가족이 정말 행복했을 때."

"우리 가족도 여기에 자주 왔었어." 내가 말했다. "아빠가 그렇게 되기 전 일이지만. 알다시피……."

아빠와 마지막으로 로커웨이에 왔을 때가 생각났다. 얼마 전 예전 사진을 꺼내서 보는데, 보통 때라면 나를 압도했을 슬픔이 그렇게 크게 느껴지지 않았다. 어쩌면 이제는 이 사진을 내 책상 맨 아래 서랍에 넣어 두지 않아도 될 것 같다는 생각이 들었다.

"너희 가족도 여기에 온 적이 있는지 몰랐어." 로럴이 말했다. "넌 아빠 얘기를 정말 한 번도 하지 않아서……."

바닷바람에 로럴의 말이 흩어졌다. 목재를 깔아 만든 산책로를 걷는데, 바다가 아우성치고 머리카락이 계속 얼굴을 때렸다.

멀리서 보면 청록색, 가까이서 보면 녹갈색인 대서양이 해안을 가로지르며 시작도 끝도 없이 펼쳐져 있었다.

마지막으로 여기에 왔던 때가 갑자기 생생하게 떠올랐

다. 파라솔 때문에 다툰 후, 엄마를 차에 남겨 두고 왔던 그때가. 아빠는 바다를 품에 안으려는 제이 개츠비처럼 팔을 활짝 뻗었다. "티에라 델 푸에고Tierra del Fuego. 남아메리카 대륙 남쪽 끝에 있는 섬가 이런 모습이 아닐까 늘 상상해. 내가 있는 여기가 마치 세상의 끝인 것 같아."

나는 아빠의 영어를 정정해 주었다. "아빠, '끝'이 아니라 '가장자리'겠죠."

아빠는 미소 지었다. 동의하지 않으면서 예의상 반박하지 않을 때 짓는 미소였다.

우리는 물속으로 뛰어들었다. 그 얼음장처럼 차갑고 탁한 물은, 에어컨마저 고장 난 낡은 올즈모빌 자동차 안에서 보낸 무덥고 끈적거리는 두 시간과 대조를 이뤘다. 인생이란 정말 웃기다. 늘 극단적인 상황이 벌어진다. 너무 뜨겁거나 너무 차가울 뿐, 단 한 번도 먹기 좋게 따뜻한 적이 없다.

"엄마가 이런 걸 즐기지 못 한다니 믿기지 않아요." 내가 말했다. 아무리 엄마가 선택한 것이라도 엄마를 차에 두고 왔다는 미안함에 공기가 무겁게 느껴졌다.

갑자기 물가에서 소란이 일었다. 사람들이 모래밭 위에 놓인 어떤 물체 주위로 몰려들었다. 뭐지? 아이가 물에 빠졌나? 당황한 아빠는 급히 달려갔다. 나도 그 뒤를 따랐다.

별것 아니었다. 그냥 해파리였다. 살아 있지 않은, 죽은 해파리. 사람들이 흩어졌다.

"그만 가자, 알레하-야." 아빠가 갑자기 말했다. 그리고 우리 물건을 챙기기 시작했다.

주차한 자리를 찾는 데 시간이 좀 걸렸다. 늦게 해변을 찾은 사람들이 느리게 유영하는 상어처럼 우리를 따라 꼬리를 물고 주차장으로 돌아오고 있었다.

우리 올즈모빌을 발견했을 때, 엔진은 꺼져 있고 모든 창문은 이상하게도 다 닫힌 상태였다. 엄마는 조수석 의자를 뒤로 젖힌 채 비스듬히 누워 있었다. 뭔가 이상했다. 엄마의 눈은 감겨 있었고, 평소의 찡그린 표정 대신 멍한 표정을 짓고 있었다. 내 오래된 《탐정 다르야Detective Darya》가 엄마의 가슴에 뒤집힌 채 얹혀 있었다. 하지만 책은 엄마의 호흡을 따라 위아래로 움직이지 않았다.

엄마 얼굴에 드리워진 고요함에 덜컥 겁이 났다. 아빠도 겁을 먹었다.

아빠가 주먹으로 창문을 치기 시작했다. "베로! 베로야! 일어나!" 아빠가 숨죽여 기도하기 시작했다. "산타 마리아, 마드레 데 디오스. 산타 마리아, 마드레 데 디오스Santa María. Madre de Dios. Santa María. Madre de Dios······." 아빠는 성모송을 외우며 두드리고 또 두드렸다. 나도 창문을 손으로 때렸다. 손에 닿은 유리가 데일 듯 뜨거웠다.

아빠가 잠긴 문손잡이를 마지막으로 홱 잡아당겼다.

순간 엄마가 화들짝 잠에서 깨어났다. "뭐야……!"

멈춘 듯했던 내 심장이 이제는 빨리 뛰기 시작했다. 엄마가 차의 잠금장치를 열었고, 아빠는 문을 확 열어젖히고는 엄마를 가슴에 꼭 끌어안았다.

엄마는 아빠 품에서 풀려나자 눈을 깜박거렸다. 그러더니 아빠와 나를 번갈아 보면서 눈살을 찌푸렸다. "후안, 알레. 까맣게 타지 않게 조심하라고 했잖아." 엄마가 쏘아붙였다.

엄마는 확실히 살아 있었다.

로커웨이 해변에 갔던 그날은 뜨겁고 타는 듯한 여름이 절정에 이르렀던 날이었다. 지금은 비수기에 쌀쌀했고, 해도 지고 있었다. 목재를 깐 산책로 위의 많은 상점이 문을 닫은 상태였지만, 우리는 피자 가게를 하나 찾아냈다.

"할렐루야, 자본주의 만세!" 로럴이 소리쳤다. "이곳이 아직 영업 중이라니 믿기지 않네. 우린 항상 여기서 체폴레 ^{Zeppole. 이탈리아식 도넛}를 사 먹었어. 세상에, 앨리. 진짜 맛있다."

우리는 잘 튀겨진 도넛을 입에 넣었다. 따끈하고 달콤했다. 얼굴에는 하얀 설탕 가루가 잔뜩 묻었다.

"너 꼭 일부러 묻힌 것 같다." 로럴이 내 얼굴을 가리키며 웃었다.

"왜 이래, 이거 마약이야." 나는 취한 척 눈을 가늘게 뜨면서 말했다. "이 빌어먹을 고운 가루를 손에 넣으려고 신탁 자금도 다 털어 넣었다고. 와테베스Whatevs(될 대로 되라지)!"

갑자기 로럴이 정색했다. "솔직히 마약 중독자를 놀리는 건 좋지 않아." 로럴이 말했다. "중독은 심각한 고통의 원인이고, 그 문제는 사회경제적 사다리의 최하층에게만 해당하는 것도 아니야."

"역시 로럴은 로럴이야."

"아 진짜, 앨리 김!"

로럴은 눈을 깜박이며 애써 눈물을 삼켰다. 처음에는 소금기 낀 바닷바람 때문인 줄 알았는데, 지금 난 죄책감을 느꼈다. 이번 바닷가 여행이 너무 큰 자극이 된 걸까?

"미안하다, 로럴. 오지 말 걸 그랬……"

로럴이 불쑥 끼어들었다. "너는 정말 최고의 친구야!"

로럴이 온 마음으로 나를 꼭 끌어안았다. 나도 로럴을 안아 주었다. 내 온 마음으로. 이 포옹을 통해 나는 우리의 다툼과 남은 분노를 그만 놓아 주기로 했다. 로럴은 여전히 내

가장 친한 친구고 나는 로럴을 사랑한다. 때로는 '역시 로 럴'이지만.

우리 둘의 휴대전화가 울렸다. 조기 전형에 지원했던 아 이들이 자신의 입시 결과를 알려 오고 있었다.

"세상에." 로럴이 자기 휴대전화를 움켜쥔 채 말했다. "클 레어 데브로가 와이더에 합격하다니. 도대체 이게 무슨!"

"클레어는 신경 쓰지 마. 넌 네 일만 신경 써." 내가 말했 다. "오늘만큼은 긍정적인 생각만 하기. 알았지? 약속해."

나는 새끼손가락을 내밀었다. 로럴이 머뭇거리다가 손가 락을 걸었다.

"알았어." 로럴이 대답했다.

뉴욕에는 자기만의 섬 같은 느낌을 주는 장소가 거의 없 다. 하지만 12월의 로커웨이는 잊기 힘들 만큼 엄청난 공허 함이 느껴진다. 아빠가 피아노로 연주하곤 했던 "쉘 화음 Shell chords", 내가 늘 "유령 화음"이라고 생각했던 그것과 같 은 느낌이다.

마지막으로 로커웨이에 갔던 그 여행에서, 엄마는 어떻 게 나를 햇볕에 튀겨질 지경이 되도록 놔두었냐며 아빠를 질책했다. 하지만 아빠는 엄마가 살아 있다는 걸 알고 너무

나 안도했기 때문에 얼마든지 엄마의 불만을 들어줄 준비가 되어 있었다. 우리는 다 식어 버린 켄터키 프라이드치킨 바구니를 건네주고 건네받으며 꽤 막히는 도로를 달렸다. 소금기와 모래, 바삭한 닭 껍질이 입안에서 씹히다가, 들이켜는 달고 미지근하고 김빠진 탄산음료에 씻겨 내려갔다. 프라이드치킨과 콜라가 뒤섞여 속이 부글거렸다. 우리는 끈적끈적한 열기 속에 앉아 자메이카 베이와 벨트 파크웨이를 거쳐 밴 위크, 그랜드 센트럴을 지나 브루클린-퀸스 익스프레스웨이를 타고 마침내 집에 도착했다.

21

/

크리스마스

"도미니카에 있을 때 내가 제일 그리워한 게 뭔지 알아?" 몬토야 공원에서 빌리가 맨손에 입김을 불며 물었다. 하얀 김이 입가를 휘감았다. 추운 날이었다. "이거였어, 뉴욕의 크리스마스 날씨."

"하지만 넌 크리스마스 *지나고 나서* 갔잖아." 내가 일깨워 주었다.

"무슨 말인지 알잖아. 겨울이라고, 계절이. 우리 엄마의 라자냐와 너희 아빠의 엠파나다가 떠오르는······"

"여기 너무 춥다." 내가 불쑥 끼어들었다. "우리 어디 들어가면 안 될까?"

"또 커피 한 잔에 4달러를 쓰고 싶으시다?"

"알겠어."

크리스마스는 아빠가 가장 좋아하는 날이었다. 지난 크리스마스에 아빠는 최선을 다했다. 아빠가 아파트를 나서는 건 고사하고, 소파에서 벗어난 것도 아주 오랜만의 일이었다. 일종의 기이하고 으스스한 사건이었다. 양초와 소나무, 호랑가시나무로 장식한 저녁 식사 자리에서, 아빠는 자신의 지난 이야기들을 들려주었다. 우리는 진짜 가족처럼 앉아서 이야기하고 웃었다. 보통의 평범한 가족처럼, 몇 년 동안 우리 가족에게 볼 수 없었던 모습으로. 그때 나는 아빠가 식탁에 와서 앉은 게 좀 이상하고 생뚱맞다고 생각했던 기억이 난다. 하지만 너무나 즐거웠던 나머지 곧 그 생각을 잊어버렸다. 돌아보니 현실이라기엔 너무 좋았다.

나는 고개를 저으며 애써 생각을 떨쳐 냈다.

"너랑 부모님," 빌리가 갑자기 말을 하다 말고 멈췄다. "아니, 너랑 너희 엄마는 크리스마스에 뭐해?"

"아무것도 안 하겠지, 아마도."

나는 엄마와 함께 보낼 크리스마스가 별로 기다려지지

않았다. 분명 주방 조리대에 대각선으로 어색하게 마주 앉아 전날 먹다 남은 음식이나 데워서 깨작거릴 게 뻔했다.

"바 험버그_{Bah humbug}(망할 크리스마스)!" 빌리가 말했다. "두 사람, 뭔가 해야 해. 특히나 올해에는."

두 사람, 뭔가 해야 해. 특히나 올해에는. 빌리가 무슨 뜻으로 한 말인지 알 것 같았다. 아빠 없이 보내는 첫 연말.

그래서 나는 아침을 먹으며 엄마에게 그 얘기를 꺼냈다.

"엄마, 크리스마스가 다음 주야. 우리 뭐 할까?"

엄마는 놀란 모양이었다. 엄마가 분홍색 입술을 크리스마스 리스처럼 동그랗게 오므렸다.

"벌써 그렇게 됐나?" 엄마가 말했다. "솔직히, 완전히 잊고 있었어, 알레하."

나는 마음이 오락가락했다. 마음 한편으로는 아빠를 기릴 만한 뭔가를 하고 싶었지만, 다른 한편으로는 너무 이르고 너무 고통스러울 것 같다는 생각도 들었다.

어쩌면, 더 천천히 시도하는 게 좋을까?

"생각해 봤는데……" 나는 잠시 숨을 골랐다. "엠파나다를 같이 만들어 보면 어떨까."

엄마가 투레질하듯 입으로 투루루 소리를 냈다. "아, 에일. 할 일이 너무 많아. 내가 정말 바쁠 때라고."

"나도 바빠."

나는 변명하지 말라는 뜻으로 한 말이었지만 엄마는 다른 뜻으로 받아들였다.

"그럼, 우리 둘 다 시간이 없네." 엄마가 힘차게 말했다.

엄마는 먹지도 않은 레이즌 브랜Raisin Bran 시리얼 그릇과 음식을 거의 남긴 내 그릇을 가져다 싱크대에 넣었다.

"그럼 파리야Parrilla, 바비큐는 어때?" 나는 그릇을 헹구는 엄마에게 소리쳤다. 엄마는 대답이 없었다. 나는 주방으로 가서 말했다. "화재 대피용 비상구에서, 응?"

"말도 안 되는 소리 하지 마, 알레하. 건물 관리인하고 문제 생기고 싶어?"

전에는 엄마가 한 번도 그런 일에 신경 쓰지 않았던 걸 생각하니 재밌었다. 하지만 나는 아무 말도 하지 않았다.

엄마의 말을 따른다면, 우린 아무것도 안 하고 그저 앉아서 하루가 끝나기만을 기다리게 될 것 같았다. 하지만 엄마는 내가 쉽게 포기하지 않으리라는 걸 알았다.

"알았어, 알았어." 엄마가 설거지를 마친 후 출근 준비를 하며 말했다. 엄마가 유니폼 위에 외투를 걸치고 지퍼를 올렸다. "뭐 특별한 게 있나 생각해 볼게."

아빠와 나는 크리스마스가 다가오면 미리 엠파나다를 만들곤 했다. 가족들이 특별한 휴일에 쿠키를 굽듯이. 우리는 그렇게 만든 엠파나다를 일부는 이웃, 친구, 가족에게 나눠 주고 나머지는 크리스마스를 위해 남겨 두었다.

크리스마스가 되면 아빠는 비상구에 숯불 화로를 놓고 아사도Asado, 고기를 구웠고(특별한 날이라 건물 관리자가 모른 척해 준 것 같았다), 엄마는 구운 고기에 곁들일 치미추리 소스Chimichurri sauce, 아사도나 닭구이에 곁들여 먹는 아르헨티나의 대표적인 소스를 만들었다. 지금도 아빠가 추위 속에서 웅크린 채 손을 동글게 말아 입에 대고 따뜻한 입김을 불던 모습이 생생하다. "그냥 오븐에 구우면 안 돼요?" 언젠가 한 번은 내가 물었다.

아빠와 엄마는 다 안다는 듯 미소를 교환했다. "오호¡Ojo(조심해)! 아르헨티나 남자가 고기 구울 때는 옆에서 참견하는 거 아니야."

우리는 식탁에 둘러앉아 플라스틱으로 만든 작은 트리 조명 아래서 크리스마스 만찬을 즐기며 스테이크와 엠파나다를 먹었다.

진부하게 들리겠지만, 그해 가장 멋진 시간이었다.

크리스마스 날, 엄마가 직장에 가 있는 동안 나는 집을 꾸몄다(초과근무 수당을 포기할 형편이 아니어서 엄마는 크리스마스에도 출근해야 했다). 나는 벽장에서 인조 크리스마스트리를 꺼내 거실에 설치했다. 그리고 스누피와 스누피의 빨간 집, 광선검을 든 요다, '마이 리틀 포니' 캐릭터 등 수년간 모아 온 오래된 장식품들을 모두 걸었다. 나는 플라스틱 나뭇가지 위에 은색 반짝이 줄을 두른 다음, 여러 색으로 빛나는 크고 굵은 크리스마스 전구를 그 주위에 감았다.

그런 다음 뒤로 물러나 내 작품을 감탄하며 지켜봤다. 꽤 괜찮아 보였다.

나는 플러그를 꽂았다. 전구에 불이 들어왔다. 그때, 전구 하나가 꺼지더니 불이 모두 나가 버렸다.

엄마와 아빠는 크리스마스 시즌 마감 세일 때 이 전구를 사면서 다퉜었다. 아빠는 알록달록하고 어마어마하게 큰 전구를 원했고, 엄마는 두 배나 비싼, 작고 세련된 하얀 전구를 사고 싶어 했다. "싼 건 안 좋아." 엄마가 주장했다. "전구 하나가 나가면 전부 나가 버린다고. 매년 새로 사느니 한 번에 좋은 걸 사는 게 나아."

"당신이 고른 건 지루해." 아빠가 말했다. "이건……" 아빠가 무지개색 전구가 든 상자를 흔들며 말했다. "보기만 해도 즐겁잖아."

나는 아빠 쪽에 손을 들었고, 우리는 저렴하고 화려한 전구를 샀다.

그리고 이제 그 전구들은 켜지지도 않는다.

만일 내가 영어 수업 시간에 가족을 주제로 에세이를 써야 한다면, 이 크리스마스 전구 비유가 아주 적절할 것이다.

하지만 내 인생은 영어 수업이 아니었다. 내 인생은 그냥, 인생이었다.

엄마가 문을 열고 들어오는 소리가 들렸다.

"메리 크리스마스, 엄마!" 내가 말했다. 나는 판매원들이 하는 것처럼 팔을 과장되게 휘두르며 불 꺼진 크리스마스 전구를 단 가짜 플라스틱 트리를 가리켰다.

하지만 엄마는 그쪽으로 눈길조차 주지 않았다.

"펠리스 나비Feliz navi(메리 크리스마스)." 엄마가 완전히 녹초가 된 목소리로 마지못해 말했다.

엄마는 음식이 든 비닐봉지를 들고 와 아무렇게나 식탁 위에 툭 던졌다. 피곤하고 짜증스럽고 후줄근해 보였다.

엄마의 '뭔가 특별한 게 있나 생각해 볼게'라는 말은, 집에 오는 길에 보스턴 마켓Boston Market표 칠면조 요리를 사 오겠다는 의미였던 모양이다. 감사해야 한다는 건 잘 알았다. 저녁거리를 사는 데 든 비용은 아마도 엄마의 한 시간 시급보다 비쌀 터였다. 시리아와 에티오피아, 북한에서 굶주리는 아이들이 떠올랐다. 뻔한 크리스마스 광고, 그리고 행복을 약속하는 그 역겹고도 달콤한 문구들이 떠올랐다. 하지만 그래도, 그래도 나는 크리스마스를 제대로 보내고 싶었다. 집에서 함께 준비한 음식을 먹고 싶었다. 온통 엉망이었던 한 해를, 그 은빛 반짝임에 기대어 위로받고 싶었다.

"그릇은 신경 쓰지 마." 엄마가 소리쳤다. "그냥 먹으면 나중에 설거짓거리도 적고," 엄마는 말을 하다 말고 멈췄다. 내가 차린, 세 벌의 식기가 놓인 저녁 식탁을 보고 있었다. 엄마 거, 내 거, 그리고 하나는⋯⋯.

"알레한드라, 이게 뭐니?" 엄마가 날카롭게 물었다.

"그냥, 나는⋯⋯"

생각하고 말고 할 것도 없었다. 엄마는 벌써 식기 한 벌을 치우고 있었다.

엄마가 의자에 쓰러지듯 앉더니 보스턴 마켓 칠면조를 내 쪽으로 밀었다. 엄마는 아직 일할 때 입는 수술복을 벗지도 않은 상태였다.

"엄마, 언제까지 이럴 거야?" 나는 옷장에서 꺼낸 빨간 스웨터와 초록 스커트 차림이었다.

"알레한드라, 엄마 피곤해."

나는 엄마가 돌보는 환자의 체취와 분비물 덩어리, 부패

한 쓰레기 먼지가 우리와 함께 바로 여기 식탁에서, 보스턴 마켓 표 칠면조 위로 보이지 않는 층을 이루며 우리가 숨 쉬는 공기를 채우고 있다는 생각이 들었다. 뭐 어쨌든.

엄마는 오늘 저녁에 아낌없이 돈을 썼다. 흰색 칠면조 고기에 곁들임 음식도 세 가지나 되었다. 그래서 나는 노력을 해 보기로 했다.

"오늘은…… 어땠어?" 내가 물었다.

엄마는 오랫동안 말이 없다가 마침내 대답했다. "끔찍했어." 그리고 또 한 마디 덧붙였다. "끔찍한 하루였어."

"무슨 일 있었어?"

"말하고 싶지도 않아."

엄마는 음식에는 손도 대지 않았다. 대신 담배에 손을 뻗었다. 엄마가 커다란 눈으로 나를 가만히 쳐다봤다. 한때 분노로, 열정으로 검게 빛났던 눈이었다. 어떤 감정을 느끼든 그대로 눈빛에 드러났었다. 하지만 지금은 거의 흐릿하고 생기가 없었다. 마치 뜨고만 있을 뿐 아무것도 보지 않는 것 같았다.

예전에 엄마는 정말 세련되고 아름다웠다. 나는 언제 자라서 엄마처럼 될까 궁금해하며 부러운 눈으로 엄마의 오래된 사진들을 들여다보곤 했었다. 하지만 나는 둥근 얼굴에 뺨이 통통한 아빠를 닮아서 예쁘다기보다는 귀여운 편이었다.

이제 엄마 얼굴에는 나이와 불행, 과한 흡연의 흔적이 얼룩져 있었다. 한때 희고 매끄러웠던 피부는 얼굴 뼈 위를 얇게 덮고 있었다. 차가운 형광등 불빛 때문일 수도 있었지만, 이렇게 창백한 모습은 처음이었다.

나는 칠면조 고기를 쿡쿡 찌르며 말했다. "엄마가 언젠 말하고 싶어 했었나."

"그냥 즐거운 하루가 되도록 노력하자, 응?" 엄마가 손도 대지 않은 칠면조 요리 위에 담뱃재를 뿌리며 말했다.

"먹지도 않을 거면 이건 왜 사 온 거야?" 나는 일회용 플라스틱 포크로 엄마의 접시를 가리키며 물었다.

대답 대신 엄마는 화가 난 듯 길게 담배 연기를 내뿜었다. 나는 일부러 심하게 기침을 했다.

"그거 좀 끊어. 담배 피우는 거 진짜 역겨워."

"포르 파보르¡Por favor(제발), 에일!" 엄마가 애원하듯 말했다. "데하메 엔 파스Dejame en paz(가만히 좀 놔둬 줘)."

그래서 나는 남은 식사 시간 내내 엄마를 가만히 내버려 두었다. 엄마가 바라는 대로. 내가 말라붙은 칠면조 고기를 먹는 동안 엄마는 앞에 놓인 음식을 깨작거렸다.

엄마가 디저트로 제과점 상자에 든 초콜릿 컵케이크를 꺼냈다.

"아빠는 초콜릿 싫어하는데." 나도 모르게 불쑥 말이 튀어나왔다. 하지만 이건 사실이었다. 아빠는 단 걸 무척 좋아했지만, 늘 캐러멜로 만든 둘세 데 레체Dulce de leche. 아르헨티나 전통 디저트나 과일 디저트를 먹었다. 이유가 뭐였든, 초콜릿은 싫어했다.

엄마가 포크로 컵케이크를 한 입 베어 먹었다. 정작 저녁은 입에 대지도 않더니, 이상했다.

나는 컵케이크를 먹지 않았다. 그리고 말했다. "그걸 어떻게 잊을 수 있어?"

엄마는 입에 초콜릿을 가득 물고 있었다. "에일, 그만해."

나는 멈추지 않았다.

"먼저, 엄마는 크리스마스를 축하하고 싶지도 않았고, 다음엔 아빠 자리를 치우더니, 이젠 초콜릿 컵케이크를 먹고 있어. 마치 아빠를 기억에서 지우려는 사람처럼!"

엄마가 이를 악물었다. "그런 말도 안 되는 소리 당장 집어치워."

"아빠가 크리스마스를 얼마나 좋아했는지 알잖아. 왜 아빠가 여기에 있지도 않았던 것처럼 굴어야 해?" 나는 소리쳤다. "난 아빠가 바로 여기, 이 식탁에 우리랑 함께 앉아 있는 것만 같아. 저기 비상구에서 아사도를 굽고 있는 것만 같고." 나는 검은 가죽 소파를 가리켰다. "그리고 저기에도 아빠가 누워 있는 것만 같단 말이야. 우울한 모습으로, 그런 마음을 먹기 전의 모습으로……"

"그만해!" 엄마가 손으로 귀를 막았다. "그만, 그만해, 그만하라고! 네 아빠는 *사고*였어."

1B호 사람들이 빗자루로 천장을 쾅쾅 때렸다. '조용히 해'라는 만국 공통의 표현이었다. 나는 무시했다.

"거짓말 그만해, 엄마!" 내가 되받아쳤다. "아빠는…… 아빠는 *자살*한 거잖아." 그 말이 힘겹게 입 밖으로 나왔다. 마치 속삭임처럼 들릴 듯 말듯.

아빠가 그랬다는 증거가 없다는 말은 너무 화가 나서 나오지 않았다. 그냥 마음속으로 아는 것이었다.

엄마는 마치 이 단어에 한 대 얻어맞은 듯한 표정이었다. 엄마는 힘겹게 침을 삼키며 내게 경고했다. "이 집에서 감히 그 단어를 쓰지 마."

"그러지 마, 엄마! 엄마도 나도 알고 있잖아. 현실을 부정하지 마!"

"오늘 크리스마스라고, 빌어먹을!" 1B호에서 고함치는

244

소리가 들려 왔다. "좀 조용히 하라고!"

엄마는 그 소리를 무시했다. "맹세컨대, 알레한드라 베로니카 김, 한 번만 더 그 소리 하면……"

내 가슴을 무겁게 짓누르던 말들이 더 이상 참지 못하고 솟구쳤다.

"진실을 받아들여, 엄마. 아빠는 불행하고 우울해서 자살한 거잖아!"

쾅. 그리고 정적이 찾아왔다. 폭발의 여파, 폭풍우가 지나간 후의 고요함처럼. 진정하고 보니 엄마가 나를 쳐다보고 있었다. 한 번도 본 적 없는 낯설고 사나운 표정이었다.

엄마는 자리에서 일어나 초콜릿 컵케이크를 쓰레기통에 버렸다. 그러고는 열쇠와 코트를 챙겼다.

"그래서, 엄마도 날 버리고 가려고?" 나는 문으로 향하는 엄마에게 쏘아붙였다.

엄마가 쥐어짜는 목소리로 차분하게 대답했다. "후회할 말 할까 봐 나가는 거야."

어쨌든 내가 들은 말은 그랬다. 죄책감이 칼날처럼 날아와 가슴에 꽂혔다.

엄마는 나가면서 문을 쾅 닫았다.

기분이 더러웠다. 우리 둘의 크리스마스를 내가 망쳐 버렸다. 하지만 진실을 부정하려는 엄마를 더는 참을 수가 없었다. 나는 남은 음식을 치워 버렸다. 그리고 이를 닦고 침대로 기어 올라갔다. 엄마에게 줄 크리스마스 선물도 준비했는데 주지 못했다. 출퇴근길에 휴대전화로 들으라고 모은 1980년대 아르헨티나 인기곡들이었다.

아빠가 세상을 떠난 후, 나는 복도 창고에서 오래된 플란넬 셔츠를 발견했다. 유일한 아빠의 유품 같았다. 왜냐하면 장례식이 끝난 직후에 엄마가 아빠 물건을 다 버렸기 때문이다. 밤마다 나는 이 셔츠를 애착 담요처럼 품에 꼭 안았다. 파슬리와 아이리시 스프링 비누, WD-40 윤활제 냄새 같은 것이 났다. 시간이 가면서 아빠의 냄새는 희미해졌고, 내 냄새와 과일 향 샴푸 냄새, 그리고 지난 3학년 때 내가 뒤집어썼던 온갖 쓰레기 냄새가 셔츠에 배었다. 결국 아빠의 흔적은 옷에서 완전히 사라져 버렸고, 결국 나는 아빠의 것이 하나도 남아 있지 않다고 느끼게 되었다.

그러던 어느 날, 엄마가 내 옷장에서 아빠의 셔츠를 발견했다. 그리고 셔츠를 그대로 쓰레기통에 버렸다.

물론 내게는 추억이 있었다. 하지만 아빠의 셔츠처럼 누덕누덕 낡게 될까 봐 두려웠다. 아빠에 대한 내 기억은 이미 색이 바래고 있었다. 아무리 선명한 색도 빛에 노출되면 그렇듯이.

잠이 오지 않아서 마이클 오빠가 준 노트북을 열었다. 와이더에 제출할 에세이 수정본을 다시 들여다봤다. 매끄럽게 읽혔다. 글은 명확했고 주제는 적절했다. 심지어 시대적 조류에도 맞았다. 전송 버튼을 누르면 끝이었다. *그냥 내가 아는 그 앨리-캣 같지 않아서. 그냥 하던 대로 해!*

나는 에세이 파일을 삭제했다. 그리고 처음부터 다시 쓰기 시작했다. 창으로 빛이 스며들어 왔다. 어디를 다녀오는지 몰라도 엄마가 들어오는 소리가 났다. 나는 묻지 않았다. 물어도 엄마가 말하지 않을 거라는 걸, 나는 알고 있었다.

*

다음 날 아침, 엄마가 쓰는 라벤더 향 샴푸와 로션 냄새가 났다. 하지만 엄마도, 코트와 가방, 열쇠도 보이지 않았다. 벌써 출근한 모양이었다.

크리스마스트리 아래 선물이 놓여 있었다. 엄마가 두고 간 것이었다. 아무 무늬 없는 갈색 종이에 싸여 있는 그것을 열어 봤다.

보르헤스의 시집 《부에노스아이레스의 열정 Fervor de Buenos Aires》이었다. 나는 책을 펼쳤다. 빛바랜 파란색 잉크로 쓴 문구가 보였다.

후안 김, 에스쿠엘라ESCUELA **N° 5, 헤네랄 로카**GENERAL ROCA

아빠가 어릴 때 학교에서 받은 책이었다. 나는 그 책을 소중히 품에 안았다.

22

/

멜티스

크리스마스 다음 날, 매년 그랬듯 빌리와 나는 아이스 스케이트를 타러 갔다. 우리가 가는 곳은 얼빠진 얼굴로 트리를 구경하는 이들이 넘치는 록펠러 센터 스케이트장이 아니라 브라이언트 파크였다. 이곳은 자기 스케이트를 가져가면 무료로 이용할 수 있다. 빌리가 자기 사촌과 그 사촌의 여자 친구로부터 스케이트를 빌려 왔다. 조금 컸지만, 여분의 양말이 해결해 주었다.

입구에는 줄이 어마어마했다. 다들 우리처럼 구두쇠들

이었다. 뉴욕의 돈 없는 아이들에게는 시간이 관건이었다. 우리는 공짜 물건을 얻기 위해 줄을 섰고, 반값 영화를 보기 위해 브롱크스까지 갔다. 한 번은 종일 센트럴 파크에 줄을 선 적도 있었다. 온라인 벼룩시장 크레이그리스트Craigslist 에서 어떤 월가 증권 중개인이 〈셰익스피어 인 더 파크Shake-speare in the Park〉(뉴욕 센트럴 파크 내 공연장에서 상연되며 공연 당일에 표를 무료 배포한다) 표를 대신 받아 주면 우리 각자에게 100달러를 주겠다고 제안해서였다.

뉴욕에서는 모든 일이 바쁘게 돌아간다.

마침내 우리는 줄 맨 앞에 섰다. 그리고 얼음에 발을 디뎠다. 빌리와 나는 둘 다 스케이트 실력이 형편없었지만, 그것도 나름 재미있었다. 먼저 넘어지는 사람이 상대에게 핫초코를 사 주기로 했다.

빌리가 먼저 넘어졌다. "젠장!" 빌리가 얼음판 위로 미끄러지며 외쳤다. 하마터면 스페어 처리하는 볼링공처럼 어떤 두 아이와 그 부모를 칠 뻔했다.

"핫초코가 아주 맛있겠는데." 나는 텔레비전에 나오는 악당처럼 두 손을 비비며 말했다.

그러다 균형을 잃는 바람에 나도 넘어지고 말았다.

빌리가 비웃었다. 그의 볼에 보조개가 다시 나타났다.

우리는 스케이트장을 몇 바퀴 돌았다. 있지도 않은 근육을 다 동원해야 했다. 그렇다, 나는 얼음 위에서 서툴렀다. 하지만 적어도 노력하고 있었다. 링크 주위를 빙 두른 가드레일을 끌어안고 있는 사람들과는 달랐다. 지겹도록 넘어지고 온몸이 멍투성이가 되는 한이 있어도 나는 애써 볼 생각이었다.

"그래서? 크리스마스는 어땠어?" 다섯 명이 옆으로 늘어선 가족을 피해 가며 빌리가 물었다. 빙판 위에서도 길이 막혔다.

"너 먼저 말해 봐."

"우린 티토네 갔었어. 티토 여자 친구가 페르닐Pernil.돼지 넓적다리을 요리했고, 이모는 쌀이랑 콩으로 된 요리를, 엄마는 맛있기로 유명한 라자냐를 만들었지."

"그럼 남자들은 뭐 했는데?" 내가 물었다.

우리 문화에서는 보편적인 일이었다. 전통적으로 여자들이 요리며 청소, 서빙까지 다 했고, 남자들은 편하게 앉아 텔레비전이나 보다가 무릎 위에 음식이 놓이면 먹었다. 개리 고모부도 똑같았고, 우리 친척들도 다 그랬다. 아빠는 전혀 그렇지 않았으니 나는 정말 운이 좋다고 생각했다. 아빠는 요리를 즐겼다.

"어떤지 알잖아." 빌리가 어깨를 으쓱했다. 혼자서 시스템을 바꿀 수는 없다는 제스처로 보였다. "그런데 엄마가 나한테 부주방장 일을 맡겼어. 그래서 재료를 내가 다 잘게 썰었지. 엄마가 그걸 싹 가져가 끝내주는 라자냐를 만들었어." 빌리가 미소를 지었다.

불공평한 노동 분담에도 불구하고, 빌리의 크리스마스는 내가 보낸 크리스마스에 비하면 마법같았다. 내 차례가 되자, 나는 크리스마스에 있었던 일을 간략하게 그려 보였다. 빌리는 실제로 하는 말보다 침묵에서 더 많은 걸 짐작했다.

"너한테서 부정적인 에너지가 많이 느껴지네." 빌리가 말했다.

"그날 한잠도 못 잤어." 내가 말했다. "그 한밤중에 엄마가 대체 어디에 가 있을지 걱정하느라고.

빌리가 솔직하게 말했다. "잘은 모르겠지만 에일, 내가 볼 때는 네가 엄마한테 좆Dick같이 군 것 같다."

"미안하지만, '좆'같이 군 건 엄마거든."

내가 '좆'이라는 단어를 따옴표 안에 넣은 건, 로럴이 그 단어라면 질색하기 때문이었다(그러니까, 너라면 다른 사람을 여자 성기를 지칭하는 말로 부를 수 있겠어?). 나는 빌리에게 내가 그 단어를 얼마나 싫어하는지, 그리고 그 단어를 사용한 게 얼마나 잘못된 일인지 말했다.

"진정해, 에일. 난 네가 무슨 말을 쓰는지 감시하지 않으니까." 빌리가 말했다. "네 학교에서는 다들 그러는 모양이지만."

"게다가."

빌리는 계속해서 더 큰 문제를 지적했다. "너희 아빠가 여전히 함께 있는 것처럼 하고 싶은 네 마음은 이해해. 크리스마스트리든, 식탁 차림이든, 뭐든. 하지만 너희 엄마는 아직 그럴 수 없는 것 같아."

빌리의 말을 들으면서, 나는 그의 시선으로 상황을 이해하기 시작했다. 엄마도 노력했다는 것을. 나름의 방식으로 극복하고 있다는 것을.

"왜 갑자기 이성적인 말을 하는 거야?" 나는 빌리에게 물었다. 하지만 내가 이런 생각을 한 건 처음이 아니었다. 빌리는 언제나 양쪽의 입장을 다 생각해 볼 수 있게 도와주었다.

*

잠시 후, 스케이트장이 출퇴근 시간대의 7번 급행열차만큼이나 붐비기 시작했고 우리는 배가 고파졌다. 우리는 브라이언트 파크를 나와 내가 가장 좋아하는 식당인 멜티스 Melty's로 향했다. 내가 이곳을 좋아하는 이유는 기업들이 즐비한 미국 한복판에서 나이 많은 한국인 부부가 운영하는 한적한 구멍가게였기 때문이다. 우리는 핫초코를 받아 들고서 주문한 샌드위치가 나오길 기다렸다.

한국인임이 분명해 보이는 소녀가 그릴 앞에서 일하고 있었다. 아직 어려 보였다. 하지만 능숙하게 한 손으로 달걀을 깨고, 다른 손으로는 베이컨과 감자를 뒤집었다. 쉴새 없이 움직이며 뒤집개로 공중에서 떨어지는 감자를 낚아채고, 달걀을 뒤집고, 주문받은 음식을 접시에 담고, 그다음 주문, 그다음 주문, 그다음 주문을 처리했다. 마치 열두 개의 접시를 공중에 던지며 줄타기 곡예를 하는 천재 재주꾼의 공연을 보는 기분이었다.

나는 빌리를 툭 치며 좀 보라고 재촉했다. 빌리가 휘파람을 불며 말했다. "뭐야, 진짜 잘한다."

우리는 길가를 향해 난 창가 의자 두 개를 차지하고 앉아 점심을 먹었다. 멜티스의 샌드위치는 최고였다. 빌리는 수제 고추냉이 마요 소스를 얹은 로스트비프 히어로 샌드위치를, 구식인 나는 달걀과 치즈를 넣은 롤을 먹었다.

"와이더 입시 자료는 다 준비했어?" 빌리가 물었다. 이미 샌드위치를 반이나 먹어 치운 상태였다.

나는 내 롤을 한 입 베어 물었다. 냠. 달걀을 어쩌면 이렇게 폭신하면서도 부드럽게 만들어 넣었을까. 내 달걀 요리는 언제나 너무 익어서 퍽퍽했다.

"대충 뭐." 엉망진창인 상태로 집에서 날 기다리는 파일을 떠올리지 않으려 애쓰며 대답했다. 마감까지는 일주일이 남아 있었다. "4월쯤 결과가 나와. 와이더가 늘 제일 늦게 알려 주거든."

"그렇군." 빌리가 대답했다. 기억해 두려는 듯했다. "비둘기라도 보내서 알려 주는 건가."

"하하."

"그럼 정말 그렇게 되겠구나." 빌리가 말했다. "너 말이야, 뉴욕을 떠나는 거."

"와이더에 합격하는 경우에만 그렇지." 내가 지적했다. "또 엄마가 날 보내 줘야만 하고. 둘 다 쉽지 않은 문제야."

"떠나는 게 꼭 그렇게 좋은 건 아니야." 빌리가 말했다. "그냥 집에 있는 게 좋을 때도 있어."

나는 테이블에서 샌드위치 부스러기를 치웠다. 그리고 새 냅킨을 한 장 집어 들고 가방 속에서 펜을 꺼냈다. "자, 네가 생각하는 대학이 어디 어디야, 치비? 한 번 터놓고 얘기해 보자. 꿈, 목표, 그리고 차선책."

"에일……"

"지금 시작해서 여름 방학을 잘 이용하면,"

"에일!" 빌리가 내 손 밑에서 냅킨을 낚아챘다. 냅킨이 그의 손안에서 구겨졌다.

"오늘 채용 담당자 몇 명이 정비소로 찾아왔더라. 티토가 겨우 쫓아내긴 했는데…… 모르겠어. 사실 그렇게 나쁜 조건 같진 않았어. 계약서에 서명하면 선지급해 주는 특별 보너스도 있다고 하고. 그리고 어쩌면 엄마가 개처럼 일하지 않아도 될 것 같고."

순간 나는 혼란스러웠다. 대학 채용 담당자들이 자동차 정비소에 드나들면서 선지급 보너스를 얘기했다고? 하지만 빌리는 대학 얘기를 하는 게 아니었다. 그렇다면 빌리가 말하는 건…….

"해병대에서, 꽤 괜찮은 혜택도 제안했어. 그러니까, 이제 난 열여덟 살이잖아. 제대로만 하면, 마흔에 은퇴할 수 있을지도 몰라."

"마흔까지 살아남아야 은퇴를 하든 말든 하지!" 내가 소리쳤다. "대체 뭐야, 빌리! 그 길을 가기엔 넌 너무 똑똑하다고. 13번 채널에서 방영한 베트남전 참전 용사 특집 봤어,

못 봤어? 뭐야, 거기 가서 총알받이라도 되고 싶다는 거야?"

"그냥 생각만 해 본 것뿐이야." 빌리가 말했다. "진정해, 에일."

나는 침묵으로 군에 입대하겠다는 생각이 얼마나 말도 안 되는지 빌리에게 일깨워 주었다.

"엄마도 아셔?" 마침내 내가 물었다.

"아직은 모르셔." 빌리가 손가락 관절을 눌러 뚝뚝 소리를 냈다. 불안할 때 하는 행동이었다.

"다행이다." 나는 안심했다. 왜냐하면 절대 허락하지 않으리라는 걸 나도 알고 빌리도 알기 때문이었다.

"하지만 엄마가 그 선지급 보너스를 유용하게 쓸 수 있을지도 몰라." 빌리가 덧붙여 말했다. "아파트 건물이 협동조합 형태로 바뀔 예정이거든."

나는 잭슨 하이츠 주거 서비스 접수대에 쌓여 있던 봉투들이 기억났다. 엄마의 우편물처럼 그것들 역시 뜯지 않은 상태로 잔뜩 쌓여 있었다. "똑바로 말해 봐, 빌리. 뭐가 어떻게 돼 가는 건데? 엄마는 나한테 아무 말 안 할 게 뻔하단 말이야."

"협동조합 형태로 건물 운영 방식이 바뀐다고." 빌리가 설명했다. "그리고 자기 집을 살 수 있게 우리 세입자들에

257

게 우선 매입권을 주고.”

“그럼…… 좋은 거야?” 나는 조심스럽게 물었다.

“그렇지. 집 살 돈만 있다면.” 빌리가 손가락으로 돈 세는 흉내를 내며 말했다.

“없으면?”

“없으면……” 빌리는 어깨를 으쓱했다. “내 생각엔 한동안은 머물게 해 줄 것 같아. 그 집에 들어올 다른 사람을 찾기 전까지는.”

“치비. 약속해. 절대 도망치거나 엉뚱한 짓 하지 않겠다고. 내 눈 똑바로 봐.” 나는 잠시 멈췄다가 다시 말했다. “그냥, 그러지 않겠다고 맹세해.”

나는 새끼손가락을 내밀었다. 빌리가 웃었다.

“뭐야 우리, 중학교 때로 돌아간 것 같다?”

빌리가 내 손을 잡았다. 나만 이런가, 혹시 이게…… 설레는 건가? 기분이 정말 이상했다. 콧속으로 후추와 단풍나무 향이 뒤섞인, 빌리의 향수 냄새가 가득 밀려 들어왔다. 빌리에게 건네고 싶은 농담이 떠올랐다. 빌리, 티토의 액스Axe, 남성용 바디 스프레이 좀 그만 뿌려 대! 지금 너 혼자서 오존층을 다 파괴하고 있다고! 하지만 말로 내뱉지는 않았다. 나는 뺨이 조금 달아올랐다. 혹시 아주 추운 밖에 있다가 갑자기 안으로 들어와서 그런걸까? 아니면 혹시……

빌리가 내 눈을 쳐다봤다. 왜 그러느냐고 묻는 듯한 눈빛이었다.

"실례합니다." 누군가의 목소리가 불쑥 끼어들었다.

돌아보니 누군가가 우리 사이에 놓여 있는 냅킨 통에 손을 뻗고 있었다.

"죄송합니다." 우리는 웅얼거리며 서로에게서 떨어졌다.

이걸 뭐라 생각했든 간에, 나는 분명 그걸 상상하고 있었다. 빌리와 나는 정말 친구 그 이상도 이하도 아니었다. 지금까지도 그랬고 앞으로도 그럴 것이다.

"야, 김." 그 손님이 가고 나서 빌리가 나를 불렀다. 마치 동성 친구를 대하는 것 같은 목소리였다. "나 그거 한 입만."

우리는 샌드위치를 바꿔 들었다. "뭐야, 맛있잖아." 빌리가 말했다.

"네 것도 그래." 입에 묻은 고추냉이 마요 소스를 훔치며 내가 말했다.

"여긴 뭔가 다르네." 빌리가 말했다. "그냥 달걀과 치즈가 든 것뿐인데, 또 그냥 샌드위치는 아니야."

그리고 뭐였든, 아니 뭣도 아니었든, 그 순간은 지나갔다.

멜티스에서 나온 후, 우리는 이리저리 걸어 다녔다. 둘 다 아직은 집에 가고 싶지 않았다. 북쪽으로 가는 동안, 길에 사람들이 점점 더 많아졌다. 관광객들이 무력한 좀비들처럼 걸어 다니지만 않았어도 나는 그들이 전혀 신경 쓰이지 않았을 것이다. 하지만 그들은 가다 말고 갑자기 딱 멈춰 서서는 '엠파이어 스테이트 빌딩'이니 '30 록펠러 프라자'니, '크라이슬러 빌딩'이니 하는 것들을 멍하니 올려다봤고, 뒤에서 누가 와서 부딪쳐도 꿈쩍하지 않았다.

이들은 사실상 파나소닉 카메라를 건 목에 "날 털어 가세요_MUG ME!_"라고 쓰인 표지판을 달고 있는 것과 마찬가지였다. 그들 틈에 끼어 얼간이가 될 수는 없었다. 나는 가방을 뒤로 늘어뜨려 매는 대신 앞으로 돌려 가슴에 꼭 붙였다.

5번가를 건너려고 발을 내딛는데, 그 순간 M4 버스가 쏜살같이 달려왔다. "조심해!" 빌리가 나를 뒤로 당기며 소리질렀다. 순식간에 일어난 일이었다. 빌리가 아니었다면 우린 버스에 그대로 치일 뻔했다.

"확 죽여 버릴라, 저 나쁜 자식!" 우리는 빠르게 멀어지는 버스 뒤에 대고 운전사를 향해 일제히 소리쳤다.

"괜찮아?" 내가 물었다.

"너는, 괜찮아?"

"난 괜찮아." 우리 둘이 동시에 대답했다.

우리는 계속 걸었다. 공원에 거의 다다랐다. 높은 아치형 출입구가 있는 어느 버려진 건물 앞을 지나는데, 왠지 낯익은 데가 있었다. 아빠와 전에 이곳에 와 본 적이 있었다.

나는 걷다 말고 우뚝 멈춰 섰다. 그 바람에 뒤에 오던 사람과 부딪쳤다. 정장 차림에 서류 가방을 든 사람이 나를 노려봤다.

"미안합니다." 나는 조심스럽게 말했다. 하지만 그 사람은 이미 저만치 가 버린 상태였다.

여긴 '파오 슈와츠FAO Schwarz'였다. 어릴 때 아빠가 이 장난감 가게에 데려오곤 했다. 하지만 더는 예전 모습이 아니었다. 지금은 문이 닫혀 있었다.

아주 어렸을 때, 아빠는 나를 여기에 데려왔고, 우린 차례를 기다려 바닥에 설치된 거대한 피아노 건반을 밟아 연주하곤 했다. 함께 연주했던 곡은 〈젓가락 행진곡Chopsticks〉, 〈핫 크로스 번Hot Cross Buns〉과 같은, 집에 있는 카시오 키보드로 아빠가 가르쳐 준 쉬운 곡들이었다. 마지막으로 갔을 때는 느낌이 조금 달랐다. 아빠는 자신이 C를 밟을 테니 동시에 B를 밟으라고 시켰다. 나는 망설였다. 서로 붙어 있는 건반은 원래 동시에 연주하지 않는다고 아빠에게 말했다.

재즈라는 *거란다.* 아빠가 말했다. '*원래 그런*' 건 없어.

우린 즉흥적으로 음을 연주했다. 실수로 잘못 친 것 같은 괴상한 소리가 났다. 뇌리에 박힐 듯 공허한 소리였다.

나는 그 버려진 건물, 예전에는 장난감 가게였지만 지금은 껍데기만 남은 곳을 가만히 들여다봤다. 아빠의 화음 같은 느낌이 났다. 나는 빌리를 끌고 그곳을 벗어났다.

23

/

아빠의 기일

'새로운 해, 새로운 당신NEW YEAR, NEW YOU!' 거의 모든 지하철과 버스 광고판에서 이 문구를 볼 수 있다. 하지만 나는 '새해가 되어도, 똑같이 그대로New Year, Same Old Me'인 기분이다.

1월 2일. 1년 전 아빠가 세상을 떠난 날이다. 엄마와 나는 롱아일랜드 레일로드LIRR를 타고 그레이트 넥Great Neck으로 가는 중이다. 그곳에서 택시를 타고 윤아 고모네 집으로 갈 것이다. 윤아 고모가 역까지 우리를 데리러 오겠다고 했지만, 엄마는 고모한테 신세 질 생각이 없다. 거기서부터는 차를 타고 아빠가 묻혀 있는 묘지로 간다.

멜티스에서 나오는 길에 빌리에게 이 추모 계획을 알리면서, 같이 갔으면 좋겠다고 말했다. 하지만 그런 건 윤아 고모가 해야 하는 일이었다. 빌리는 초대받지 않은 자리라며 거절했다. "너희 아빠 돌아가신 걸 내가 왜 추모하고 싶어 하겠어?" 빌리가 콧방귀를 뀌며 말했다. "너무 바보 같아. 나라면 차라리 살아 계실 때의 모습을 기억하겠어."

롱아일랜드 레일로드를 타고 가는 중에 빌리한테 문자가 왔다. 잘 버티고 있어?

> 노력 중이야.

마음 단단히 먹어, 쓰레기 같은 소리는 무시하고.

로럴한테서도 문자가 왔다. 오늘 네 생각을 하고 있어. 내 모든 위로를 보낼게.

가장 친한 친구 둘이 오늘을 기억해 주었다는 사실에 나는 마음에 따뜻해졌다.

택시가 원형 진입로에 들어서자 엄마는 윤아 고모의 집을 노려봤다. 농담이 아니라, 이 집은 개츠비가 살았을 법한 바로 그런 집이었다. 그가 광란의 1920년대 중서부 지역 밀주업자가 아니라 세탁소를 운영하는 한국인 이민자였다면 말이다. 가당찮게도 집은 웨스트 에그_{West Egg, 《위대한개츠비》의}

주인공 개츠비의 집이 있던 지역. 오랜 상류층이 자리 잡고 있던 이스트 에그와 달리 신흥 부자들이 주로 거

주했다의 벼락부자 스타일로 과하게 화려했고, 그레코로만형 Greco-Roman 기둥과 장미 덤불까지 갖춰져 있었다. 세상에, 기둥이라니! 해피데이 손님들이 이 집을 봤어야 하는 건데. 그러면 우리를 조금은 더 품위 있게 대해 주지 않을까.

물론, 아닐 테지만.

엄마와 나는 현관으로 저벅저벅 걸어갔다. 다시 생각해 보니, 개츠비가 앞마당에 신문지를 깔고 그 위에 멸치와 생강을 말리는 모습은 상상하기 힘들었다. 윤아 고모는 이렇게 웃긴 데가 있었다. 고모는 흰색 메르세데스 벤츠를 몰았다(바로 집 앞에 주차되어 있었다). 하지만 어떤 면에서는 대공황 시대를 사는 노인처럼 검소했다. 지퍼락 봉투를 아꼈고, 마이클 오빠와 제이슨에게 휴지 좀 아껴 쓰라며 소리 지르곤 했다.

사람은 원래 이렇게 모순덩어리다.

윤아 고모가 현관에서 우리를 반겨 주었다. 고모와 엄마는 냉랭하게 서로 인사를 나누었다. 엄마가 고모에게 샐러

드를 건넸다. 시판 드레싱과 함께 봉지에 들어 있는 샐러드는 시들시들하고 형편없어 보였다. 내 생각에는 플러싱을 지날 때쯤 이미 시들기 시작한 것 같았다.

윤아 고모는 마치 세상에서 가장 멋진 음식이라도 되는 양 샐러드를 받아 들었다.

"고마워요, 알레 엄마. 이런 것 안 가져와도 되는데." 고모는 엄마를 '알레 엄마'라고 불렀다. 상대의 첫째 아이 이름을 붙여 부르는 한국식 호칭이었다. 말 그대로 여자의 역할을 누군가의 엄마로 규정하는 셈이었다.

"초대해 줘서 고마워요, 마이클 엄마."

두 사람은 억지로 좋은 척하며 대화를 나누고 있었다. 윤아 고모는 한국어로, 엄마는 영어로 말하고 있는 걸 보면 알 수 있었다.

둘의 행동을 보니 C 박사님의 수업 때 나눴던 이야기 하나가 떠올랐다. 트라우마 피해자들은 영어가 모국어가 아님에도 불구하고 자신의 이야기를 영어 이외의 다른 언어로 언급하기를 꺼린다는 내용이었다. 해당 이야기의 주인공은 중국인 이민자였는데, 그녀는 중국어로 자신의 트라우마를 이야기하는 게 '불가능'하다고 했다. 중국어가 자신의 감정과 너무 가깝다는 이유에서였다. 영어는 그녀에게 안전하고 편안한 거리감을 주었다.

　나는 엄마와 윤아 고모가 지금 스페인어를 쓰지 않는 이유가 그런 걸까 궁금해졌다. 두 사람은 평화를 유지하기 위해 각자 서툰 언어를 사용하고 있었다.

　장례식 이후 토도 트란스페리도 엔 에스파뇰Todo transferido en español(스페인어로 모든 말을 주고받으며) 서로에게 무척 가혹하게 굴었던 작년과는 다른 모습이었다. 그때 플러싱의 중앙 장례식장에는 내가 한 번도 만난 적 없는, 또한 아빠가 한번이나 만났을까 싶은 수백 명의 사람이 왔었다. 개리 고모부와 윤아 고모의 교회 친구들이었다. 장례 미사를 마치고 리무진으로 묘지까지 이동했다가 다시 장례식 연회를 위해 고모의 집에 올 때까지, 엄마와 고모는 종일 속이 부글부글 끓어오르는 상태였다. 마침내 손님들이 다 돌아가고, 우리는 주방을 정리 중이었다. 설거지 중이던 엄마가 손을 멈춰서 눈물을 닦고 코를 풀었다. 그때, 냄비를 문질러 닦던 윤아 고모가 수세미를 던지며 소리쳤다.

　"이제 와 내 동생을 생각하는 척하는 거야?"

　"그게 도대체 무슨 소리예요?"

　"달레, 베로Dale. Vero(자, 봐). 결혼한 바로 그날부터 네가 그 애를 비참하게 만들었잖아."

"허!"

엄마가 어이없는 소리 다 듣겠다는 듯 탄식을 내뱉었다. "미라 아 보스¡Mirá a vos(이봐, 당신)! 당신과 당신 남편이 계속 돈 자랑하는 거 정말 역겨워. 그게 후안을 갉아먹었다는 생 각은 안 해 봤어? 당신이 생각하기에는……"

윤아 고모가 짧게 웃음을 터트렸다. "네가 매일같이 후안 을 잘근잘근 씹으면서도 뱉지 않은 것처럼? 너 같은 여자들 은 다 똑같아. 예쁜 코를 살랑살랑 흔들며 모두를 하인 대하 듯 하지. 넌 늘 자신이 후안한테 과분하다고 생각했어!"

엄마가 얼음장처럼 차가운 눈으로 윤아 고모를 노려봤 다. "평생 후안을 쥐고 흔들었던 여자가 그런 말을 하다니. 보스 테네스 라 쿨파 이괄¡Vos tenés la culpa igual(다 당신 탓이야)!"

"젠장! 엄마들끼리 한 판 붙었어." 제이슨이 내 팔을 탁 소리가 나도록 세게 치며 말했다.

"닥쳐, 제이슨." 나는 더 명쾌한 반격이 떠오르길 바라며 맞받아쳤다.

"너나 닥쳐, 아-래Ah-rae."

'아-래'는 제이슨이 나한테 붙인 별명이다. 한국말로 '아 래' 또는 '밑'을 의미하는 단어다. 또한 내 이름 앞부분인 '알 레'를 일부러 바보처럼 발음하는 것이기도 하다. 토종 한국

인들은 '엘(L)' 발음을 어려워해서 '알(R)' 비슷하게 발음할
때가 많은데, 제이슨은 그걸 이용해 날 놀리는 데 써먹은 것
이었다. 일종의 황인종 흉내였다.

나는 마이클 오빠가 장례식이 끝난 후 집으로 와 주기를
간절히 바랐다. 하지만 오빠는 개리 고모부와 말도 하지 않
는 상태였다. 완전히.

윤아 고모가 조용해졌다. 왠지 으스스했다. 윤아 고모는
절대 할 말이 없었던 적이 없었다. 고모와 아빠는 그랬다.
죽음 같은 침묵을 견디기 힘들어했다.

마침내 고모가 입을 뗐다. "로 아마바스, 베로니카_{Lo amabas.}
_{¿Verónica}(그를 사랑하긴 했어, 베로니카)?"

엄마는 싱크대 위로 몸을 수그린 채 몸을 떨고 있었다.

"한 번도 사랑한 적 없잖아. 그렇지?"

엄마는 대답하지 않았다.

"라멘토 엘 디아 엔 케 세 코노시에론_{Lamento el día en que se con-}
_{ocieron}(널 만나지 말았어야 했어)." 윤아 고모는 이렇게 말하고는
엄마에게서 등을 돌렸다.

두 사람은 그 이후로 말을 나눈 적이 없었다. 지금까지.

윤아 고모는 엄마가 가져온 빈약한 샐러드를 이미 요리

들로 가득한 테이블 위에 놓았다.

"음식이 정말 많네요, 고모." 내가 말했다.

"그래? 충분치 않을까 봐 걱정이야." 윤아 고모가 난감한 표정을 지었다. "늦었다, 바모스Vamos(자, 어서). 제이슨, 아푸라테¡Apurate(서둘러)!" 그런 다음 좀 더 부드러운 한국어로 개리 고모부를 불렀다. "여보Yobo! 내려오세요Naeryeo-o-saeyo!"

도대체 우리가 무엇에 늦었다는 건지 알 수가 없었다. 깊이가 거의 2미터에 가까운 땅 밑에서 우릴 기다리고 있는 아빠도 있는데. 이걸 농담으로 건넬까도 생각해 봤다. 가끔 나는 불편한 상황일 때 이런 농담을 하기 때문이다. 하지만 이게 악취미라는 것쯤은 잘 알고 있었다.

사촌인 제이슨이 계단에서 내려와 내게로 왔다. 긴 앞머리로 여드름 난 이마를 덮고 있었다.

"안녕, 아-래." 그가 인사했다.

제이슨은 아이다호 감자 정도의 지능을 갖고 있었지만, 어쨌든 명문 공립 학교인 브루클린 고등학교에 들어갔다.

아이다호에 사는 사람들과 그들의 대표 작물에게는 미안한 일이다. 제이슨은 결국 성적 불량으로 퇴학당했다. 벨 블러바드Bell Boulevard에 있는 피시방에서 스타크래프트를 하느라 매일 수업을 빼먹어서 생긴 일이었다. 윤아 고모는 가족들을 다 데리고 베이사이드를 떠나 롱아일랜드로 이사했다. 덕분에 제이슨은 그레이트 넥 사우스에서 다시 시작할 수 있었다.

"아직도 와이더에 지원할 생각인 거야?" 제이슨이 말했다. "거기 여자애들은 다리털도 안 민다던데. 사스콰치Sas-quatch 같은 털북숭이 원숭이가 된 마."

"내가 99.5퍼센트 확신하는데, 너 성차별주의자 맞아." 내가 말했다. "넌 어디에 지원하는데? 낫소커뮤니티칼리지? 아니, 점수가 부족해서 못 가려나?"

제이슨은 웃어넘겼다. "모르는 것 같아서 알려 주는데, 난 프린스턴에 지원했어. SAT는 1510점이란다, 아가야."

내가 말했지 않은가. 아이다호 감자라고.

"고모 말로는 역사에서 78점 받았다던데."

제이슨의 얼굴이 달아올랐다. 그리고 이해할 수 없는 말을 한국어로 쏟아 냈다. 내가 한국어를 모른다는 사실을 알아서 일부러 그러는 것이었다. 우리 집에서 엄마와 아빠는 주로 스페인어를 썼고 가끔 영어로 말했다. 한국어는 그 두 언어로 번역할 수 없는 단어를 말해야 할 때만 쓰는 언어였다. 엄마와 아빠는 아르헨티나 한인 2세였다. 하지만 윤아 고모는 한국에서 태어났으므로 1.5세에 해당했다. 그리고 모든 공부를 스페인어로 했음에도 불구하고 엄밀히 말해 한국어가 모국어였다. 그리고 개리 고모부는 한국에서 태어나고 자란 한국인으로, 성인이 된 후 미국으로 왔다. 제이슨의 집에서는 대부분 한국어와 약간의 영어를 사용했고, 윤아 고모가 아주 바쁘거나 말이 헷갈릴 때만 아주 가끔 스페인어를 썼다.

"못 알아듣겠지?" 제이슨이 비웃으며 말했다. "네가 무슨 한국인이냐, 아-래?"

만일 제이슨이 구제 불능의 루저였다면 그 말이 별로 아프게 들리지 않았을 것이다. 하지만 현실에서 제이슨은 '멋진 한국인'으로 통했다. 제이슨은 물론이고 그의 한국계 미국인 친구들은 모두 K팝 밴드 같은 옷차림과 머리 스타일을 하고 있었다. 적어도 그들에게 나는 '형편없는' 한국인이었다. 나는 한국인이라는 게 어떤 의미인지 전혀 모르기 때문이다.

"마음대로 생각해, 제이슨." 내가 말했다. 그때 개리 고모부가 계단을 내려왔다. 우리는 모두 차에 올라타 묘지로 향했다.

후안 김

엑스펙타무스 도미눔Expectamus dominum(주님을 기다리며)
이곳에 고이 잠들다

나는 아빠의 무덤을 바라봤다. 아빠가 바로 여기, 우리 발
밑에 묻혀 있다는 사실이 믿기지 않았다. 물리적으로 매우
가까웠다. 아빠는 한 번도 우리에게서 멀어진 적이 없었다.
우리는 묵주 기도를 세 번 올렸고 모두 각자 다른 언어로 성
모송을 암송했다. 윤아 고모와 개리 고모부는 한국어, 엄마
는 스페인어, 제이슨과 나는 영어였다. 묘지는 얼어붙을 듯
추웠다. 나는 꽁꽁 언 땅을 밟고 미끄러져 넘어질 뻔했다.
하고많은 사람 중에 하필 제이슨이 나를 붙잡았다. "이런
얼간이." 제이슨이 나를 일으켜 세워 주면서 말했다.

윤아 고모네 집 진입로에 차들이 줄지어 서 있었다. 고모
가 "늦었네, 늦었어"라고 중얼거렸다.

점점 더 많은 차가 도착했다. 차에서 수십 명이 쏟아져 내
렸다. 마치 뉴욕의 한인들이 다 온 것 같았다. 내가 아는 사
람은 하나도 없었다. 윤아 고모는 본격적으로 집주인으로
서의 태도를 갖추고는 급히 달려 나가 모두에게 인사를 건

넸다.

나는 엄마를 보며 말했다. "가족들만 모이는 줄 알았는데. 이 사람들이 다 올 줄 엄마는 알았어?"

"교회 사람들인가 본데, 난 모르는 일이야." 엄마는 어깨를 으쓱했다. "네 고모와 고모부를 어떻게 말리겠니."

이제야 나는 고모가 왜 그렇게 잔칫상처럼 음식을 준비했는지 이해가 갔다. 갈비며 잡채, 파전, 돼지고기 수육, 회에다 김치만도 다섯 종류가 넘었다. 출장 업체에 주문한 음식들이었다. 흡사 아빠의 추모식이 아니라 빌어먹을 파티 같았다. 심지어 신부님까지 왔다. 마치 썰렁한 농담을 예고하듯이.

신부님이 차려진 음식을 축복했다. 사람들이 음식에 더 가까이 다가가려고 서로를 밀쳐 댔다. 아빠가 살아 있을 때 저들 중 누구 하나라도 친절한 말을 건네준 사람이 있을지 궁금했다. 이 사람들은 아빠가 누군지도 모를 것 같았다.

연회 테이블 위에는 계속 밀리다가 가장자리까지 밀려난, 튀김만두 한 접시가 올려져 있었다. 만들다 만 것처럼 울퉁불퉁했고, 가장자리 주름도 제대로 잡히지 않았다. 상태도 고르지 않아서 어떤 건 타고 어떤 건 허옇게 덜 익은 모습이었다. 몇 개는 속이 너무 꽉 찼고, 몇 개는 속이 너무 적어서 납작했다. 그림처럼 완벽하게 준비된 배달 음식과 뚜렷한 대조를 이루고 있었다. 엠파나다였다. 아마 윤아 고모가 손수 만든 유일한 음식인 모양이었다. 순간 눈물이 핑 돌았다.

형편없는 파마머리를 한 '아줌마Ahjumma'가 팔꿈치로 나를 밀치며 엠파나다 접시를 가리켰다. "마이클 엄마." 그녀가 요란스럽게 고모를 불렀다. "이 만두가 왜 이래I-mandu-ga wae-i-rae?" 그녀는 입을 찡그린 채 접시를 바라보고 있었다.

만두에 뭔가 문제가 있다는 말인 듯했다. 이 정도 한국어는 나도 이해할 수 있었다.

"그거 만두 아니에요." 내가 영어로 말했다. "엠파나다예요."

내 목소리는 서릿발처럼 차가웠다. 윤아 고모가 발끈하며 경고하는 표정으로 나를 쳐다봤다. *친절하게 굴라는* 뜻 같았다.

그 아줌마는 찡그린 얼굴을 더 찡그렸다. "만두든, 뭐든 Mandu-deun, mwuh-deun." 그녀가 말했다. 내 생각에는 만두든 아니든 상관없다는 말 같았다.

그때 그녀가 들고 있던 젓가락으로 엠파나다를 푹 찔렀다. 우리 아빠의 엠파나다를, 그것도 아빠의 기일에! 얇은 피가 찢어지며 속이 쏟아져 나왔다. 나는 이성을 잃었다.

나는 호기심 많은 그 여자의 손에서 엠파나다 접시를 낚아챘다. "아빠의 엠파나다에서 당장 손 떼요!"

그 순간, 옆에 서 있던 엄마가 내 팔을 움켜잡았다. 입.닥.쳐.라는 만국 공통의 신호였다.

그 아줌마는 눈만 껌뻑, 껌뻑, 껌뻑거렸다. 마치 내가 말할 때 보이지 않게 침방울을 뿜어내기라도 했다는 듯한 얼굴이었다. "얘는 왜 이래Yae-neun wae-i-rae?" 그녀는, 나한테 굳이 묻지 않고 윤아 고모에게 물었다.

그런데 더 비참한 건, 윤아 고모가 나서서 날 변호하지 않았다는 사실이었다. 고모는 "내 가족한테 무례하게 굴지 마세요! 당장 이 집에서 나가요. 그리고 그 이상한 파마머리도 치워요!"라고 말하지 않았다.

그 대신, 고모는 그 아줌마를 향해 어색한 미소를 지어 보였다. "제 조카를 용서하세요." 그리고 너무 복잡해서 알아듣기 힘든 한국어로 나의 무례함에 대해 계속 사과했다.

내가 뭐라고 또 한마디 하기도 전에, 엄마가 나를 끌어당겼다.

엄마가 콜택시를 불렀다. 나는 엄마가 집으로 가는 내내

276

내가 감정적으로 행동한 것을 두고 한마디 할 줄 알았다. 어떻게 감히 그런 애 같은 행동을 했니? 우리 가족 전체를 욕보였어! 나는 내가 저지른 일이 당혹스러워 이미 뺨이 달아올랐다. 대체 어디서 그런 감정들이 쏟아져 나왔는지 알 수 없었다. 다만 종일 그냥 기분이 가라앉아 있었다. 아빠의 무덤 위에 서 있을 때부터, 아빠가 바로 2미터도 안 되는 땅속에 묻혀 있음을 알고 나서부터 그랬다. 그렇게 가까이 있는데 거기에 있는 게 아니라니. 그리고 다신 돌아오지 않는다니. 그 순간 모든 일이 한꺼번에 밀려들었다. 엠파나다를 모욕한 그 멍청한 아줌마와 학교의 다양성 총회, 로럴과의 표면적인 다툼과 화해, 그리고 빌리와 나눈 모든 이야기까지.

내가 폭발한 건 그래서였다.

어떻게 돼 가? 택시를 타고 가는데 마이클 오빠한테서 문자가 왔다. 오빠는 지금 해피데이를 지키고 있었다. *네가 생각나서.* 💪

별로 알고 싶지 않을 텐데? 윤아 고모네서 있었던 일은 나중에 얘기할 생각이었다. *그리고 요즘은 아무도 이모티콘 안 써.*

"네 아빠는 그런 거 정말 싫어했을 거야." 엄마가 말했다.

"엄마, 나도 알아. 이미 미안하다고 말했……"

"아니, 내 말은, 그 추모식 말이야." 엄마가 내 말을 불쑥 끊었다. "온통 보여 주기식 행사였잖아. 절대 네 아빠 스타일 아니야."

"나도 마음에 안 들었어, 엄마. 전부 다 아빠를 알지도 못할 사람들이었고. 너무······ 데마시아도Demasiado(과했어)."

엄마가 말했다. "네가 그렇게 화를 내는데, 네 아빠 생각이 나더라." 엄마가 키득거렸다. "피아노 칠 때 네 아빠가 딱 그랬거든. 데이트하던 시절에 말이야. 클럽에 가면 넘치는 감정을 실어서, 진심으로 연주하곤 했었지. 마치 자제가 안 되는 것 같았어."

"정말?" 나는 아빠의 이런 모습이 좋았다. 왜냐하면 늘 너무 순하고 온화한 모습만 보았기 때문이다. 다른 면은 본 적이 없었다.

"네 아빠는 재즈를 연주할 때, 뭐라더라? 페르보르Fervor(열정)? 영어로는 뭐라고 하는지 모르겠다. 아무튼 온몸으로 온 힘을 다해서 연주했어. 마치 모든 세상이 사라지고 남은 건 오로지 음악뿐인 것 같았지."

나는 차창 밖을 바라봤다. 저 멀리 고가 선로가 보였다. 7호선과 N/W선 열차들이 십자로 교차하고 있었다. 그리고 그 너머로 삐죽삐죽한 미드타운의 스카이라인이 눈에 들어왔다. 아빠랑 듣던 지하철 음악이 생각났다.

"엄마." 내가 입을 뗐다. "미안해. 크리스마스에 싸운 거…… 나는 그냥 아빠도 거기에 같이 있었으면 해서……."

엄마가 내 말을 막았다. "엄마가 미안해. 나도 너랑 싸우고 싶지 않았어. 그런데 그날 내가 돌보던 아일랜드 노부인 '오걸'이 죽었어." 나는 엄마의 무미건조한 표현에 충격을 받았다. "반나절만 일했으면 좋겠다고 생각하고 있었는데, 신이 장난을 친 건지 아이러니하게도 그렇게 됐어."

"크리스마스 날 돌아가셨다고?"

나는 제일 멍청한 바보천치, 세상에서 제일 나쁜 딸이 된 기분이었다. 그날 엄마의 환자가 죽었으리라고는 생각지도 못했다. 엄마는 정말 끔찍한 기분이었을 것이다. 사실 "끔찍" 하다고 말도 했다. 다만 자세히 설명하지 않은 것뿐이었다.

엄마가 들려준 '오걸' 부인 이야기에 따르면, 그녀는 엄마를 괴롭히는 걸 특별히 즐긴 모양이었다. 점점 노망이 들면서 그녀는 엄마를 "중국 여자"라고 부르며 세탁물 가지러 온 거냐고 묻곤 했다고 한다. 또 엄마가 새 기저귀로 갈아줄 때까지 참았다가 대변을 봤고, 그 배설물을 엄마가 다시 치우는 모습을 보면서 웃음을 터트리기도 했다고.

나는 갑자기 말이 많아진 엄마의 모습이 놀라웠다. "그중에서도 가장 최악이었던 건," 엄마가 계속 말했다. "가족들이었어. 그 아들은 웨스트체스터에 있는 저택에서 나오지도 않더라. 불쌍한 자기 엄마가 돌아가셨는데, 크리스마스 날 먹을 칠면조 고기만 생각했어." 엄마의 눈이 분노로 잠깐 번쩍했다가 다시 흐릿해졌다.

대체로 엄마는 자기 환자들 이야기를 할 때 차분하고 냉정한 말투지만, 목소리에서까지 감정을 다 떨쳐 내지는 못했다.

"어쩔 수 없이 그런 생각이 들더라고. 일부러 오늘까지 버틴 건가? 자식들 골탕 먹이려고?" 엄마가 말했다. "우린 정말 오랜 세월을 같이 보냈는데."

잠시 나는 엄마가 아빠 얘기를 하고 있다고 착각했지만, 곧 '오걸' 부인 얘기라는 걸 깨달았다.

"난, 그 노파한테, 정 Jung 같은 걸 느꼈어."

"'정'이 뭐야?" 내가 물었다. 내가 모르는 스페인어 단어임이 틀림없었다.

"'정'은……" 엄마는 잠시 생각에 잠겼다. "사랑이랑 비슷한데 아파시오나도 Apasionado (격정)는 아니야. 애정이랑 비슷하지만, 더 깊은 감정이라고 할 수 있지. 오랜 세월을 함께하면서 좋은 일뿐만 아니라 나쁜 일도 함께 겪으면, 더 가까워지게 돼. 난 우리 엄마한테서 그 말을 배웠어."

'정'은 스페인어가 아니었다. 한국어였다.

"알레하, 케리다Querida(애야)." 엄마는 내가 어렸을 때부터 '스위티Sweetie'같은 호칭으로 나를 부른 적이 없었다. "지금 네가 정말 힘든 시간을 보내고 있다는 거 알아. 나도 그렇고. 하지만…… 내가 내 방식으로 아파할 수 있게 내버려둘 순 없을까? 넌 나한테 남은 전부야, 알레한드라. 엔텐데스 ¿Entendés(이해하지)? 만일 너까지 잃는다면……"

엄마가 눈을 빠르게 깜박였다.

"그리고 고모도 나름의 방식으로 아파하고 있어." 엄마가 마음을 가라앉히며 말했다. "누가 알아? 혹시 아빠한테 큰 파티를 베풀어 줘야 할 빚이 있다고 느꼈을지도 모르지. 케 세 요¡Qué sé yo(내가 알 게 뭐야)! 살아 있을 때 못 해 준 걸 해 주고 싶었나."

나는 그런 식으로 생각해 본 적은 없었다. 엄마 말도 일리가 있었다.

"윤아 고모가 얼마나 네 아빠를 위해 희생했는지 알아?" 엄마가 계속 말했다. "윤아 고모는 아주 어렸을 때 여기로 이주해서 개리 고모부와 결혼했어. 사촌들한테는 말하지마. 사실 고모가 그렇게 한 건, 아빠를 미국으로 데려오기 위해서였어."

"전혀 몰랐어." 결혼식 사진을 보면 개리 고모부는 완전 아저씨처럼 보이고 윤아 고모는 10대 어린 신부처럼 보여서 그게 항상, 너무 이상했었다. "그게 사실이야?"

엄마가 고개를 끄덕였다. "제발, 그러니까, 고모한테 시간을 더 주자. 치유할 시간." 엄마가 힘겹게 눈을 깜박였다. "그리고…… 마미Mami도 치유할 시간이 좀 필요하고."

나는 아빠가 죽은 그날부터 엄마를 '마미'라고 부르지 않았다. 그리고 그날 이후 엄마도 자신을 그런 식으로 지칭하지 않았다.

나는 마음이 따뜻해지는 걸 느꼈다. 엄마와 나는 아빠의 죽음 이후 괜찮지 않았다. 하지만 실은 더 오래전부터 그랬다. 이제야 서로 거리를 좁히기 위한 단계를 밟고 있었다.

나는 엄마에게 상처가 될 줄은 알지만, 그래도 말하기로 마음먹었다. 때로는 응급 처치가 필요할 때도 있는 법이었다. 엄마는 알 자격이 있었다.

"엄마, 할 말이 있어. 나, 와이더에 지원하려고 해. 엄마는 원치 않는다는 거 알지만, 그래도……"

엄마가 입술을 꽉 물었다. 우리가 어떤 식으로 얼마나 가까워졌든, 나는 지금 다 수포로 만들고 있었다.

"승산은 없어." 나는 서둘러 덧붙였다. "어차피 합격하긴 힘들 거야. 하지만, 꼭 해야 할 일이야."

"내가 뭐라고 너한테 이래라저래라하겠니?" 엄마가 딱 잘라 말했다. 엄마는 등을 돌린 채 창밖을 바라보고 있었다.

엄마와 가까워지기 시작했다고 생각했는데, 드디어 서로의 차이를 극복하고 돌파구를 찾았다고 생각했는데, 그러자마자……

그 순간은 사라져 버렸다.

우리는 침묵 속에서 집으로 향했다.

24
/
한국식 엠파나다

다음 날 아침, 나는 해피데이에서 윤아 고모에게 미안하다고 사과했다. "노 파사 나다No pasa nada(아니야, 괜찮아)." 고모가 손을 저으며 말했다. "별일도 아닌데 뭘."

"하지만 추모식을 망쳤잖아요. 정말 죄송해요, 고모. 내가 왜 그랬는지 모르겠어요."

"내가 뭐 하나 고백할까?" 고모가 말했다.

"뭔데요?"

"엠파나다 앞에 있던 그 아줌마…… 나도 그 사람 때문에 진짜 화나.”

　“정말요?” 나는 깜짝 놀랐다.

　“사람이 존중할 줄을 몰라.” 고모는 혀를 찼다.

　“고모, 그 엠파나다는 왜 만든 거예요?” 내가 물었다.

　하지만 손님들이 줄을 서서 기다리고 있었다. 그들을 응대한 후, 고모가 말했다. “아르헨티나에 있을 때, 네 아빠는 늘 할머니한테 엠파나다를 만들어 달라고 조르곤 했어. 학교의 다른 아이들처럼 되고 싶어서. 그런데 할머니가 엠파나다 만드는 법을 몰랐지!” 그래서 할머니는 자신이 아는 음식으로 급조해서 만들어 주었다.

　“그래서 속에 당면이 들어 있는 거군요.” 내가 말했다. “소고기도 간장으로 양념하고요.”

　“에소Eso(그렇지)!” 고모가 고개를 끄덕이며 대답했다. “네 아빠는 그 엠파나다를 아주 싫어했어. 정말 난감했지!” 고모는 웃음을 터트렸다.

　“네 아빠는 아주 힘든 시간을 보냈어.” 고모가 계속 말했다. “학교에서는 애들에게 조롱당했지. 체, 치노Che, chino(야, 중국인)!라면서. 엔 아르헨티나, 노 레스 임포르타 시 소모스 코레아노스 오 하파네세스 오 로 케 세아. 소모스 토도스 ‘치노스’ 이괄레스En Argentina, no les importa si somos coreanos o japaneses o

285

lo que sea: somos todos 'chinos' iguales(아르헨티나에서는 우리가 한국인이건 일본인이건 상관하지 않아. 다 그냥 '중국인'이야)."

"그건 지나친 인종 차별이잖아요." 내가 말했다.

"아마 넌 이해 못 할 거야. 알레-야. 넌 여기서 태어났으니까. 하지만 아르헨티나에서는 그래도 괜찮다고 생각해. 그 뭐라더라? '정치적 올바름'? 그런 건 없어. 피부가 검잖아? 그럼 네 별명은 '네그라Negra'가 돼. 살이 찌잖아? 그럼 '고르다Gorda(절구통)'라고 부르지. 유대인? 그럼 '루사Rusa(러시아인)'라고 부르고, 코가 커? 그럼 '나리곤Narigón(코주부)'이 되는 거야. 휠체어를 타? 그럼 '루에다Rueda(바퀴)'라고 불러 대. 그 사람들은 신경 안 써. 그냥 재밌고 짓궂은 장난이라고 생각하지." 나는 고모가 지금 자신이 얼마나 공격적인 말들을 만들어 내고 있는지 알까 궁금했다.

"그럼 왜 아빠는 엠파나다를 '평범한' 방법으로 만들어 보려고 하지 않았어요?" 내가 물었다. 튀기지 말고 구우면 됐을 텐데. 당면도 간장 양념도 넣지 말고.

"미국으로 이주해 왔을 때," 고모가 설명했다. "네 아빠는 남미를 무척 그리워했어. 그때부터 그 엠파나다를 그리워하기 시작한 거야."

"아빠는 모두에게 인종 차별을 당했으면서 왜 아르헨티

나가 그리웠을까요?"

"왜냐하면, 남미에 정들었으니까."

엄마도 어제 했던 말이었다. 그 말은 이제 내 안에서 형태와 의미를 갖추기 시작했다.

고모가 또 웃음을 터트렸다. "사비아스Sabías(그거 알아)? 너희 할머니Halmoni 때문에 내가 억지로 그 엠파나다 만드는 걸 도와야 했던 거? 진짜 싫었어! 맨날 기름에 데고 기름 냄새 배고. 네 아빠는 손가락 하나도 까딱할 필요가 없었지. 남자였으니까. 네 아빠가 만들기 시작한 건 우리가 여기로 이주한 다음부터야."

"근데 윤아 고모, 파슬리 넣는 거 깜빡하셨던데요. 아빠는 항상 파슬리를 넣었어요." 나는 급히 덧붙였다. "기분 나쁘시라고 한 말은 아니에요."

"어쩐지 뭔가 빠진 것 같더라!" 고모가 웃었다. "아르헨티나에서는 만들어 본 적도 없는데, 왜 네 아빠가 만든 엠파나다가 내 거보다 더 맛있는 거지? 노 티에네 센티도No tiene sentido(말도 안 돼)."

하지만 충분히 일리가 있었다. 아빠에게는 이도 저도 아닌 그 엠파나다가 고향의 맛으로 느껴지기 시작했던 것이었다.

해피데이에서 집으로 돌아온 나는 와이더 에세이 파일을 열었다. 뭘 써야 하는지 알 것 같았다.

한국식 엠파나다

by 알레한드라 김
와이더칼리지 추가 에세이, 최종 원고
단어 수: 566

사람들은 대부분 우리 가족의 엠파나다 때문에 혼란스러워한다. 그런데 사실 이건 내 삶의 이야기와도 같다. 나한테는 평범한 것인데 다른 사람들은 이상하게 본다.

아빠와 나는 크리스마스 때마다 엠파나다를 만들곤 했다. 엄마가 저녁으로 먹을 스테이크를 굽기 위해 비상구의 숯불 화로에 불을 붙이느라 씨름하고 있으면, 아빠와 나는 자르고, 양념하고, 모양을 빚고, 튀겼다. 우리 엠파나다는 고야Goya 브랜드에서 나오는 엠파나다용 피에 간장으로 양념한 다진 쇠고기와 삶은 달걀, 당면, 스페인산 올리브, 파슬리로 속을 채운 것이었다. 그것을 완벽한 황금빛이 될 때까지 튀기면 완성이다.

솔직히 말하자면, 엠파나다는 만들기 좀 까다로운 요리다. 재료를 미리 따로 준비해야 하고, 익힌 속 재료를 한꺼번에 섞은 다음 식을 때까지 기다려야 하며, 속을 채워 완전히 밀봉되도록 가장자리를 잘 붙여야 한다. 그러지 않으면 얇은 피가 찢어져 내용물이 전부 쏟아져 나오게 된다. 나쁜 비밀처럼.

음력 설날에 그걸 가져가면, 다른 친척들이 모두 이렇게 묻기 바빴다. "대체 이 이상한 만두는 뭐야?"

한번은 곤살레스 부인이 요양원에 들어가기 전에 이 엠파나다를 가져다주었더니 이렇게 말했다. "에스타스 노 손 엠파나다스Estas no son empanadas(이건 엠파나다가 아니야)."

내 생각에 아빠가 엠파나다를 즐겨 만들기 시작한 건 고향에 대한 그리움 때문인 것 같다. 아르헨티나의 전통 엠파나다는 원래 굽는 것이지만, 아빠가 부에노스아이레스에서 자랄 때는 집에 오븐이 없었다. 요리용 핫플레이트뿐이어서 그걸로 해결해야 했다.

난 인터내셔널 데이International day. 각 나라의 문화를 소개하는 학교 행사때 우리 가족이 만든 엠파나다를 절대, 단 한 번도 가져가지 않았다. 아이들은 다들 파스텔리토스Pastelitos. 쿠바식 페이스트리

나 돼지고기를 넣은 바오Bao. 중국식 찐만두, 사모사 같은 '일반
적인' 음식을 가져왔다. 하지만 우리 집 엠파나다는 이도
저도 아니라서, 너무 부끄럽고 창피했다.

학교에 다닐 때 거의 매일, 그 엠파나다가 된 기분이었다.
나는 사람들이 내게 기대하는 모습에 전혀 들어맞지 않았
다. 그저 내 안에 뒤죽박죽 혼란스럽게 뒤섞여 있는 문제
들이 밖으로 쏟아져 나오지 않도록 최선을 다할 뿐이었다.

만약 내 이름이 내 모습과 꼭 닮은 '김지선'이었다면 어땠
을까. 아니면 내 모습과 전혀 닮지 않은 '알레한드라 라미
레즈'같은 이름이라면 어땠을까. 반 친구들이나 선생님들
은 이런 나를 이해하지 못하면서도 자신들은 모두 "깨어
있는 사람"이라고 생각했다.

내 이름은, 그 둘 다 아닌 '알레한드라 김'. 모두를 혼란스
럽게 만드는 이름이다.

언젠가 혼자서 엠파나다를 만들어 본 적이 있다. 아빠가
돌아가신 직후였다. 그 결과물은, 끈적거리고 '풍미'라고
는 전혀 없었다.

맛도 괴상했다. 라틴의 맛도 한국의 맛도 아닌, 너무나 미
국적인 맛이 났다.

그 후로 다시는 만들지 않았다.

이곳을 떠나 대학에 가면, 내 얼굴을 보고 이름을 들을 때마다 놀라서 다시 돌아보지 않는 사람들, 나의 출신 이야기를 궁금해하지 않는 사람들을 만나고 싶다.

아무리 닦고 문질러도 여전히 기름 냄새가 나는, 잭슨 하이츠에 있는 내 집을 떠나고 싶다. 그래서 마침내 진짜 내 집에 있는 것처럼 편안해지고 싶다.

아빠가 어렸을 때와는 달리 지금 우리 집에는 오븐이 있다. 생각해 보니 거의 모든 면에서 우리는 '아메리칸드림'을 실현한 것 같다. 하지만 이상하게도 아빠는 엠파나다를 만들면서 한 번도 그 오븐을 사용하지 않았다. 일단 익숙해지면, 아무리 이상하고 한쪽으로 치우친 방식이라도 그게 '정상적'이라고 느끼게 되는 듯하다. '정상적'인 것과 아무리 거리가 멀어도.

바로 그때부터다. 집에 있는 것처럼 편안해지는 건.

25

/

미국 이민 1세대의 증언

겨울 방학이 끝나고 새 학기가 시작되었다. C 박사는 자신
이 진행하고 있는 '미국 이민 1세대의 증언'이라는 연구 프
로젝트에 관해 우리에게 말해 주었다. 뉴욕에 거주하는 이
민 1세대 미국인들을 대상으로 고국을 떠나며 느낀 상실감
과 이민, 이주 경험에 대한 인터뷰를 진행하는 일이었다. 그
래서 박사는 일주일에 한 번, 같이 일할 인턴을 고용할 예정
이라고 했다.

대입 지원 마감도 끝난 시점이라(마감 하루 전에 와이더에 모

든 지원 서류를 보냈다) 나는 그 인턴십에 관심이 아주 많았다.

"급여가 많지는 않을 겁니다." C 박사가 인정했다. "최저 임금쯤 될 거예요. 하지만 학기 말까지 잘 참고 견디면, 추가로……"

"요트를 주나요!" 콜린 오카포가 소리쳤다.

"스바루 아웃백이죠!" 콜트 브렌너도 거들었다.

"와우." C 박사는 고개를 절레절레 흔들었다. "다들 완전히 실망하겠군요."

"어…… 그러면 새 컴퓨터요?" 첼시 브래번이 한 박자 늦게 뛰어들었다.

"아니요, 미안하게 됐군요."

C 박사가 다정한 목소리로 첼시를 낙담시켰다. 첼시는 재즈 핸즈 동작으로 손가락을 놀리며 대꾸했다. "그럼…… 100달러!"

모두가 크게 끙하는 소리로 반응했다. 웃기려고 그러는 걸로 나는 받아들였다. C 박사가 칠판에 적는 지원 요강을 받아 적는 사람은 나 혼자뿐이었다.

수업이 다 끝난 후, 로럴과 나는 마야와 마야의 친구인 드레 우드워드를 만났다. 우리는 유명 요리사가 운영하는 '가

볍고 편하게 즐기는 식당'인 '그뤼트Glüt'로 향했다.

로럴은 글루텐프리 초콜릿 칩 팬케이크(16달러)와 블루베리 콤부차(8달러)를 주문했다.

마야는 케일 - 스피룰리나 주스(13달러)와 영양가 많은 이스트를 뿌린 케일 칩(9달러)을 주문했다. 그레는 버펄로 모차렐라 치즈와 산 마르차노 토마토를 곁들인 콜리플라워 - 크러스트 피자(18달러)와 진저비어(7달러)를 주문했다.

그리고 나는 레몬을 넣은 따뜻한 차를 마셨다. 그것만도 무려 6달러였다.

그뤼트는 애초에 내가 오고 싶었던 곳이 아니었다. 하지만 다른(더 저렴한) 장소를 제안하기엔 너무 멋쩍었다. 때때로 나는 오티스 아이들이 선호하는 그런 곳들이 어색했다. 금전적으로 감당하기 어려운 곳들이 대부분이었다. 블루보틀Blue Bottle 대 던킨도너츠, 빈티지 부티크 대 H&M, 홀 푸드 Whole Foods 대 길모퉁이 식료품점, 베어 버거Bareburger 대 맥도널드 정도로 차이가 났다. 내가 선택하는 곳들은 지구 환경 또는 인류에 나쁜 영향을 미치는 것 같았고, 나 자신이 끔찍한 인간이 되는 것 같았다. 그래서 그냥 비싼 곳에 가서 가장 싼 걸 골랐다.

설상가상, 다음 학기 등록금 납부 기한이 이번 주말까지였다. 지금 나는 한 푼이라도 모아야 하는 처지였다.

"그래서 앨리 너." 마야가 말을 걸었다. "C 박사가 말한 그 인턴십에 지원할 거야?" 마야는 미국 이민 1세대의 증언 연구의 자세한 내용을 모두에게 설명했다.

로럴이 내 쪽으로 몸을 돌리며 물었다. "인턴십이라니? 그런 말 없었잖아."

뭐든 자신에게 말해야 한다고 생각하는 로럴에게 나는 조금 짜증이 났다.

그래서 로럴의 말을 못 들은 척한 채 마야에게 대답했다. "생각 중이야. 너는?"

"절대 안 하지! 난 이제 그런 거 안 해." 마야가 고개를 설레설레 흔들었다. "C 박사한테 추천서를 받아야 하는 상황 도 아니고."

"우릴 모두 스탠포드 조기 전형에 합격시켜 준다면야 뭐." 드레가 빈정거리듯 말했다.

"게다가 최저 임금만 준다잖아." 마야가 녹색 주스 잔을 비우며 거들었다. "누가 그렇게 적은 돈을 받고 일하려고 하겠어?"

우리 엄마. 나는 속으로만 생각하고 입 밖으로는 내뱉지 않았다. 그리고 괜스레 분주하게 내 앞에 놓인 비싼 차를 홀

짝거렸다. 우주에서 최고 맛있는 음식이라도 된다는 양. 하지만 내심 구운 치즈와 감자튀김(16달러)이 먹고 싶어 죽을 지경이었다.

로럴이 내 얼굴을 살피는 느낌이 들었다.

"지원해 봐, 앨리." 로럴이 말했다. "제법 괜찮은 자리 같은데."

"나한테는 그 돈이 필요할 거라는 소리야?" 내가 물었다. 목소리에 날이 섰다.

마야와 드레가 말없이 눈빛을 주고받았다.

로럴이 포크를 내려놓았다. 상처받은 것 같았다. "전혀 그런 뜻으로 한 말은 아니고."

나는 뭔가 더 말하려다가 그만두었다. "됐어."

마야가 자신의 케일 스피룰리나를 홀짝거렸다. 드레는 콜리플라워 피자를 깨작거렸다.

"세상에. 나 클레어 데브로 얘기 좀 해도 돼?" 마야가 어색한 침묵을 깨며 말을 꺼냈다. "오늘 수업 시간에 걔가 나한테 뭐라고 했는지 들으면 아마 믿기 힘들걸."

"걔 엄청 고상한 척하더라." 로럴이 말했다. "자기 가족이 데브로 극장 설립자면 설립자지, 우리가 자기 하인은 아니잖아?"

"뭐, 걔 그렇게 형편없지 않던데." 나는 로럴에게 말했다.

로럴은 충격받은 듯했다. "뭐라고? 우린 클레어 데브로 싫어해."

"뭐야, 지금 무리 짓는 거야?" 내가 물었다. "나까지 끌어들일 필요 없어. 너 혼자서도 얼마든지 미워할 수 있잖아."

"그마아아아안." 마야였다.

"너 정말 이상하게 군다, 앨리." 로럴이 말했다.

나는 대나무로 만든 친환경 머들러로 레몬을 쿡 찔렀다. 차는 이미 바닥났지만, 아직은 뜨거운 물을 리필해 달라고 말하고 싶지 않았다. 없어 보일 것 같았다.

"내 말뜻은…… 미안. 머리가 너무 복잡해서 그래." 어쩌면 로럴의 말이 맞을지도 몰랐다. 이 식당에 들어온 뒤로, 나는 내 음료의 부가세와 팁을 힘들게 계산하느라 신경이 곤두서 있었다.

그게 나한테는 무엇보다 중요한 문제였다.

"아무튼, C 박사 수업을 듣는다니 너희 진짜 운 좋다." 드레가 마야와 내게 말했다. "소문에 엄청 괜찮은 사람 같더라."

마야가 말했다. "우리 학교 출신이래."

"나도 그 소문 들었어." 로럴이 고개를 끄덕였다. "그래서 그 연구를 하나 봐. 그렇지? 정말 깨어 있는 사람 같아."

"그렇게 계속 깨어 있는 사람이라는 표현 안 해도 돼." 나는 로럴에게 말했다. 의도치 않게 날카로운 말투였다. "이제 우리 다 아는 사실이니까."

마야와 드레가 놀라서 서로 대놓고 마주 봤다. 그걸 숨기려고도 하지 않았다.

"앨리, 지금 대체 무슨 일인지 모르겠어." 로럴이 말했다. "난 별 뜻 없이 한 말이었어. 그러니까, 조금 전에, 그 인턴십 얘기 말이야. 아니 뭐든."

로럴이 스타카토처럼 뚝뚝 끊어서 말했다. 불편한 상태에서 하기 힘든 이야기를 꺼내고 있다는 뜻이었다. "어쨌든, 내가, 음…… 미안하게 됐다."

이제는 내가 로럴에게 분노를 전가한 속 좁은 얼간이가 된 기분이었다. 그렇게 방어적으로 굴 필요까지는 없었는데. "아니, 내가 미안해. 내 잘못이야."

우린 여자아이들이 잘 연출하는 '사과 장면'을 연기하고 있었다. *미안해! 아니야, 내가 미안해!* 그렇게 둘 다 나쁜 '녀석Guy', 아니 '여자Girl', 아니 '사람Person'이 된 것 같은 기분을 떨쳐 버린다. 우린 이런 걸 대체 어디서 배운 걸까.

로럴이 말했다. "그 인턴십 진짜 지원해 봐, 앨리. 정말 괜찮은 연구 같아. 내가 하고 싶은 말은 그게 다야. 그리고 C

박사에 대해 들은 이야기를 종합해 볼 때, 그 사람 미쳤어. 진짜 멋져."

로럴이 확인받듯 나를 바라봤다. 사람들은 이제 '미쳤다' 라는 표현을 그런 식으로 쓰지 않는다는 사실을, 나는 로럴에게 말하지 않았다. 그냥 고개를 끄덕였다.

"넌 좋은 친구야." 내가 말했다. "그리고 알았어, 지원하게 될 것 같아."

계산서가 나왔다. "우리 그냥 나눠서 내자. 그게 편하겠어." 마야가 말했다.

나는 숨이 턱 막혔다. 10달러도 안 되게 주문한 사람은 나뿐이었다. 내가 마신 건 축축한 레몬 조각을 담갔다 뺀 것 같은 차 한 잔이 전부인데, 저들이 먹은 그 비싸고 '간편한' 음식값까지 나눠 내라고?

누구도 원하는 대로 음식을 주문하면서 눈 한 번 깜박이지 않았다. 우리 학교 애들은 많이들 그런다. 식당에서 먹는 음식은 자신들이 원래 먹는 것에 비해 형편없다고 생각하는 것 같다. 그리고 100달러짜리 최저 임금 인턴십은 자신들이 할 일이 아니라고 생각한다. 내가 듣기에는 엄청 괜찮은 조건인데 말이다.

음식값을 나눠 내는 것에 반대하는 말을 입 밖으로 꺼내는 건 둘째치고, 그럴 생각을 하기도 전에 로럴이 불쑥 끼어들었다.

"그건 공평하지 않아, 마야. 내 팬케이크가 다른 음식보다 훨씬 비쌌어. 그냥 자기가 주문한 대로 내자."

로럴의 팬케이크는 사실 드레가 먹은 피자보다 저렴했다. 나는 로럴이 왜 그랬는지 알고 있었다. 내가 당혹스럽지 않도록 눈치 있게 대신 나서 준 것이었다. 내내 로럴과 날을 세운 게 후회스러웠다.

나는 로럴에게 감사의 눈빛을 보냈다. 로럴은 나와 가장 친한 친구였고, 로럴도 말했듯 늘 내 편이었다.

나는 마음먹은 대로 C 박사의 인턴십에 지원했다. 그리고 그 자리는 내 것이 되었다. 학교를 마친 후 일주일에 한 번, 나는 헌터칼리지에 있는 박사의 연구실로 가서 일했다. 알고 보니 교내에서 지원한 사람은 내가 유일했다. 인턴십 시작일이 대입 원서 마감 이후였기 때문에, 다들 그 일을 굳이 할 이유가 없다고 생각한 것 같았다.

미국 이민 1세대의 증언 연구는 질적 연구 방법을 채용하고 있었다. 그 의미는, 참가자들을 인터뷰하고 그 증언을 모은 다음, 그 '걸러지지 않은 데이터'를 분석해 증언에 어떤 일정한 패턴이 있는지를 찾아내야 한다는 것이었다. 박사가 경고한 대로, 신나고 매력 있는 작업은 아니었다. 첫날, 나는 인터뷰 내용을 복사하고, 스캔하고, 오탈자를 수정했다. 하지만 이렇게 인터뷰 내용을 다루는 일이 무척 흥미로웠다. 인터뷰에는 미국 이민 1세대들의 꿈과 두려움, 일상 속 이야기들이 담겨 있었다.

나는 그 인터뷰 내용을 직접 옮겨 적기 시작했다. 그들의 이야기를 듣고 있으면 아빠의 삶이 떠올랐다.

아르헨티나를 떠나지 않고 계속 거기서 살았더라도 아빠는 똑같았을까? 만일 할머니, 할아버지가 한국을 떠나지 않았더라면, 그래서 그곳에서 태어나 자랐어도, 똑같았을까? 여전히 재즈를 좋아했을까? 아니면 재즈 대신 오보에나 유화, 양자 물리학 같은 걸 선택했을까?

엄마에게 홀딱 반해서 엄마와 결혼하고 나를 낳았을까?

생의 마지막을 소파에 누워서 보냈을까?

나머지 겨울을 대부분 그렇게 보냈다. C 박사의 연구실과 해피데이에서 일하면서. 로럴과는 학교에서 해야 할 일을 했고, 빌리와는 공원에서 게토레이를 마시면서 밀린 이

야기를 나눴다. 지구 온난화를 막는 데 조금이나마 일조할
수 있으리라 믿으며 '차이티'에 가서 비싼 커피를 마시기도
했다.

하지만 우린 모두 봄이 오기를 기다리며 잔뜩 긴장하고
있었다. 봄이 되면, 정기 전형 결과가 발표될 예정이었다.

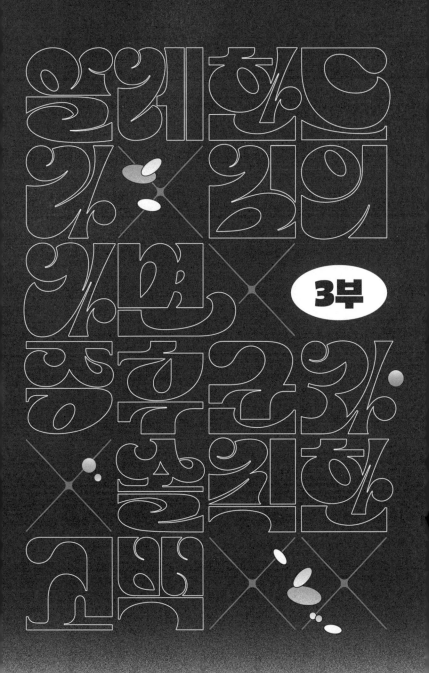

26

고약한 상황

봄이 왔다. 대학 합격 (그리고 불합격) 통지서가 쏟아지면서,
고약한 상황이 우리 모두에게 벌어졌다. 마치 우리끼리 제
로섬 게임을 하며 경쟁하고 있는 것 같았다. 누군가의 합격
은 누군가의 불합격을 의미했다. 1학년 때부터 사귄 베티나
에이브럼스와 콜트 브렌너는, 베티나가 브라운대학에 합격
하고 콜트는 예비 합격자 명단에 그치자 곧바로 헤어졌다.
태어났을 때부터 가장 친한 친구 사이였던 첼시 브래번과
피오나 매킨토시는, 첼시가 합격한 웰즐리대학에 피오나가

불합격하고, 피오나가 합격한 스미스대학에 첼시가 불합격하면서 철천지원수가 되었다.

복도에서는 매일같이 쑥덕거리는 소리가 들리고 별별 소문이 입에 오르내렸다.

"GPA가 겨우 3.5밖에 안 되는데 합격했다고?"

"게다가 SAT 점수도 1400이었대."

"가족 중에 동문이 있나 보네. 그러니까 합격했지."

온통 추악한 말들이 오고 갔다. 봄이 끝나기를 기다리는 게 너무 힘들었다.

내 상황은 무난했다. 뉴욕주립대와 퀸스칼리지, 브루클린칼리지, 헌터칼리지에서 합격 통보를 받았다. 뉴욕대학에도 합격했지만 (놀랍고 또 놀랍게도) 재정 지원 프로그램이 형편없었다. 애초에 떠나려고 했던 도시에 있는 사립 대학을, 높은 비용을 감수하면서까지 간다는 건 나한테는 말도 안 되는 얘기였다.

뉴욕 출신이 아닌 사람들이 멀리서 이 도시를 미화하는 방식은 언제 봐도 놀랍다. 마치 그레이하운드 버스를 타고 우중충한 뉴욕항만청에서 내리는 사람들 전부가 자신은 브로드웨이나 월스트리트에서 '크게 성공'할 거라고 믿는 거나 마찬가지다. 사실 제이 개츠비(본명은 제임스 개츠비)도 뉴욕에서 벼락부자가 되었지만 결국 머리에 총을 맞고 죽고, 장례식에는 단 두 사람만 참석하지 않았던가.

뉴욕 출신들은 '닷지Dodge' 자동차를 타는 것이 삶의 최종 목표다.

이런 것에서 벗어나려면 어디로 가야 할까?

나의 답은, 뉴잉글랜드 어느 숲 한가운데 자리한 녹음이 우거진 대학 캠퍼스였다. 하지만 아무리 매일같이 편지함을 확인해도 와이더에서는 아직 소식이 없었다.

로럴의 입시 결과도 들어오기 시작했다. 로럴도 무난하게 합격했다(이 '무난하다'라는 말은 로럴에게는 그렇다는 의미였다). 캐니언과 메칼레스터, 마운트 홀리오크에서 합격 통지서가 날아왔지만 로럴은 어느 하나도 마음에 들어 하지 않았다.

프린스턴에 합격하자 로럴은 아빠한테서 전화를 받았다.

"심지어 내 *생일*에도 전화 안 하는 사람이." 로럴이 말했다. "그런데 지금은 같이 저녁 먹으면서 축하하고 싶다네?"

"싫다고 얘기했어?" 내가 물었다.

하지만 로럴은 아빠와 관계가 복잡했다. 로럴은 아빠에게 분개하면서도 동시에 그의 관심을 놓고 경쟁하고 있었다. 물론 이번에도 좋다고 대답했을 것이다.

"물론 좋다고 했지." 로럴이 말했다. 그리고 아빠를 만나 저녁 식사를 하러 갔다.

"그래서, 어디에 갔었어?" 다음 날 점심시간에 나는 로럴에게 물었다.

"그랜드 센트럴 근처에 있는 또 어떤 스테이크하우스." 로럴은 눈알을 굴리며 대답했다. "그래야 8시 1분 열차를 타고 데리언에게 갈 수 있으니까."

로럴은 항상 아빠와 스테이크를 먹었다(아니, 스테이크 먹는 것만 했다). 내 생각엔 그게 두 사람이 하는 일인 것 같았다.

"아빠는 벌써 마키아벨리처럼 내 미래를 쥐락펴락하려고 해! 어떤 식도락 클럽에 가입해라, 어떤 교수 수업을 들어라 등등. 글쎄, 나더러 아이비 클럽에 가입하래. 자기는 거절당했으면서. 아, 몰라. *유대인이라서* 그랬나?"

"너 지금 영어로 말하는 거 맞는데, 무슨 말인지 하나도 못 알아듣겠다." 내가 불쑥 끼어들었다.

"바로 그거야!" 로럴이 대꾸했다. "프린스턴은 모든 게 다 오만하고 배타적이야! 더 싫은 건 아빠가 조슬린한테 날 데리고 나가서 새 옷을 사 주라고 한거야. 그래, 좋다고 치자. 그런 '눈에 띄지 않는 노동'은 여자들 일이니까. 그런데 조슬린은 레아 언니보다 겨우 다섯 살 많다고. 웩! 늙은 백인 남자들은 왜 이렇게 구역질 나는 거야? 그리고 너무 뻔하다고나 할까?"

로럴은 부글거렸다. "내가 프린스턴에 합격한 게 정말 싫어. 그들처럼 되고 싶지 않아."

프린스턴은 제이슨이 1순위로 가고 싶어 한 대학이었지만, 그들은 제이슨을 아주 제대로 걷어차 버렸다. 제이슨은 컬럼비아대학과 뉴욕대학에도 불합격했다. 지난주 세탁소에서 그의 표정을 보고 눈치챘지만, 그는 너무 자존심이 세서 아무 말도 하지 않았다. 마이클 오빠 말로는 스토니브룩에 겨우 합격했다고 했다.

나는 로럴에게 말했다. "그런 문제는 괜찮은 편이지." 넌 아이비리그에 가잖아. 빚도 없고. 이 가엾은 친구야. 어쨌든 로럴의 처지를 더 공감해 주는 게 옳았다. 프린스턴은 로럴 아버지의 꿈이지 로럴의 꿈이 아니었다.

로럴은 자기 생각, 자기 고민에 사로잡혀서 갈피를 잡지 못하고 있었다.

"넌 이해 못 해." 로럴은 이렇게 말하고는 그대로 입을 앙 다물었다.

아마 로럴 말이 맞을지도 몰랐다. 나는 로럴의 상황을 전혀 이해할 수 없었다.

27

/

인종적 우울증

나는 그 고약한 상황들을 무시하고 C 박사의 미국 이민 1세대의 증언 프로젝트에 집중했다.

C 박사는 내게 "인종적 우울증"이라는 심리를 다룬 글을 읽도록 했다. 학술지 기사라서 이해하기에는 조금 어려웠지만, C 박사가 이해하기 쉽게 분석해 주었다. 그리고 일단 이해하고 나니, 우와, 절대 잊을 수 없었다.

인종적 우울증은 이민 자체를 일종의 트라우마로 보는 개념이다. 새로운 나라에서 만나는 모든 형태의 인종주의에 더해 자신의 언어와 문화와 나라를 한꺼번에 잃는 경험은, 몸과 마음에 엄청난 충격을 준다. 어디서든 감정을 느낄 수 없고, 항상 우울한 상태가 된다.

피실험자들과의 인터뷰 내용을 기록하면서, 나는 너무 감정적으로 받아들이지 말라고 경고했던 C 박사의 조언을 생각했다. 박사의 연구실에서 나는 공정한 서기 역할을 해야 했다.

나는 세 건의 보고서를 수월하게 작성했다. 식사와 수면 패턴만 기록하면 되었다. 하나만 더 작성하면 오늘 일과는 끝이었다. 잡음 때문에 알아듣기가 힘들었지만, 곧 목소리가 선명하게 들리기 시작했다.

사장이 나한테 소리 질렀어요. 모두 나한테 소리 질렀어요. 나더러 바보라고 했어요. 내 영어는 엉망이에요. 10년 지났는데 돈 하나도 못 벌었어요. 어느 날 그만뒀어요.

두 달 동안 잤어요. 너무 피곤해서요. 밖에 안 나갔어요.

나 미국 왜 왔어요? 여기는 내가 있을 곳이 아니에요. 차라리 내 나라에서 고통받는 게 나아요. 하지만 독재자가 말했어요. "내 말대로 안 하면 죽여 버린다."

난 어디에 있어야 해요?

마치 아빠의 인생을 듣는 기분이었다.

하지만…… 내가 듣는 것은 그 이면이었다. 내가 볼 수 있었던 건 소파에 누워 있던 우울한 모습뿐이었으니까.

난 어디에 있어야 해요?

아빠도 내내 이렇게 느꼈던 걸까?

나는 아빠가 왜 다른 일자리를 찾지 않는지, 왜 종일 잠만 자는지 이해할 수 없었다. 그냥 아빠가 게을러서 그렇다고 생각했다. 내가 퀘이커 오츠에 적응하느라 분투하는 동안, 아빠는 늘 그냥 빈둥거리며 누워 있었다. 다른 친구 부모님들처럼 열심히 일하지 않는 것에 화가 났다. 로럴의 아빠만 하더라도 사모펀드를 운용해서 여섯 자리 숫자로 된 보너스를 벌어들이지 않던가.

작년 가을에, 봄 방학 동안 대학교 탐방을 다니게 돈을 달라고 한 적이 있었다. 학교에서 와이더를 포함해 동부 해안에 자리한 여러 학교를 둘러보는 프로그램을 준비했기 때문이다. 다른 아이들은 모두 문제없이 부모님들이 500달러가 넘는 돈을 내주었다. 그들은 별일 아니라는 듯 수표를 써주었다. 하지만 우리 집에는 그만한 여윳돈이 없다고, 엄마가 말했다. 너무 화가 났다. 왜냐하면 퀘이커 오츠의 모든 학생이 참가할 예정이었고, 만일 내가 가지 않으면 그 이유를 모두가 알게 될 것이기 때문이었다. 알레한드라 김은 집이 찢어지게 가난해서 못 가는 거라고.

나는 너무 화가 났다. 결국 참지 못하고 아빠에게 소리를 질렀다. "보통 아빠들처럼 아빠도 *진짜* 직업을 가졌으면 나도 거기에 갈 수 있을 거 아니야!"

아빠는 망연자실한 채 그대로 누워 있었다. 그러다 일어나 앉아 말했다. "테네스 라손Tenés razón(네 말이 맞아), 알레하ー야."

아빠는 나한테 말대답이든 뭐든 했다고 소리 지르지 않았다. 그저 내 말이 맞다고 했다. 이 무슨 엿 같은 상황인가?

나는 집을 뛰쳐나왔다. 너무 화가 났고, 나 자신이 불쌍했다. 그와 동시에 아빠에게 마음에도 없는 말을 한 것에 죄책감이 들었다. 집에 돌아와 보니 아빠는 평소처럼 무기력한 상태로 돌아가 우리에게 등을 돌린 채 소파 쿠션에 얼굴을 파묻고 있었다.

그로부터 몇 달 후, 아빠는 7호선 선로에 몸을 던졌다.

나는 미안하다고 말할 기회를 놓쳤다. 작별 인사도 하지 못했다.

집에서 그런 대화를 나눈 적은 없었지만, 나는 아빠가 우울한 상태라는 걸 마음속으로 알고 있었다. 이민 가정에서는 그런 이야기를 잘 나누지 않는다. 정신 건강은 사치였다. 나중에라도 신경 쓰면 다행이었고, 대개는 전혀 신경 쓰지 못했다. 잭슨 하이츠에서 우리의 모든 문제는 항상 돈, 즉 절대 충분하지 않은 그것을 추구하는 것으로 귀결되었다.

인터뷰는 계속 진행 중이었다. 하지만 나는 울음이 나서 더는 들을 수가 없었다. 어쩔 수 없이 눈물이 흘렀다. 닭똥처럼 굵고 뜨거운 눈물이 바보처럼 펑펑 쏟아져 얼굴이 화끈거렸다.

일하는 곳에서 우는 건 미숙한 행동이라는 것쯤은 나도 알았다. 내 옷장에 있던 아빠의 플란넬 셔츠를 엄마가 발견하고 내다 버린 그 날 이후, 이렇게 운 적은 처음이었다.

"알레한드라?" C 박사가 나를 불렀다. 박사의 컴퓨터 모니터에 내 모습이 비쳤다. "알레한드라, 괜찮아요?"

"흐흑……."

나는 흐느껴 우느라 대답할 수가 없었다. 훌쩍이며 눈물을 삼켜 보려 애썼지만 요란한 진공청소기 같은 소리만 났다. 그래도 녹음 장치는 옆으로 멀리 치워야 한다는 건 알아서, 그 위로 눈물을 쏟아 망가트리지는 않았다.

C 박사가 휙 몸을 돌려 나를 바라보고 앉았다. 대답을 기다리는 눈치였다.

"그냥…… 아빠 생각이 나서요."

그리고 모든 이야기가 쏟아져 나왔다.

굳이 하지 않아도 될 말을 늘어놓는 나 자신이 싫었다. 엄마와 아빠가 내게 가르쳐 준 게 한 가지 있다면, 그건 바로 **나보다 더 중요한 사람들**의 시간을 낭비하지 말라는 것이었기 때문이다.

"바보같이, 죄송해요." 나는 겨우 입을 뗐다.

"아니에요." C 박사가 단호한 말투로 대답했다. 나는 깜짝 놀라 그녀를 바라봤다. "사과할 필요 없어요. 그리고 자신을 절대 '바보'라고 해서는 안 돼요."

"죄송해요." 나는 다시 말했다. 진심으로 말해서, 나도 모르게 반사적으로 나온 말에 가까웠다.

"아버지 얘기를 들려줘서 고마워요, 알레한드라." 박사가 말했다. "힘들었겠군요. 여전히 고통스럽고."

"혹시 우리 아빠도…… 인종적 우울증을 앓으셨던 걸까요?" 나는 물었다.

"감정해 보지 않아서, 나로서는 알 방도가 없군요." 박사가 대답했다.

"아." 나는 주제넘게 물었다는 기분을 느끼며 대답했다.

"하지만 인종적 우울증으로 고통받는 다른 피실험자들이 아버지와 비슷한 배경과 경험을 가진 것 같기는 해요." 박사는 덧붙여 말했다. "그런데 알레한드라의 아버지는 하나도 아니고, 둘도 아니고, 세 개의 문화를 항상 조율하고 넘나들어야 했다는 거지요?"

나는 그렇다는 의미로 고개를 끄덕였다. "바로 그거예요. 아빠는 한 번도 자기 본래의 모습으로 보이지 않았어요. 예를 들어, 스페인 사람이 운영하는 상점에서 완벽한 스페인어를 구사해도 '저 중국인 뭐야?' 이런 식이었어요."

그리고 사촌이 다니는 교회의 한국 사람들은 늘 우릴 더러운 남미 사람들 보듯 얕봤다. 백인들은 아빠와 엄마를 동양에서 배를 타고 막 도착해서 미국 땅에 발을 디딘 사람들이라고 생각했다. 그러니 아빠가 어떻게 자신이 사기꾼 Imposter 같다고 느끼지 않을 수 있었겠는가?

그리고 어쩌면 엄마도 같은 느낌일지 몰랐다.

"알레한드라의 아버지가 겪은 인지 부하가 어느 정도였을지 나로서는 상상이 안 되네요." C 박사가 말했다. 눈을

316

꼭 감고 고개를 절레절레 흔드는 모습에서, 박사가 이를 마치 자기 일처럼 느끼고 있다는 생각이 들었다.

"C 박사님." 내가 불쑥 입을 열었다. "어쩌다 이 연구를 하게 되셨어요?"

C 박사가 카드 패를 보여 주듯 손을 뻗었다가, 다시 주먹을 쥐었다.

"너무 깊은 이야기는 해 줄 수 없어요. 학생과의 경계가 모호해지는 건 내 원칙이 아니라서요. 하지만 짧게 답하자면, 연구에 참여한 많은 이민 1세대 피실험자들과 마찬가지로, 나도 여기에 속해 있다는 느낌을 받지 못해요. 그래서 왜 그런지 분석해 보고 싶었어요. 어떤 사람들은 사이좋게 지내기 위해 어울려요. 그건 생존 전략이라고 할 수 있죠. 또 어떤 사람들은 문화적 변위로 인한 고통과 트라우마를 겪어요. 하지만 우리는 그 트라우마를 처리하는 데에 심리적인 영향이 얼마나 큰지 전혀 모르고 있어요. 아시아 지역 사회 1세대들의 경우 특히 그렇고요. 지금 연구 재원이 심각하게 부족해요."

C 박사는 쓴웃음을 지었다. "지금 미국에 2200만 명의 아시아인이 있지만 그들에게는 미국 국립보건원 예산 중 겨우 0.17퍼센트만 할당된 상태예요. 말하자면 우린 '모범

적 소수집단'이고, 여전히 자신이 아닌 '대역Understudied'을 내세워 살아가는 거죠. 말장난 용서해요."

통계 수치를 들으니, 화가 났다. C 박사가 보여 준 기사 중 하나에서 읽은 내용이었다. 내가 수학에 뛰어난 건 아니지만, 그 수치가 의미하는 건 아시아계 미국인의 건강에 할당된 기존 예산을 5배 늘려도 채 1퍼센트가 되지 않는다는 것이었다.

"다시 아버지 얘기로 돌아가서," C 박사가 말했다. "알레한드라. 비공식적이고 비임상적인 조언을 하나 하자면, 내 경험으로 봤을 때, 가족과 이야기를 나누는 게 도움이 될 겁니다. 아버지를 아는 누군가와 추억을 나누세요. 행복했던 기억이든, 슬픈 기억이든. 처음에는 힘도 들고 많은 저항에 부딪히겠지만, 그래도 해 봐요. 이 작은 방법으로 아버지의 영혼을 함께 기릴 수 있을 거예요."

나는 얼굴이 달아올랐다. 아빠에 대한 가슴 아픈 기억과 흘린 눈물, 그리고 눈물을 흘린 것에 대한 부끄러움과 C 박사의 말 때문에.

조시 벅 같은 애들이 C 박사를 두고 '무표정한 대체 강사'라고 말한 건 다 헛소리였다. 어쩌면 그녀는 냉정해 보이는 겉모습 뒤에 따뜻한 마음을 품고 있는지도 몰랐다.

28

/

코니아일랜드

매일 집에 갈 때마다 나는 우편함으로 달려갔다. 매일 똑같았다. 청구서, 청구서, 또 청구서.

어느 날 점심시간에 우리는 MK 하우젠이 와이더에 합격했다는 소식을 들었다. 불안했다. 나한테는 와이더에서 어떤 식으로든 아무런 연락이 없었기 때문이다. 로럴도 마찬가지였다. 우리는 합격자들의 성적을 분석하기 시작했다.

"학교 총학생회장. 1450에 3.8이라던데. 이 점수는, 음, 내 점수보다 낮은데."

"잘됐네!" 나는 말했다. "그렇다면 다음번엔 네 합격 통지서가 온다는 얘기잖아."

"그렇더라도 어떻게 내가……" 로럴은 말하다 말고 입술을 깨물었다.

"뭐가?"

"아무것도 아니야." 로럴이 한숨을 쉬며 대답했다. "클레어 데브로가 와이더에 합격했다는 사실이 아직도 믿어지지 않아." 로럴이 침착하려 애쓰며 말했다. "기껏해야 바서 Vassar에 갈 줄 알았는데."

"걘 〈앙뉘〉 편집장이잖아." 내가 지적했다.

"그게 무슨 대수라고." 로럴이 받아쳤다. "〈앙뉘〉는 그렇게 대단한 잡지도 아니거든."

"여긴 고등학교야, 로럴. 빌어먹을 〈뉴요커〉 같은 잡지랑 같니."

내 날카로운 말투에 로럴은 정신이 드는 것 같았다.

"어쩌면 멋진 편집자 할머니가 조너선 프랜즌 Jonathan Franzen에게 추천서라도 부탁했는지 모를 일이지." 로럴이 투덜거렸다.

"나탈리 포트먼이랑 그렇고 그런 이메일 주고받은 그 사람?" 내가 물었다.

"아니, 다른 조너선." 로럴이 말했다. 나는 그쯤 해 두기로 했다.

다음 날, 나는 우편함에 쌓인 봉투 더미에 손을 뻗었다. 콘솔리데이티드 에디슨Con Ed. 내셔널 그리드National Grid. 잭슨 하이츠 주거 서비스. "코포럴 생명 보험Corporal Life Insurance." 이건 분명 스팸 같았다. 봉투들을 옆으로 치우려는데 바로 그것이 눈에 들어왔다. 다른 것보다 두툼한 노란 봉투. 온몸에 전율이 돋았다. 아니야, 그럴 리 없어.

나는 꺅 비명을 질렀다. 바닥을 청소하던 훌리오가 흘낏 쳐다보며 물었다. "괜찮나, 꼬마 아가씨?" 훌리오는 내 평생 나를 그렇게 불러 왔다. 아마 내 이름을 모르는 것 같았다.

나는 아직 불안했지만, 고개를 끄덕여 보였다. "네. 대학교에서 뭐가 왔나 봐요."

"좋아, 잘됐구먼." 그가 말했다. "워낙 똑똑하니까." 그는 다시 우편물실을 청소하기 시작했다.

나는 봉투를 뜯어서 열었다. 편지에 쓰인 말들을 가만히 응시했다. 믿기지 않았다.

 '알레한드라 김'에게,

귀하의 지원서를 검토한 결과, 저희 와이더칼리지에 합격했음을 알리게 되어 기쁘게 생각합니다! 매우 경쟁이 치열한 중에도 귀하의 자격은 수천 명의 지원자 중에서도 특히 눈에 띈바……

합격했어, 합격했어, 합격했다고!
입학처장이 직접 써넣은 추신도 있었다.

추신: 알레한드라, 저는 귀 가정의 요리법과 이주 이야기가 담긴 이중 서사에 크게 감동했습니다. 이번 가을에 귀하를 우리 학교에 맞이하게 된 것을 영광으로 생각합니다.

수천 명의 지원자가 있었을 텐데, 입학처장은 일부러 시간을 내서 나한테 개인적인 메모를 남겼다. 이로써 나는 와이더가 나에게 완벽한 학교임을 온몸으로 확인한 셈이 되었다.

대학 가는 데는 문제 없겠네. 그래, JBJ 이 망할 자식아.

나는 두 가지 상반된 감정을 느꼈다. 하나는 행복이었다. 속에서 진저에일이 막 뿜어져 나오는 기분이었다. 또 하나는 두려움이었다. 로럴과 엄마에게 이야기할 방법을 찾아야 했다.

입학 안내문은 위압적으로 느껴질 정도로 두툼했다. 재
정 지원 안내문이 나를 되쏘아 보고 있었다. "귀하가 요청
하신 지원금의 25퍼센트를 지원 가능하다는 것을 알려드리
게 되어 기쁘게 생각합니다……."

말도 안 되는 얘기였다. 25퍼센트라니? 나는 전액 지원을
기대했었다. 와이더는 기부금이 20억 달러에 달하는 학교
였고, 그게 내가 와이더에 지원한 큰 이유 중 하나였다.

이건 아니었다.

정말 말도 안 되는 얘기였다.

*

나는 결국 위로가 필요한 처지가 되었다. 로럴에게 문자
를 보냈다. 와이더에서 소식 왔어?

아니, 아직. 너는?

나는 합격 통지서를 사진으로 찍어 문자로 보냈다.

어머! 앨리, 축하해!

로럴이 온갖 풍선 이모티콘을 보냈다.

빨리 축하해야지. 하던 일 다 내려놓고
당장 F선을 타. 나 내리는 역에서 만나자.
열차에 그대로 있어. 3번 칸 첫 번째 문이야.

7번가에서 로럴이 열차에 탔다. 완벽한 타이밍이었다.

"앨리! 정말, 정말 잘됐다!" 로럴이 껑충 뛰어와 활짝 안
아 주며 외쳤다. 따뜻하고 거리낌 없으면서도 불편하지 않
도록 적당한 선을 지키는 포옹이었다.

마음이 정말 편안해졌다. "정말? 고마워, 로럴."

"그래." 로럴이 몸을 떼며 말했다. "그런데 왜 나한테는
안 오지?"

"그러게, 아니. 미안." 나는 어리석은 생각을 떨쳐 냈다.

하지만 솔직히, 아니, 그건 어리석은 생각이 아니었다. 나
는 합격했는데 로럴은 여전히 통지서를 기다리고 있다니,
당연히 조금 이상한 상황이었다.

그래서 나는 솔직히 말을 꺼냈다.

"아니 사실, 다 아는 거지만 그냥 얘기해 보자. 조금 어색

하긴 하다. 그렇지? 그러니까, 너는 아직 와이더의 회신을 기다리고 있……"

"앨리." 로럴이 불쑥 말을 끊었다. "정말 *대단해!* 열심히 하더니 결국은 다 보상받았네. 그냥 이 순간을 즐기자, 응?"

로럴은 진심이었다. 그냥 축하해 주는 게 아니라 진심으로 기뻐해 준다는 건 내게 너무나 큰 의미가 있었다. 이건 로럴이 정말 좋은 친구라는 표시였다.

그리고 어쨌든, 로럴의 합격 통지서도 곧 도착할 것이다. 그냥, 느낌이 그랬다.

그리고 우리는 가을에 함께 와이더에 입학할 것이다.

25퍼센트밖에 안 되는 지원금은 신경 쓰지 말자. 나는 잊으려고 애를 썼다.

"그럼, 이제 날 데리고 가려는 그 신비로운 곳은 어디야?" 나는 물었다.

"깜짝 놀랄걸."

"왠지 익숙하게 들린다?"

로럴이 팔짱을 낀 채 뒤로 기대앉았다. 아주 의기양양한 모습이었다. "글쎄, 받은 건 갚아야지, 앨리."

"투셰Touché(내가 졌다)!"

우리는 브루클린 중심지를 향해 깊숙이 들어갔다. 최신

유행을 따르는 사람들과 여유롭게 유아차를 끌고 오가는 사람들처럼 로럴의 세상에 속하는 모든 흔적을 뒤로 한 채. 옆자리에는 나이 든 여자들이 앉아 있었는데, 아마도 러시아어를 하는 것 같았다. 그들은 두꺼운 검정 치마에 두꺼운 검정 모직 스타킹을 신고 있었다. 검은 모자에 턱수염을 기르고 얼굴 양옆으로 곱슬머리를 길게 내려뜨린 남자들이 무뚝뚝하게 이디시어를 주고받았다. 빈 재활용 캔이 가득 실린 카트를 끄는 노부부는 목소리를 낮춘 채 광둥어로 속삭였다.

열차를 타고 가면서, 로럴이 C 박사와 함께 작업 중인 인턴십에 관해 물었다. 나는 C 박사가 읽어 준 기사를 이야기해 주었다. 하지만 연구실에서 울었다는 얘기나 아빠 얘기는 하지 않았다.

로럴과 이야기하는 동안, 나는 우리 열차에 같이 탄 다른 승객들을 더 살펴볼 수 있었다. 아마 그들도 미국 이민 1세대일 것이다. C 박사가 이들의 증언을 모아 수행하고 있는 연구가 얼마나 중요한 일인가 하는 생각이 들었다. 이 사람들 가운데 얼마나 많은 이가 또 인종적 우울증을 갖고 살아가고 있을까.

우리는 F선의 종착역까지 갔다. 훅 끼치는 바닷바람에 핫

도그와 사워크라우트 냄새가 뒤섞여 있었다.

"말도 안 돼. 설마 너 나를 코니아일랜드로 데려온 거야? 로럴 그린블라트-왓킨스!" 나는 소리를 질렀다.

"한 번도 안 와 봤다며." 순간 흠칫하며 로럴이 대답했다. "넌 곧 뉴욕을 떠날 거니까, 그 전에 와 보면 좋겠다고 생각했어……."

1학년 때 로럴에게 코니아일랜드에 가 본 적이 없다고 말한 기억이 났다. 늘 가고 싶었지만 못 가 본 곳이었다. 파리 끈끈이 같은 로럴의 기억력은 정말 놀라웠다.

"엘, 넌 정말 최고야!" 나는 로럴을 꼭 끌어안았다. "정말 근사해! 루나 파크Luna Park가 지금 이 시기에 열려 있을까?"

"응, 내가 확인했어." 로럴이 말했다. "할렐루야, 지구 온난화여."

우리는 판자를 깔아 만든 산책로로 향했다. 정말 지구 온난화가 맞았다. 겨우 4월인데도 우리는 티셔츠 차림이었다. 나이 든 여자 둘이 두꺼운 검은색 옷을 입고 큰 소리로 이야기하며 우리 옆을 지나갔다.

"저 사람들 무슨 얘기하는 것 같아?" 내가 물었다.

"자식들 흉보고 있네." 로럴이 목을 가다듬고는 이어서 말했다.

"예브게니, 내가 그 애한테 뭐라고 그랬게. 그만 놀아! 가서 여자를 구해서 아기를 가져, 그리고 죽어."

"하지만 모름지기 여잔 보르시치Borscht, 수프 비슷한 우크라이나 전통음식를 잘 만들어야지! 그다음이 아기고. 그러곤 죽는 거야."

난 입이 떡 벌어졌다. 로럴한테…… 이런 모습이 있었나?

"로럴, 방금 너……"

"왜." 로럴은 약간 당황한 표정이었다. 하지만 또…… 즐거워 보였다. "우크라이나인 할머니한테서 배운 게 아무것도 없진 않지."

로럴의 이런 면은 처음이었다. 공격적이었다. 웃겼다. 이 두 모습이 다 로럴이라고?

우린 마구 웃기 시작했다. 아까 그 여자들이 우리를 정신 나간 애들 보듯 쳐다봤다. 그 모습에 우린 더 웃음이 터져 나왔다.

"대체 넌 누구니?" 나는 로럴에게 물었다.

로럴이 한숨을 쉬었다. "요즘 나도 나한테 많이 물어보고 있어. 솔직히."

루나 파크 입구에 도착한 우리는 사이클론 앞에 줄을 섰다. 로럴이 코를 훌쩍였다. 처음에는 조금 전에 너무 많이 웃어서 그런가 생각했다. 아니면 소금기 있는 바닷바람 때문에 눈이 따가워서 그런 줄 알았다. 하지만 거의 줄 맨 앞에 도착했을 때, 로럴의 얼굴은 온통 쏟아지는 눈물로 젖어 있었다.

"미안, 앨리." 로럴이 말했다. "일부러 아무렇지 않은 척 노력은 하고 있는데, 그게…… 잘 안 되네."

"로럴, 왜 그래?"

"나 떨어졌어. 무슨 말인지 알지? 와이더에 불합격했다고. 지원해 줘서 고맙긴 한데, 됐대."

"통지서 아직 안 왔다며."

"당연히 왔지, 앨리. 네가 괜히 불편해할까 봐 그렇게 말한 거야."

온갖 감정이 밀려왔다. 로럴의 끔찍한 기분, 내 죄책감, 로럴의 거짓말에 대한 실망감.

"로럴,"

그때 안내 직원의 말에 대화가 끊겼다. "여러분, 다음 차례예요."

나는 기대감에 차서 로럴을 바라봤다. 나는 로럴이 나를 위해, 나의 큰 승리를 축하하기 위해 뭔가 해 주고자 애쓴다고 생각했다. 그런데 여기 코니아일랜드까지 그 먼 길을 날 끌고 온 게, 그저 내가 와이더에 합격한 걸 자신이 얼마나 기쁘게 생각하는지 보여 주기 위해서였던 걸까? 사실은 그렇지 않은데도?

난 어떻게 해야 하지? 로럴이 지금 끔찍한 기분이라는 걸 알면서 그냥 같이 롤러코스터를 타자고 해?

"그냥 가자."

"하지만…… 널 축하해 주러 여기 온 거잖아."

"가도 돼, 로럴. 난 괜찮아."

"그럼 널 여기 혼자 두고 가라고?"

"숙녀분들, 차례 다 됐어요."

"그냥 가, 로럴. 진심이야, 난 괜찮아."

"정말이야, 앨리? 너무 미안해……."

"표 한 장 주세요."

처음에는 혼자 롤러코스터를 타는 게 조금 어색했다. 모두 나를 보며 '저 애 좀 봐, 친구도 없이 혼자 왔나 봐'라고 생각할 것 같았다.

하지만 곧 깨달았다. 아무도 관심 없다는 걸. 다들 귀에 작은 이어폰을 꽂은 채 자기 일에 신경 쓰기 바빴다. 내가 그렇듯이.

나무로 된 롤러코스터 선로가 곧 부서질 듯 삐걱거렸다. 하강하는 중에 산산조각이 날 것 같은 불안감이 짜릿함을 더했다. 올라가는 동안 나는 로럴을 잊었다. 엄마와 이야기 해야 한다는 두려움도 잊었다. 와이더의 형편없는 자금 지원 정책도 잊으려고 노력했다. 내일 대학 상담실에서 해결 할 생각이었다. 양쪽으로 끝없이 펼쳐진 대서양이 보였다. 나는 숨을 깊이 들이마신 다음 크게 내쉬었다. 그리고 하늘 로 팔을 힘껏 뻗었다.

우와!

29

/

학비 가정 부담금

코니아일랜드에서 집으로 돌아왔을 때, 로럴에게 문자가 왔다. 정말 미안해, 앨리. 난 정말 형편없어. 너는 더 나은 대접을 받을 자격이 있는데.

나는 답장했다. 아니야. 너도 사람인걸.

> 게다가 코니아일랜드 핵 재밌었어.

전에 네가 요즘은 아무도 '핵' 어쩌고 하는 말 안 쓴다고 했던 것 같은데? 게다가, 적절한 말이야?

난 그냥 반어적으로 쓴 거거든.

......

......

그런데 좀 당황스러웠어, 솔직히.

그으으으래. 솔직하니까 좋다.

그건 그렇고, 토론팀이 전국 대회 때문에 바빠.
그래서 한 2주 동안은 점심시간에 나 못 볼 거야.

알았어. 견뎌 볼게.

이해해 줘서 고맙다, 친구야.
난 지금도 네가 합격해서 진짜 기뻐.

다음 날 아침, 나는 랜디바도 선생님의 사무실에 앉아 동기 부여 포스터를 올려다보고 있었다.

별을 향해 쏴라!

스마일타운을 향해 계속 나아가라!

난 충분히 괜찮은 사람이다. 난 충분히 똑똑하다. 젠장!

사람들은 날 좋아한다!

내 와이더 합격 통지서가 앞에 놓인 책상 위에 펼쳐져 있었다.

"랜디바도 선생님, 분명 뭔가 착오가 있는 것 같습니다." 내가 말했다. "전 전액 지원을 받을 자격이 충분한 것 같거든요."

"전액 지원이 가능한 곳이라면 어디서든 자격이 되지 않을 이유가 없는데요, 앨리-존-드러." 그가 내 파일을 찬찬히 들여다보며 대답했다.

그가 내 대학 파일을 굽어봤다. 대머리를 감추려고 빗어덮은 머리에서 비듬이 마치 소금 뿌리듯 떨어져 내렸다.

"작년과 올해 사이에 학생 가정의 연간 학비 지불 능력이 달라진 것 같네요." 그는 연필을 턱에 톡톡 두드리며 말했다. "양식에 기재한 금액과 가족 자산 금액이 맞지 않아요."

"자산이라니요?" 나는 코웃음 치며 되물었다. "우리 가족은 자산 같은 거 없는데요. 엄마도 벌이가 많지 않고, 아빠는, 아빠는(나는 급히 말을 골랐다) 돌아가셨어요."

"상심이 컸겠군요." 랜디바도 선생님이 고개를 숙이고 기도하듯 손을 모았다.

"외람된 질문일지 모르지만, 앨리-존-드러." 그가 말을 이었다. "혹시 최근에 수입이 있었나요? 유산 같은 거라도?"

말도 안 된다. 나는 고개를 설레설레 흔들었다.

"대학 입학처장에게 전화해서 이 문제에 대한 명확한 설명을 들어 보는 게 좋겠네요. 그런데 제 아버지이시자 매우 현명한 분이기도 하셨던 고故 스탠리 랜디바도는 이렇게 말씀하시곤 했죠. '엄마에게 물어보렴'이라고요." 랜디바도 선생님은 엄지손가락에 입을 맞춘 후 자신의 가슴으로 가져가 톡톡 두드리며 말했다. "내 생각엔 가족과 재정 상황에 대해 터놓고 얘기를 나눠 보는 게 좋을 것 같군요."

이건 내가 정말 두려워하는 일이었다. 하지만 나는 대답했다. "네, 랜디바도 선생님." 어쩌면 그의 말이 맞을지도 몰랐다.

"뉴욕대학은 전혀 문제없네요, 앨리-존-드러." 그가 말했다. "나름 누군가의 자랑스러운 후손으로서, 나는 이 학교도 시도해 볼 가치가 있다고 생각합니다."

그의 비서인 미스 제스가 서류철을 잔뜩 들고 들어왔다. 그녀는 랜디바도 선생님의 책상 위에 서류를 내려놓으면서 내게 미소를 지었다.

"와이더 '예비 소집'에는 꼭 가 보세요." 그녀가 말했다. "어떤 선택을 하든, 마음을 정하는 데 도움이 될 거예요."

맞다, 예비 소집. 로럴과 함께 갈 거라는 꿈을 꾸었던 바로 그 행사.

"참석할 거면 나한테 알려 줘요. 와이더가 일정과 교통편 등 모든 문제를 처리해 줄 겁니다."

"고맙습니다, 미스 제스." 진심이었다.

"결국 다 잘될 거예요." 그녀가 덧붙여 말했다. "이런 일은 늘 그렇더라고요, 알레한드라."

미스 제스는 내 이름을 정확하게 알고 있었다.

*

"자산이라니? 말도 안 돼. 우리한테 무슨 자산이 있어." 퇴근하고 온 엄마가 말했다. 두 타임을 연속으로 근무하고 온 엄마는 눈도 제대로 뜨지 못했다. 밤샘 근무를 했지만, 오전 근무자한테서 급한 연락이 오는 바람에 또 일해야했다. 엄마가 가장 듣고 싶어 하는 소식은 내가 와이더에 합격했다는 것과 재정 지원 프로그램, 그리고 랜디바도 선생님이 뭐라고 말했는지였다.

여전히 *정말 축하한다!* 라든가, *마침내 열심히 공부한 보람이 있구나!* 같은 말은 없었다.

"이건 말이 안 돼." 나는 엄마에게 와이더에서 보내 온 재정 지원 자료를 보여 주며 말했다.

엄마는 개봉하지 않은 우편물 더미를 식탁 한쪽으로 치우고, 와이더 자료를 앞에 펼쳤다. 하지만 사실상 전혀 읽고 있지 않았다. 눈을 감은 채 관자놀이를 문지르고 있었다.

"난 네가 와이더를 선택한 이유가 장학 제도가 좋아서인 줄 알았는데."

"그렇지. 그런데 어찌 된 일인지 그쪽에서 해 줄 수 있는 건 이게 전부래."

엄마는 아무 말이 없었다.

"엄마, 와이더에 들어가는 게 얼마나 힘든 줄 알아? 합격률이 8퍼센트밖에 안 된다고."

엄밀히 말하면 8.5퍼센트였지만, 엄마한테는 줄여서 말했다.

"이 대학이 네 꿈인 건 알아." 마침내 엄마가 입을 열었다. "하지만 불가능해. 아무래도 마음을 다른 곳으로 돌리는 게 좋겠다."

"엄마, 지금 내 미래에 관한 얘기를 하는 거야!" 말은 하지 않았지만 머릿속에는 엄마가 내 입시 문제는 관심없고 그냥 내가 다 알아서 하길 바란다는 생각이 가득했다. "이력서에 와이더 이름이 들어가는 게 어떤 의미인지 알기는 하는 거야? 와이더에서 취득하는 학위가 나한테 얼마나 많은 기회를 열어 줄지 알기는 해?"

"내가 생각나는 건 얼마나 많은 기회를 놓칠까 하는 것뿐이야."

"엄마." 나는 화가 치밀어 오르기 시작했다. "내 일에 기뻐하면 죽기라도 해? 한 번만이라도 좀 좋아해 주면 안 돼?"

"엄마한테 그런 식으로 말하는 거 아니야." 엄마가 씩씩거렸다.

그 말에 나는 입을 다물었다.

엄마가 다시 입을 열었다. 이번에는 조금 누그러든 목소리였다. "어떤 엄마라도 자기 자식이 큰 실수를 저지르는 걸 보면서 기뻐할 수는 없을 거다."

엄마는 와이더 자료를 다른 우편물과 함께 한쪽으로 치우고 식탁에서 일어나 저녁 식사 준비를 시작했다.

정말 엿 같아. 나는 그날 밤 빌리에게 문자를 보냈다. 다른 집 부모들은 자식이 와이더에 합격했다고 하면 빌어먹을 퍼레이드라도 해 주고 싶어 안달일 텐데.

빌리는 이렇게 답장을 보내 왔다. #1: 축하해! 에일, 정말 대
단혜!!

이건 우리끼리만 주고받는 농담이었다. 초등학교 5학년
때 담임을 맡았던 오클라렌 선생님이 늘 저런 식으로 얘기
했었다.

#2: 그리고 과장이 너무 심하네.
퍼레이드까지는 좀 그렇고 스테이크 먹으러 가겠지. 아마.

#3: 엄마한테 시간을 좀 드려. 뜻밖의 모습을 보이실지도 몰라.

닥쳐. 엄마의 허락 따위는 필요 없어.
혼자 알아서 감당할 방법을 찾아낼 거야.

#4: 너랑 나랑 축하하자. 다음 주 금요일 괜찮아?
몇 주 동안 주말마다 일할 예정이라 그날이 아니면
한동안은 밤에 못 놀 거야.

좋아. 알았어. 봄 방학 전 주 금요일이네.
로럴이랑 놀기로 한 날인 것 같은데,
요즘 로럴이 좀 깜빡깜빡하니까 😩 ……
그래! 그날 보자.

그럼, 그날 보는 걸로 알고 있을게.

그날 밤늦게까지, 그리고 일주일 내내 나는 학자금 대출 정보를 검색했다. 빌리에게 문자로 말한 것처럼, 정말 나 혼자 학비를 마련할 생각이었다.

아빠가 세상을 떠난 후, 나는 엄마, 다른 가족, 아니 누구에게도 의지할 수 없다는 걸 깨달았다.

전부 내가 알아서 해야 했다.

30

/

해피데이, 맞나요?

토요일에 해피데이에 갔더니 마이클 오빠가 이미 와 있었
다. 세탁소는 그렇지 않아도 사우나 같은데(피로를 풀어 줄 스
파 설비나 오이 팩만 없지, 정말 딱 사우나였다), 날씨가 오늘처럼 따
뜻하면 그야말로 찜통처럼 푹푹 쪘다.

"와이더에 합격한 거 축하한다!" 마이클 오빠가 안아 주
며 말했다.

"고마워, 오빠." 내가 대답했다.

"그렇지만……?"

"그렇지만, 뭐?"

"네 목소리에서 '그렇지만'이 들리는 것 같길래." 마이클 오빠는 다 알고 있었다.

나는 어깨를 으쓱하며 대답했다. "맞아, 어떻냐면, '그렇지만'이 한 백만 개쯤 있다고 해야겠지."

"예를 들자면 어떤?"

손님이 와서 대화가 끊어졌다. 여자 둘이 같이 걸어 들어왔다. 단정한 회색 단발머리에 더욱 단정한 리넨 슈트를 입은 나이 지긋한 백인 여자와, 검은 개 문양이 표백제 때문에 얼룩덜룩해진 '마서즈 빈야드Martha's Vineyard' 스웨터 차림의 라틴계 중년 여자였다. 그들은 캐나다구스CANADA GOOSE 외투 두 벌에 검정 피코트 두 벌, 크림색 피코트 두 벌, 울 스커트 슈트 열 벌, 베이지와 크림색 캐시미어 스웨터 스무 벌을 내려놓았다.

"마침내 겨울이 끝났나 봐요!" 단발머리 여자가 말했다. 그러는 동안 다른 여자는 접수대에 옷들을 올렸다.

"끝난 게 다 뭔가요." 마이클 오빠가 말랑한 접대용 목소리로 대꾸했다. "봄도 아직인데 벌써 여름 같아요."

"지구 온난화 때문인가 봐요." 내가 옷에 태그를 달며 거들었다.

"배달도 해 드리니 원하면 말씀하세요." 나는 제안했다.

라틴계 여자가 우리를 절박한 표정으로 바라보았다. 마치 '제발, 오, 도와주세요!'라고 말하는 듯한 얼굴이었다.

"어머나, 아니에요! 우리한테 그런 사치는 필요 없어요." 단발머리 여자가 대답했다.

손님들은 이렇게 의외다. 세탁물 수거·배달 서비스는 1달러만 추가하면 가능하다. 하지만 그들은 돈을 쓰면 죄책감이 드는, 그런 특별한 일이 있는 듯하다. 옷들만 놓고 봐도 이 여자는 돈이 많을 것 같았다. 솔직히, 캐시미어 스웨터를 스무 벌씩이나 가진 사람이 어디 흔한가? 아직 캐시미어 스웨터를 입어 본 적이 없다면, 자신을 생각해서 부디 사지 말라고 말리고 싶다. 맞다, 캐시미어는 엄청 부드러워서 마치 포근한 곰 인형한테 안겨 있는 듯한 느낌을 준다. 하지만 세탁은 골칫거리다. 덕분에 해피데이같은 세탁소들이 망하지 않고 영업을 계속 해 나가는 것이다.

이곳 주민들은 세탁소를 마치 세탁기 대하듯 이용한다. 이 또한 해피데이가 돈을 뭉텅이로 쓸어 담는 이유다.

우편으로 옷을 대여하기도 하지만 사업으로 하기엔 별로 가치가 없다.

세탁소를 나서기 전, 단발머리 여자가 말했다. "당신들

앞날은 밝겠어요."

여자의 얼굴을 보니 오해의 여지 없이 동정해서 하는 말이었다.

손님한테 동정을 받으면 신경이 쓰였다. 그것도 많이. 세탁소 일은 남들한테 무시당하지 않더라도 충분히 힘든 일이다. 지금도 신경이 좀 쓰였다. 마이클 오빠는 그런 내게 웃어넘기라고 가르쳤다. "그 사람들은 너를 잘 모르잖아." 언젠가 오빠가 이렇게 말했다. "종일 사람들이 너에 대해 뭐라고 생각하는지 신경 쓰면서 살든, 멋진 삶을 해시태그로 달아 가면서 살든, 선택은 네가 하는 거야. 너희 Z 세대들이 이런 걸 뭐라고 말하는지는 모르겠지만."

"어, 해시태그는 밀레니얼 세대나 쓰는 말 아닌가." 나는 놀리듯 대꾸했다.

어쩌면 오빠는 손님들이 자신을 동정해도 실은 자신이 그들 대부분보다 교육 수준이 높아서 그렇게 말할 수 있는지도 몰랐다.

또 한 무리의 손님을 응대한 후 마이클 오빠가 말했다. "자, 와이더 얘기로 다시 돌아갈까. 거긴 네가 꿈꾸던 학교잖아. 뭐 때문에 주저하는 건데?"

"일단 첫째는, 로럴 때문에 상황이 좀 애매해졌어. 와이더는 로럴도 꿈꾸던 학교였는데, 조기 전형에서 보류되었다가 결국 불합격했거든."

"저런."

"둘째로, 와이더의 재정 지원 프로그램이 정말, 진짜 *최악*이야." 나는 엄지를 아래로 뒤집어 보였다.

마이클 오빠는 사려 깊은 사람이다. 자신이 도울 수 있는 일이 없다는 걸 알고 있었고, 나 역시 오빠가 자기 부모한테 나를 도와주라고 말해야 할 것 같은 부담을 느끼길 원치 않았다. 그들은 내 인생에 이미 넘치도록 많은 걸 해 주었다.

"글쎄다, 정말 간절하게 가고 싶다면 대학 학자금 대출을 받아도 되긴 해."

"하지만 그러면 그 빚을 다 떠안고 졸업하게 되잖아. 졸업하자마자 일자리가 보장되는 것도 아니고." 내 말에서 빌리의 목소리가 들리는 듯했다.

"그런 문제가 있긴 하지." 마이클 오빠가 인정했다. "그건 그렇고, 다른 일은 어떻게 돼 가? 헌터에서 그 교수랑 한다는 그거?"

"어, 연구실에서 하는 일들이 조금…… 잘 모르겠어. 자꾸…… 내 안의 뭔가를 건드려."

손님들이 줄줄이 들어오기 시작했다. 우리는 먼저 일을

해야 했다. 나중에 나는 마이클 오빠에게 C 박사의 연구실에서 있었던 일을 털어놓았다. 오빠는 참을성 있게 들어 주었다. 자기가 하고 싶은 말만 하고 절대 들으려고 하지 않는 개리 고모부와는 달랐다. 기생충처럼 철저히 자신의 감정에 따라 행동하는 제이슨과도 달랐다.

마이클 오빠는 그런 면에서 아빠와 닮은 데가 있었다.

"대학에 가면 C 박사님과 함께 연구했던 게 정말 그리워질 거야." 나는 오빠에게 말했다. "박사님의 연구실에서 배운 게 정말 많아."

"있잖아, 그럴 필요 없어." 오빠가 느긋하게 말했다.

"그럴 필요 없다니, 뭘?"

"박사랑 연구한 게 그리울 것 같다니. 아직 유효하잖아. 헌터에도 합격한 거, 맞지?"

"맞아, 하지만…… 와이더에 안 갈 순 없어."

"왜 그렇게 와이더에 가고 싶어 하는 건지 다시 얘기해 봐." 나는 오빠를 바라봤다. 신입생 때부터 수천 번도 넘게한 얘기를 또 해 보라니. "내 말대로, 어서." 오빠가 말했다.

"좋아. 첫째, 일류 대학이고, 일류 교수진이 있으니까. 둘째, 퀘이커 오츠 학생이라면 누구나 꿈꾸는 학교니까. 게다가 우리 학교 졸업생 중 합격한 사람은 세 명뿐이니까. 그리고 그 자리를 놓칠 수 없으니까. 셋째, 뉴욕을 당장 벗어나야겠으니까. 지금 집에서 하루라도 더 보내야 한다면……"

"오해하지 말고 들어." 마이클 오빠가 입을 열었다. "와이더는 좋은 학교야. 그리고 넌 네가 꿈꾸는 학교에 갈 자격이 있어. 만일 거기가 정말 네가 꿈꾸는 학교라면. 하지만 네 사촌 오빠로서 내가 가진 무한한 지혜에 따르자면 말이지,"

"살짝 짜증 나려는데." 나는 눈을 흘기며 말했다.

"때로 우리는 정말 뭔가를 원하지만, 아니 원한다고 생각하지만, 실은 그저 피하고 싶은 걸 숨기려는 마음일 수 있어. 그 사실을 잘 아는 사람한테서 말이지."

마이클 오빠는 알고 있었다.

"후안 삼촌이 정말 그립다." 오빠가 말했다. "너희 아빠는 내가 처음으로 마음 편하게 커밍아웃 한 사람이었는데."

우린 그 이야기를 깊게 나눌 시간이 없었다. 우린 계속 손님을 맞이하고, 청소하고, 알다시피 '일'을 해야 했기 때문이다. 하지만 마이클 오빠가 아직도 아빠를 마음에 두고 있다는 사실을 생각하니 내내 미소가 지어졌다.

그리고 난 아주 우스우면서도 놀라운 사실을 깨달았다. 그동안 아빠를 떠올릴 때면 마치 의무처럼 따라오곤 했던 죄책감과 분노가 오늘은 느껴지지 않았다.

어쩌면 C 박사가 말한 것이 이것일지도 모른다는 생각이 들었다. *아버지를 아는 누군가와 추억을 나누세요. 이 작은 방법으로 아버지의 영혼을 함께 기릴 수 있을 거예요.*

"앨리-캣, 안 할 수가 없어서 하는 말인데," 마이클 오빠가 내 생각을 끊으며 입을 뗐다. "C 박사와 한다는 그 연구 말이야…… 네가 뭘 얘기할 때 이렇게 즐거워하는 모습은 처음 봤어. 사실 난 무척 자극받았어."

"그 말뜻은, 정말 골드만삭스를 그만두겠다는 뜻이야?" 나는 물었다. "아주 위험한 짓 같은데."

"헤드헌터를 만나 보려고. 그러면 알게 되겠지." 이 말을 하는 동안에도 오빠의 얼굴은 편안해 보였다. 오빠가 거기에서 일하고나서부터 얼마나 많은 스트레스에 시달렸는지 알 수 있었다. 시간이 마치 영원처럼 느껴졌을 것이다.

"비밀 지킬게. 마이클 오빠."

"나도 그럴게." 오빠가 말했다. "내 생각에 사람들은 잘 모르는 것 같아. 아까 뭐라고 했지, 그거?"

"인종적 우울증. 이민자들의 이야기가 잘 알려지지 않아서 그럴 거야. 억지로 자극을 불러일으키는 트라우마 포르노 같은 것만 있잖아." 나는 말했다. "이 연구는 정말 의미 있어. 엄청난 변화를 일으키는 기분이야." 진심이었다.

31

/

술 속에 진리가 있나니

봄 방학이 시작되기 전 금요일, 클레어 데브로가 "합격 기념Hey. we got into college" 파티를 열기로 했다. 내가 같이 갈 사람은 빌리였다. 아니, '남자 친구'로서 가는 건 아니었다.

원래 빌리를 학교 행사에 초대하려던 건 아니었다. 이번 금요일이 아니면 몇 주 동안 시간이 없다고 해서 그날 와이더 합격을 축하하며 만나서 놀 계획이었다. 그런데 클레어가 파티 소식을 알려 왔다. 퀘이커 오츠 방식에 따라 졸업반 전체가 초대되었다. 동행인도 함께였다.

약속을 취소하면 나쁜 친구가 될 것 같아서 나는 빌리를 초대했다. 하지만 학교 친구들과의 자리가 불편해지지 않도록 관계를 조율하는 건 복잡한 문제 중 하나였다.

불안한 게 당연했다. 서로 다른 두 세계가 충돌할 가능성이 있었으니까.

그렇지만 클레어의 파티에 혼자 가고 싶지도 않았다.

"드디어 네 멋진 친구들을 만나 보겠구나." 빌리가 어퍼웨스트사이드에 있는 클레어의 집으로 가는 열차 안에서 말했다. "샐러드 포크랑 디저트 포크를 헷갈리면 어떡하지? 턱시도라도 빌려 입을 걸 그랬나?" 빌리는 겁에 질린 척하며 자신의 티셔츠를 내려다봤다.

"너 괜찮아, 치비."

"네 친구 로럴도 와?" 빌리가 물었다.

나는 어깨를 으쓱해 보였다. 로럴은 갈 마음이 생기면 잠깐 들르겠다고 말했지만, 같이 가자고 하지 않았고 그건 나도 마찬가지였다.

내가 와이더에 합격한 이후로 로럴과 나의 관계는 그대로인 듯했지만 그렇지 않았다. 코니아일랜드 이후로 같이 어울린 적도 없었다. 중단된 지점으로 돌아가 다시 시작하는 기분이었다. 우리 사이의 분위기는 좋지 않은 건 아니었지만 그렇다고 좋은 것도 아니었다.

아빠는 피아노로 강렬하고 리드미컬한 멜로디를 연주하곤 했었다. 화음이 조화로워질 듯 흘러가다가도 불협화음으로 이어졌다. 음은 약간 낮거나 약간 높았다. 이게 로럴과 있을 때 내가 느끼는 느낌이었다. 음정이 맞지 않는 느낌.

아니면 그냥 내가 지금 피해망상처럼 그렇게 느끼는 것일 뿐, 실은 아무 문제 없는 걸 수도 있었다.

빌리가 내가 하지 않은 말의 속뜻을 가늠하며 나를 살펴보는 느낌이 들었다. 그러더니 목을 가다듬고 말했다.

"그런데 너 정말 귀여워 보인다."

나는 '이블 패스트 패션' 매장에서 새로 산 드레스를 입고 있었다. 19.99달러짜리였다.

"고마워." 나는 대답했다. 서로의 외모를 칭찬하는 건 보통의 우리라면 하지 않을 일이었다. 우리는 쓸데없는 농담 같은 걸 하기에는 너무 바빴다. "너도 나쁘지 않아, 치비."

사실 빌리는 나쁘지 않은 정도가 아니었다. 너무 크지 않은, 자신의 몸에 맞는 옷을 입고 있었다. 꼭 맞는 연푸른색 티셔츠가 부쩍 윤곽이 드러나는 빌리의 어깨를 감쌌다. 게다가 블랙진을 입어 다리가 무척 길어 보였다. 향수도 다시 뿌렸다. 사실 나는 그 냄새에 끌렸다. 빌리의 냄새와 닮아 있었다.

"야, 이번엔 웬일로 바디 스프레이 같다는 농담 안 하냐."
빌리가 말했다.

"점점 좋아지고 있거든." 내가 대꾸했다.

"오, 미스 에일의 이례적인 칭찬이로군."

"두 번째 칭찬이야." 내가 정정했다.

"내가 뭘 어쨌길래 이런 행운을 얻은 거지?" 빌리가 보조
개가 패도록 활짝 웃었다.

이제 나는 목을 가다듬고 말했다. "야, 저기," 나는 아무
렇지 않게 말하려고 노력 중이었다. "그게, 그러니까, 내 학
교 친구들 앞에서 특정한 얘기 하지 않기."

"예를 들면? 수압 파쇄Fracking.고압의 액체를 이용한 채광 방법으로 환경을 파괴한
다는 비판을 받고 있다는 좋은 방법이다! 낙태는 살인이다! 장벽을 세
워라트럼프가 추진했던. 멕시코 국경에 장벽을 세우는 미국 우선주의 정책! 뭐 이런 거?"

"하하, 진짜 웃긴다. 하지만 장난 아니고 진짜로, 일단 흑
인을 비하하는 단어 절대 쓰면 안 돼. 말장난 같은 건 아예
하지도 마."

빌리는 아연실색한 표정이었다. "대체 언제 적 얘기를 하
는 거야."

"그만, 그런 식의 농담도 하지 마! 아무튼 차별이나 비하

하는 단어는 절대 쓰면 안 돼. 이상 끝."

"알겠어." 빌리가 투덜거렸다. "정치적으로 '안' 올바른 말은 쓰지 말라는 거잖아."

"그냥…… 학교 친구들은 우리랑은 좀 달라서."

"나는 뭔데, 빙하기 네안데르탈인이라도 되나?"

"〈스미스소니언Smithsonian〉에서 읽었는데, 네안데르탈인이 실제로는 아주 똑똑했대. 그냥 그 시대에 대한 우리의 이해가 부족했던 것뿐이야."

"알겠네, 오티." 빌리는 쓰지도 않은 안경을 추켜올리는 척하며 간신히 웃음을 참고 대답했다. 나는 웃음이 터졌다. 우리는 열차가 퀸스에서 맨해튼으로 건너가는 동안 원 없이 웃었다.

*

클레어 데브로는 센트럴 파크 웨스트에 있는, 전쟁 전에 지어진 고층 아파트에 살고 있었다. 사실적인 괴물 석상과 뾰족한 첨탑, 그리고 내가 모르는 여러 멋진 건축학적 특징을 가진 건물이었다.

경비원이 우리를 곁눈질하며 물었다. "무엇을 도와 드릴까요?"

"클레어 데브로의 파티에 왔는데요." 내가 대답했다.

"성함이 어떻게 되시죠?"

문제가 있었다. 내 이름은 목록에 있었지만, 빌리의 이름이 없었다.

"데브로 양에게 확인해 봐야 할 것 같네요." 그가 말했다.

빌리와 나는 로비에 있는 푹신한 소파 쪽으로 이동했다. 경비원이 고개를 저으며 다시 말했다. "그쪽 말고 밖으로 나가 주십시오."

"너무하네." 경비원한테 쫓겨난 후 내가 말했다. "미안해, 빌리."

"어쩔 수 없지, 뭐." 빌리가 어깨를 으쓱하며 대답했다. "자, 또 뭘 안 된다고 하려나?"

나는 가볍게 빌리의 팔을 쳤다. "그만해, 치비."

빌리가 내 손을 잡았다. 나는 다른 손으로 빌리를 찰싹 때렸다. 빌리는 그 손도 잡았다. 그러더니 내 팔을 넓게 옆으로 펼쳤다. 마치 어설픈 슈퍼맨이 된 것 같았다.

"젠장, 빌리. 너 요새 운동해?" 나는 놀란 척 연기했다. 하지만 실은 진짜로 놀랐다. "언제 이렇게 힘이 세졌,"

"이봐요!" 아까 그 경비원이었다.

빌리와 나는 손을 놓았다.

경비원이 다시 들어오라는 손짓을 했다. 마치 조금 전 우리를 쫓아내려던 건 아무 일도 아니라는 듯했다. 나는 신경이 곤두섰다. 빌리가 내 팔을 붙잡으며 고개를 저었다. *그럴 가치 없어.*

*

딩동 소리와 함께 엘리베이터가 열렸다. 펜트하우스로 곧바로 연결되어 있었다. "어서 와, 어서 와!" 클레어가 내 두 뺨에 키스하듯 인사했다. "와이더에 합격한 거, 다시 한번 축하해 앨리! 진짜 대단하다!"

"너도!" 클레어와 내가 같은 대학에 간다고 생각하니 좀 이상한 기분이 들었다. "초대해 줘서 고마워." 나는 대답하며 클레어를 빌리에게 소개했다.

"빌리, 정말 미안해. 아래층에서 미키가……." 클레어가 말했다. "그 경비원 말이야, 너무 방어적으로 굴 때가 있어." 클레어는 고개를 절레절레 흔들었다. "잘못된 행동이었어."

빌리는 별일 아니라는 듯 어깨를 으쓱해 보였지만, 사실

별일 아닌 건 아니었다. 하지만 빌리는 대답했다. "괜찮아."

클레어의 아파트는 근사했다. 크라운 몰딩을 댄 높은 천장은 먼지라도 털려면 말 그대로 목을 꺾지 않고는 힘들어 보였다. 하지만 또, 집이 생각만큼 좋지 않아 놀랐다. 약간 낡은 느낌이었고, 퀴퀴한 냄새가 났다. 주방은 특히 구식이어서, 1900년대에 머물러 있는 듯했다. 끈적한 갈색 수납장은 우리 집 주방에 있는 것과 똑같았다.

"마음껏 먹어." 클레어가 주방에 늘어선 음료를 향해 팔을 흔들며 말했다. 전부 샴페인이었다. 클레어가 종이컵을 채우기 시작했다.

"혹시 콜라 있어?" 빌리가 물었다.

"아니, 미안." 클레어가 대답했다. "할머니가 '갈색 음료'는 못 먹게 하시거든."

"뭐?" 내가 되물었다.

"알아, 말도 안 되는 거." 클레어는 진심으로 미안한 기색이었다. "가구랑 카펫을 보호하려고 그러는 거야."

"그건 좀,"

"인종 차별적이지, 그래 나도 알아." 클레어가 불쑥 끼어들었다.

"나는 '야단스럽다'라고 말하려고 한 건데." 내가 대답했다. 진짜였다.

클레어가 어색하게 웃었다. "그것도 맞는 말이네. 미안. 하지만 뭐가 됐든, 할머니가 정한 규칙이야. 내가 아니라."

"할머니와 같이 살아?" 나는 물었다.

그때 현관에서 벨소리가 들려 왔다. "잠깐만 실례할게." 클레어는 이렇게 말하고 마중하러 나갔다.

피오나 매킨토시가 주방의 등받이 없는 의자에 앉아 있었다. 나하고는 모호하게 아는 사이였는데, 아마 클레어와 함께 〈앙뉘〉 일을 하는 걸로 알았다.

나는 그녀를 빌리에게 소개했다. 피오나는 손등을 빌리에게 내밀었다. 하지만 빌리는 그 손을 그대로 잡고 옆으로 흔들었다. 나는 물었다. "피오나. 너도 클레어처럼 작가가 되는 게 꿈이니?"

나는 그저 예의상 몇 마디 나누려고 한 것뿐인데, 피오나가 코웃음을 치며 대꾸했다. "난 시인이거든?"

"영원은 따분하기만 해,
나는 절대 그걸 원치 않아."

피오나는 의자에서 폴짝 뛰어내리더니 성큼성큼 주방에서 나갔다.

"여기 있는 사람들 전부 이상해." 빌리가 말했다. 나는 굳이 반박하지 않았다.

손에 든 종이컵이 흐물거리나 싶더니 결국 샴페인이 새어 나오기 시작했다. 나는 액체에 대한 '클레어 할머니의 규칙'이 떠올랐다. 그리고 해피데이에 와서 있지도 않은 얼룩을 불평하던 거만한 여인들이 기억났다. 비록 세탁소는 웨스트사이드에 있었지만, 그들은 아마도 이런 집에 살 것 같았다. 집주인과 분쟁을 일으키길 원치 않았던 디아즈 부인도 생각났다. 주방 러그(그렇다, 주방에 러그가 깔려 있었다)가 엄청나게 비싸 보이긴 했지만, 나는 말했다. "건배할래?"

빌리와 나는 우리의 '잔'을 '짠'하고 부딪친 후 샴페인을 마셨다.

샴페인은 맛있는 편이었다. 달지 않은 진저에일 같았다. 향긋한 거품이 혀를 간질였다.

퀘이커 오츠 학생들이 더 도착했다. 첫 번째로 마야 창과 드레 우드워드가, 그 뒤로 MK 하우젠과 첼시 브래번이 들어왔다. 이제는 앰브로스 개리슨과 콜트 브렌너가 주방으로 들어섰다.

"얘들아, 내 친구 빌리야." 나는 빌리를 소개했다.

"안녕, 여러분." 빌리가 말했다. 다들 손바닥을 마주치며 인사했다.

"어이, 넌 내년에 어디로 가?" 콜트가 빌리에게 물었다.

나는 얼른 끼어들었다. "사실 빌리의 학점이 예전 학교에서 제대로 이전되지 않아서, 그래서, 어, 우리랑 같은 시기에 입시를 치르지 못했어."

빌리가 익살맞은 표정으로 나를 바라봤다. 하지만 아무 말 하지 않았다.

"그럼, 유급했단 얘기야?" 마야가 물었다. 빌리가 점점 불편해한다는 걸 감지하지 못한 모양이었다.

"아니!" 내가 말했다. "빌리는, 그러니까, 정말 똑똑해. 중학교 때 우리 학년 전체 2등이었어."

"그래, 고마워, 에일. 나도 말할 줄 알아." 빌리가 종이컵을 내려놓았다. "사실, 난 대학에 지원하지 않을 것 같아."

누가 손톱으로 칠판을 긁었을 때처럼 방안이 갑자기 조용해졌다.

빌리는 계속해서 말했다. "내가 학위를 딴다고 해도 일자리가 보장되는 건 아닐 테니까."

"대학은 일자리 때문에만 가는 건 아니야." MK가 말했다. "자신을 발견하기 위해 가는 거지."

빌리는 웃었다. 짧고, 메마르고, 불편한 웃음이었다. "훨씬 저렴하게 '자신을 발견'하는 방법도 있어."

우려한 대로였다. 대체 나는 무슨 생각으로 빌리를 파티에 데려왔을까? 아이들 사이에서 점점 커지는 의구심을 깨야 했다.

"빌리의 말뜻은,"

"대학에서 장학금 주는데." 첼시 브래번이 불쑥 끼어들더니 머뭇거리며 말했다. 들어 본 적은 있지만 직접 경험해 본 적은 없는, 이론적으로만 아는 내용을 말하는 사람처럼.

마야가 나를 한쪽으로 끌어당겼다. "네 남자 친구 왜 저래?"

"남자 친구 아니야." 나는 말했다. "그냥 어릴 때부터 아는 친구야."

"그으래." 첼시가 대답했다. 그러곤 샴페인 병에 손을 뻗었다.

"야, 나랑 잠깐 얘기 좀 할래? 드레가 너무 짜증 나게 굴어서 그래."

마야가 나를 주방 밖으로 끌고 나갔다. 이제 빌리 혼자 알아서 버텨야 했다.

샴페인을 두 잔 마신 후, 마야는 "세상에, 드레가 계속 거슬리게 행동하고 있어"에서 "맙소사, 드레가 너무 보고 싶다"로 바뀌었고, 결국 나를 버리고 드레를 찾으러 자리를 떴다.

주방에 있는 빌리에게 다시 가는 길에 나는 콜린 오카포와 마주쳤다.

"앨리! 잘 지냈어?" 그가 말했다. 우리는 손바닥을 마주치며 인사했다.

"애머스트에 합격한 거 축하해!" 내가 말했다. 콜린은 애머스트 조기 전형에서 보류된 후 정기 전형에서 스워스모어와 애머스트에 합격했는데, 그의 선택은 애머스트였다.

"고마워. 그리고 넌 와이더에 합격했다며! 대단한데."

나는 JBJ가 했던 말을 끄집어내 농담을 하고 싶은 생각이 들었지만, 차마 그러지 못했다.

"야, 네가 C 박사랑 함께 연구하는 인턴십 말야, 진짜 질투 나더라." 콜린이 말했다.

"난 네가 지원하지 않아서 놀랐어." 무심결에 나는 이렇게 말했다. "넌 뭐랄까, 사실상 교수님을 사랑하는 것 같았거든."

"뭐야, 앨리." 콜린이 휘파람을 불었다. "허튼소리를 다하네."

"허튼소리 아닌데."

콜린이 샴페인 잔을 만지작거리며 말을 꺼냈다. "저기, 앨리. 하고 싶은 말이 있었어. 그 다양성 총회 말이야. 네 심정 이해해."

"내 심정을 '이해'한다면서, 왜 그땐 아무 말도 하지 않았어?" 나는 조금 날이 선 목소리로 말했다. 그럴 의도는 아니었는데, 그럴 의도였던 것 같기도 했다. 우리 학년에서 가장 인기 있는 남학생이 뒤에서 지지해 주었더라면 이야기가 달라졌을 수도 있지 않을까.

콜린이 말했다. "나 같이 생긴 애가 **목소리 높이면** 사람들이 좋아하겠냐?"

콜린의 말을 입증이라도 하듯, 주방 문 옆에 서 있던 여자애 둘이 겁먹은 고양이 눈을 하고 쳐다봤다. 그러더니 종종걸음으로 사라졌다.

"무슨 말인지 알겠지?" 콜린이 말했다.

"그래."

우린 주방으로 걸음을 옮겼다. 빌리가 보이지 않았다.

"우리 1학년 때 2월, 기억나?"

"대충." 내가 대답했다.

"그때 '흑인 역사의 달'을 맞아 총회가 있었잖아." 콜린이 말했다. "그때 반 코틀랜트 선생님이 나를 무대로 불러서 특별상을 줬어. 흑인이라고."

"젠장." 입에서 불쑥 말이 튀어나왔다. 그 총회 때의 기억이 자세하게 떠오르기 시작했다. 나는 강당에 앉아서 '음, 좀 이상한데'라고 느꼈지만 '여기선 이런 식으로 하나?'라는 생각도 했던 기억이 났다. 퀘이커 오츠의 외국인 학생으로서 내가 할 일은 이곳의 고유문화에 적응하는 것이지 그 반대는 아니라고 느꼈다.

그래서 다른 사람들처럼 나도 박수를 쳤었다.

"콜린, 정말 미안해." 나는 진심으로 미안함을 느꼈다. 위선자가 된 기분이었다. "그때 난 내 처지가 워낙 불안하고 엉망이라 무슨 말을 할 생각도 못 했어."

"다 그랬지. 지금도 다 그렇고." 콜린이 컵을 비웠다. "이 시스템이 어떻게 돌아가는지 알잖아. 그들한테 우린 그냥 우리일 뿐이야."

"그럼, 그럼 어쩌지?" 내가 물었다. "우린 그냥...... 아무 말도 하면 안 되는 건가?"

"넌 너 하고 싶은 대로 해." 콜린이 말했다. "나는 언젠간 이 모든 이야기를 내 책에 쓸 거야."

그때 갑자기 묵직한 팔이 목을 감는 느낌이 들었다.

"안녕, '문화 연구' 듣는 친구들!" 조시 벅이었다. 그는 한쪽 팔로는 내 목을, 다른 한쪽 팔로는 콜린의 목을 감아 누르고 있었다. 당황스럽고 불편했다. 중세 시대의 칼을 뒤집어쓴 기분이었다.

콜린이 조시의 팔에서 벗어났다. 덕분에 나도 풀려났다.

"어엿한 인물이 된다는 건 얼마나 음울한 일인지!" 피오나 매킨토시가 갑자기 나타나 소리쳤다. 피오나는 샴페인 병을 내밀고 있었다.

"잔 채워." 조시가 피오나에게 말했다. "건배하자, 이 얼간이들아. 너희들이 그리울 거야."

우리는 잔을 부딪치고 술을 마셨다.

아마도 샴페인은 조금씩 마시는 술이겠지만, 나는 세련된 상류층 여성이 아니었으므로 한입에 다 마셔 버렸다. 그리고 그다음 잔도.

이제서야 《위대한 개츠비》의 모든 장면이 이해되기 시작했다.

파티에 와 본 게 처음이라는 뜻이 아니었다. 나는 동굴에서 살지 않았고, 사람들과 교제했으며, 사회에 순종적이었다. 단지 파티는 로럴과 내가 그렇게 좋아하는 것이 아니었다. 로럴은 파티에 가는 걸 정말 싫어했고, 나는 로럴이 하는 거라면 뭐든 따라 하는 식이었다.

지금도 그런가? 아니, 지난 얘긴가?

"그냥 앨리하고 얘기 중이었어." 콜린이 말했다. "C 박사가 얼마나 대단한 사람인지."

"왕재수에 더 가깝지." 조시 벅이 받아쳤다. "내가 만일 그 수업을 계속 들었더라면, 내가 백인 남자라는 이유만으로 낙제시켰을 거다." 조시가 실망한 얼굴로 두 팔을 쳐들었다. "그래, 우리가 악의 화신이다."

"아, 수업 첫날 박사님이 널 한 방 먹여서 화났구나." 내가 말했다.

콜린이 휘파람을 불었다. "야, 앨리 김!"

조시가 나를 쏘아봤다. 어쩐지 신랄함에 감탄……이 뒤섞인 눈빛이었다. 조금 이상했다. 마음을 여는 건가.

조시는 JBJ의 수업을 정말 기대하고 있었다. 그의 아빠가 준, 창작을 계속할 수 있는 마지막 기회였기 때문이다. "우리 부모님이 나한테 뭐라고 했는지 알아? 굳이 영어 전공하지 말래. 어차피 나 같은 사람은 인문계 쪽에 취업할 일 없다면서."

"그게 무슨 뜻이야?" 콜린이 물었다. 물론 대답을 듣자고 물은 게 아님을 우린 모두 알고 있었다.

"무슨 뜻이냐면, 내가 재정학을 전공하고 남성 사교 클럽 회원이 된다는 뜻이지." 조시가 말했다. "자, 이제 내 남은 50년 인생이 어떻게 흘러갈지 알겠지?"

나는 내가 파티 곳곳에서 진실을 털어놓게 만드는 사람이 된 것 같은 기분이 들었다.

"와, 이 친구." 콜린이 말했다. "암울한데?"

"그래서 내가 JBJ의 수업이 취소됐을 때 그렇게 화가 났던 거야." 조시가 말을 계속했다. "하지만 문화 연구 수업을 나온 건 좀 후회돼." 조시가 나를 뚫어지게 바라봤다. 눈이 정말 푸르렀다. JBJ의 눈보다 더 짙은 푸른색이었다. "안 그랬다면 너랑 수업을 계속 들을 수 있었을 텐데."

"나는…… 그만 가 볼게." 콜린이 자기 컵을 쥐고 부리나케 주방에서 나갔다.

조시가 내게 더 가까이 다가왔다. "저기 앨리. 가끔 나랑 만날래?"

신입생 시절의 앨리였다면 조시가 관심 보이는 걸 무척 우쭐하게 여겼을 것이다. 조시는 슈퍼맨처럼 단정한 머리에 우아한 턱선에 이르기까지, 모든 걸 갖춘 남자애였다. 현대에도 귀족이 있다면 조시가 바로 그랬다.

하지만 나는 이제 신입생 앨리가 아니었다. 지난 가을의

앨리도 아니었다. 조시가 지금 나한테 친절하게 대한다고
해서 그가 좋은 사람이라는 의미는 아니었다.

그래서 나는 말했다.

"고맙지만, 아니. 난 바보 같은 짓은 하지 않거든. 하지만
건배."

나는 말문이 막힌 조시를 향해 컵을 부딪치고 빌리를 찾
으러 주방에서 나왔다.

갑자기 클레어의 집이 미로처럼 느껴졌다. 한 바퀴 돌아
봤지만, 어디에도 빌리의 흔적은 없었다. 박물관에나 있을
법한 앤티크 가구로 채워진 거실 벽에는 데브로 가족의 초
상화가 금색 액자에 걸려 있었다. 클레어와 클레어의 아빠,
할머니가 함께 찍은 사진이었다. 은발을 쓸어 넘긴 고상한
노부인이 가장 눈에 띄는 자리에 놓인 벨벳 의자에 앉아 있
었다. 그녀는 금색 단추가 달린 베이지색 부클레Bouclé 직물
스커트를 입고 얼굴에는 거만한 미소를 짓고 있었다. 클레
어의 아빠는 금발의 케네디처럼 키가 크고 잘생겼다. 클레
어는 분홍색 태피터Taffeta 드레스를 입고 있었다. 모두 지극
히 정형화된 모습이어서, 마치 엄마가 즐겨 보는 드라마의
귀족 가족처럼 보였다. 다만 더 하얄 뿐이었다.

그런데 가족사진 속 클레어는 좀 달라 보였다. 어색하고 얼이 빠진 모습이었다. 머리카락도 평소의 윤기 나고 치렁치렁한 금발과 달리 어둡고 곱슬곱슬했다.

가족과 함께 서 있는 게 너무나 불편해 보였다. 전혀 그곳에…… 속하지 않은 사람 같았다.

"우리 엄마 사진 한 장도 없는 거 봐." 클레어가 문간에서 나를 보며 말했다. "이것도 할머니의 규칙이야."

"미안해." 내가 사과했다. "너희 엄마는……"

"죽었냐고? 맞아. 자동차 사고로." 클레어가 말했다. "아빠가 운전대를 잡고 있었지. 아빠는 살아남았어. 여전히 살아 있지, 어딘가에." 클레어가 그가 아주 멀리 있다는 듯 손을 휙휙 저었다.

한 학교를 내내 같이 다니면서도 클레어의 엄마나 가족에 대해 아무것도 몰랐다는 사실이 믿기지 않았다.

"정말 유감이다." 나는 감정을 실어 클레어에게 말했다.

"그렇지 뭐." 클레어가 휴대전화를 꺼냈다. "우리 엄마 보여 줄까?" 잠금화면에 갈색 피부의 한 젊은 여자가 분수대 앞에 서 있는 사진이 있었다.

잠깐만, 뭐지?

나는 클레어가 정통 와스프WASP. 미국 사회의 가장 영향력 있는 계층으로 여겨지는 앵글로색슨계 백인 신교도라고 생각했었다. 혹여나 내가 묻는 말이 클레어를 기분 나쁘게 만들지 않기만을 바랐다. 나는 정말 몰랐다. 설마 클레어가.

"우리 엄마의 부모님은 콜롬비아 출신이셨어." 클레어가 말했다. 라틴계였다.

화이트 패싱. 나는 문화 연구 수업 때 클레어가 작성했던 목록을 떠올렸다.

수년간 클레어에 대해 추측했던 것들이 떠오르자 나는 기분이 엿 같아졌다.

우리 같은 사람들에게 실수했을 때 백인들도 이런 죄책감을 느낄까?

어쨌든 고정 관념의 위협은 실재했다.

클레어가 보여 준 화면을 다시 보니, 클레어와 돌아가신 클레어 엄마 사이에 닮은 점이 눈에 들어왔다. 게다가 그 분수도 어딘지 알아볼 수 있었다.

"야, 잠깐만, 여기 몬토야 공원이잖아!"

"맞아." 클레어가 고개를 끄덕였다. "엄마는 잭슨 하이츠에서 태어나고 자랐어."

"정말?" 나는 놀라서 되물었다. "저기서 바로 모퉁이만 돌면 우리 집이야." 나는 사진 속 배경을 가리켰다. "그런데, 몬토야 공원 분수가 몇 년 전부터 작동하지 않는다는 말을 전하려니 슬프네."

"혹시, 언제 나한테 보여 줄 수 있을까? 그러니까, 부담 주려는 건 아니고……" 클레어는 망설이고 있었다. 절대 망설이지 않는 아이였는데.

"그럼, 물론이지." 나는 진심으로 말했다.

"정말 가 보고 싶다." 클레어가 미소 지으며 말했다. 하지만 슬픔이 여전히 감돌았다. 그냥 봐도 알 수 있었다. 나 역시 매일 아침 거울 속에서 똑같은 슬픔을 보니까.

"나도 아빠가 돌아가셨어. 1년 전에." 밝힐 생각은 아니었지만, 샴페인 거품처럼 보글보글 말이 나와 버렸다. 내 잔은 이제 비어 있었다. "상황이 나아질 거라고 생각했었어. 잊을 수 있을 거라고 말이지. '시간이 약'이라는 말도 있잖아? 그런데…… 아직도 아파. 여기가." 나는 손을 가슴에 가져다 댔다.

"그런 말 다 헛소리야." 클레어가 말했다. "장담하는데, 다 쓸데없는 말이라고. 시간이 지나도 절대 못 잊거든. 그런데 그거 알아? 사실은 잊고 싶지 않다는 거야. 난 엄마를 계속 살아 있게 해 주고 싶어."

"그게 무슨 말이야?" 내가 물었다.

"음, 이런 거 말이야." 클레어가 자신의 휴대전화를 가리켰다. "또는 엄마가 가장 좋아했던 아이스크림 가게에 가서 엄마가 늘 먹던 '메이플 스월'을 주문한다든가, 엄마랑 다녔던 장소들을 방문해서 가족들과 추억을 나누는 거지. 엄마가 존재했었다는 걸 여전히 인정하는 사람들과 함께 말이야. 난 엄마의 기억을 간직하려고 노력해." 클레어가 나를 따라서 자신의 가슴에 손을 얹었다. "살아 있는 상태로."

C 박사가 말한 그대로였다. 고인의 이야기를 나누는 것은 도움이 된다.

"우와." 나는 눈물을 삼키며 말했다. "정말…… 진심이구나."

"미안, 미안. 내가 파티 분위기를 완전히 망치고 있네. *재미있어야 하는 건데!*" 클레어가 마치 치어리더가 *응원하듯* 팔을 위로 뻗었다. "하지만 있잖아, 진심으로 하는 말인데, 혹시 뭐든 얘기할 사람이 필요하면 나한테 와."

클레어 데브로가 이런 사람이었어? 알고 보니 클레어는 정말 다정한 친구였다. 대체 왜 로럴과 내가 클레어에 대해 그토록 말도 안 되는 이야기들을 했는지 후회스러웠다.

"고맙다고 해야 할 것 같네." 클레어가 말했다. 순간 나는 내가 이 생각을 말로 *크게* 내뱉었음을 깨달았다.

"이런, 제장! 정말 미안해 클레어. 내가 일부러 그런 건,"

클레어가 말을 막았다. "아니야, 괜찮아. 사람들이 늘 뒤에서 나에 대해 안 좋게 얘기하는 거 알아."

"이유도, 알지?" 내가 말했다. "그러니까, 널 봐 봐. 넌 정말 완벽하다고. 난 네가 절대 나랑 친해지고 싶어 하지 않을 거라고 생각했어."

"닥쳐, 앨리 킴." 클레어가 말했다. "나는 *네가* 나랑 친해지고 싶어 하지 않는다고 생각했는데. 너무 멋지고 퀸스 출신이니까. 게다가 항상 나한테 좀 쌀쌀맞았고."

멋지다고? 퀸스 출신이? 그런 사람이 있다면 모순인데.

"그건 내가 수줍음을 많이 타서 그런 거야." 나는 수줍게 말했다.

"나도 그래. 하지만 사람들은 고상한 척한다고 생각하더라." 클레어가 웃었다. "이 걸크러시의 향연이 감당하기 힘들어지기 전에 그만해야 할 것 같네."

그 말에 나도 웃었다. 클레어와 친해지다니, 게다가 화해하다니. 우리가 지금 하는 게 뭐든 나는 기뻤다. 가을에 갈 와이더에 아는 사람이 있다니, 좋을 것 같았다.

"그런데 솔직히, 용감하게 그런 말을 내 앞에서 한 사람은 네가 처음인 것 같아. 다른 사람이 날 미워하고 있다는 그런 얘기 말이야. 늘 이래?"

"늘 이렇게 직설적이냐고? 설마! 가끔은 그럴 때도 있지만, 맞아. 미안해." 나는 말을 한마디 할 때마다 버벅거렸다.

"난 솔직하다고 말하려고 했어. 솔직히 개운해." 클레어가 말했다. 그녀는 샴페인 병을 들고 있었다. "말 나온 김에, 한 잔 더 할래?"

"좋아."

클레어가 우리의 잔을 채웠다. 그리고 우린 건배했다.

"있잖아," 클레어가 방안을 훑어보며 근처에 누가 있는지 확인했다. "로럴이 모든 사람 험담하는 거, 알지?"

경계심이 들기 시작했다. "로럴은 나랑 가장 친한 친구야." 나는 경고했다.

"로럴이 와이더 에세이에 뭘 썼는지 알고 있어?"

"무슬림 여성의 권리와 그 옹호에 대해 아랍어로……"

그 순간, 나는 로럴이 전에 조기 전형 보류 통보를 받았던 날 했던 말이 떠올랐다. *나 마지막에 그 에세이 제출 안 했어.*

내 말끝이 흐려졌다.

"로럴이 지금 주방에서 사람들한테 말한 내용은 그게 아니던데." 클레어가 말했다.

"로럴이 여기 와 있어?"

"걘 너 같은 친구 둘 자격 없어." 그때 초인종이 울렸다. "나 손님 맞으러 가야 해." 그렇게 클레어는 나를 그야말로 어둠 속에 남겨 두고 떠났다.

로럴을 찾아야 했다. 그래서 클레어의 말이 다 거짓이라고 말하게 해야 했다. 지금 내 마음은 최악의 상황으로 치닫고 있었다. 또다시 온 사방에서 다양성 총회 무대 조명의 열기가 느껴졌다. 주방에 다시 와 보니 파티는 돌연 성대해져 있었다. 하지만 어디서도 로럴의 흔적을 찾을 수 없었다. 빌리도 마찬가지였다.

나는 파티 장소를 누비고 다니다가 첼시 브래번과 마주쳤다.

"첼시, 혹시 로럴 봤어?"

"미안, 앨리." 첼시가 고개를 저었다.

피오나 매킨토시가 미끄러지듯 옆으로 지나갔다. 나는 피오나가 또 사라져 버리기 전에 팔을 움켜잡았다. "피오나, 로럴이 와이더 에세이에 뭘 썼는지 혹시 알아?"

"패배의 기술을 익히는 건 어렵지 않다."

이 말을 하곤 피오나는 복도 저편으로 사라졌다.

나도 복도를 따라 걷기 시작했다. 그때 로럴의 목소리가 들려왔다. 처음에는 속삭임처럼 들리다가 점점 복도 벽에 메아리쳐 울려 퍼졌다. 집을 가로질러 소리를 따라가는 동안 점점 크게 들려왔다.

그리고 그때, 로럴이 눈에 들어왔다. 빌리와 함께였다. 두 사람은 서로 가깝게, 아니 지나치게 가깝게 서 있었다.

로럴은 자신이 그러고 있다는 걸, 그러니까…… 빌리에게 온통 관심을 쏟고 있다는 사실을 감추지 않았다.

로럴은 몸에 딱 붙는 캐미솔을 딱 붙는 청바지 속으로 밀어 넣은 차림새였다. 유니폼처럼 늘 입고 다니던 꽃무늬 상의와 퀼로트 스커트 차림이 아니었다. 더 이상한 건 로럴의 눈을 가만히 들여다보고 있는 빌리였다. 마치 로럴의 관심을 즐기는 것처럼 보였다. 그건 말도 안 되는 일이었다. 1학년 때 로럴을 만난 빌리는 곧바로 이렇게 물었기 때문이다. "어, 쟤는 겨드랑이 제모도 안 하냐?"

둘 사이의 그런 장면은 몇 초를 지나 몇 분이나 이어졌다. 아니, 얼마나 지났는지 알 수 없었다. 나는 끼어들어서 내 몸으로 둘 사이를 막고 싶었다.

그때 로럴이 빌리의 가슴에 손을 얹었다.

도대체 지금 뭐 하는 거지?

로럴이 몸을 더 가까이 기울이며 너무 희미해서 알아듣

기 힘든 목소리로 속삭였다.

"넌 라틴계잖아, 빌리. 어디든 합격할 거야."

나는 결국 참지 못하고 자제력을 잃기 시작했다.

두 사람이 서로에게서 떨어졌다.

"앨리!" 로럴의 얼굴에는 죄책감이 가득했다.

"대체 뭐 하는 거야?"

나도 모르게 퀸스에서 쓰는 말투가 나왔다. 목소리가 마
치 녹슨 철 조각처럼 거칠었다. 내 목소리에 내가 겁이 났
다. 로럴도 겁을 먹었다.

"그런 게 아니야. 아니야, 그런 거." 로럴이 더듬거리며
말했다. "무슨 소리를 들었는지 모르지만, 그런 거 아니야."

"에일, 어딨었어? 우린 널 찾아다니고 있었어." 빌리가 내
팔에 손을 댔다. "너 괜찮아? 어째 조금,"

나는 빌리의 말을 무시했다. "네가 지금 무슨 말 하는 줄
은 알아, 로럴? 이 빌어먹을 위선자!"

이제 영락없는 내 말투가 튀어나왔다. 퀘이커 오츠에서
는 절대 쓴 적 없는, 오롯이 퀸스에서 쓰는 말투였다.

"앨리, 제발 진정해." 자기 혼자 이성적인 척 로럴이 말했
다. 가식적이었다. 넌 지금 자기가 무슨 말 하는지도 모르고
있어, 내 말이 맞고 네 말은 틀려, 어쨌든 제발 교양 있게 굴자

는 식의 목소리였다.

"너 와이더 에세이에 뭐라고 썼어?"

로럴은 종이컵 가장자리를 손으로 뜯고 있었다.

침묵이 모든 걸 말해 주고 있었다.

때로는 무슨 수를 써서라도 해야 하는 일이 있어. 와이더 에세이를 쓰기 시작했던 그 가을에, 로럴이 했던 말이었다.

"너, 다양성 총회에 관해서 썼지?"

"네가 이런 식으로…… 알게 될 줄은 몰랐어." 로럴이 천천히 말했다.

"먼저 넌 그 총회로 나를 전교생 앞에서 욕보였어. 나는 너한테 무임승차권을 준 셈이 됐고."

"무임승차권이라고?" 로럴이 침을 뱉었다. "그거 재밌네. 난 널 위해서 나섰던 거야. 여기 있는 사람 중 아무도 네 편이 되어 주지 않았을 때!" 로럴은 비난하듯 주위를 손가락으로 가리켰다.

"그러고는 뒤돌아서 그걸 이용해? 빌어먹을 네 에세이를 위해서? 넌 날 이용했어, 로럴!"

"그런 거 아니야!" 로럴이 반박했다. "내가 설명할게."

로럴이 내 어깨에 손을 얹으려 했지만 나는 뿌리쳤다.

"거짓말하지 마. 와이더에 들어가려고 그런 거잖아."

"너 날 정말 그렇게 생각하는 거야? 우리 우정도?" 로럴이 소리쳤다. "난 4년 동안 네 옆에 있었어, 앨리. 정말 가슴 아프다."

"정말 가슴 아픈 게 뭔지 알려 줘? 내 가장 친한 친구가 우리 아빠가 돌아가셨을 때 와 주지 않은 거야!"

말이 쏟아져 나왔다. 당시에 나는 로럴에게 괜찮다고 말했고, 나 자신에게도 괜찮다고 말했다. 하지만 속으로는, 그런 힘든 날에 로럴이 내 옆에 없다는 사실이 너무 괴로웠다.

"PSAT 시험 전날이었어!" 로럴이 맞받아쳤다. "다음 날 가겠다고 했었잖아!"

"에일, 참아." 빌리가 내 팔을 잡으려 했지만 나는 그를 뿌리쳤다.

"젠장!" 뒤에서 콜린이 말하는 소리가 들렸다.

"여자애들끼리 싸운다!" 조시가 허공에 주먹을 날리며 소리쳤다.

"닥쳐, 조시 벅!" 방 안에 있던 여자애들이 전부 일제히 소리쳤다.

언제부터 관중이 있었지? 우리는 지금 링 위에 선 두 명의 권투 선수가 되어 있었다. 다들 우릴 둘러싸고 서서 얼빠진 얼굴로 바라보고 있었다. 어쨌거나, 이건 로럴과 나의 일이었다. 그리고 이제 진실이 밝혀지고 있었다. 묵은 고름까지 전부.

"그거 알아, 로럴? 난 어쨌든 와이더에 갈 여력이 안 돼. 내가 빠질 테니까 그냥 그 자리에 들어가."

"꼭 자선가 같구나, 앨리?" 로럴이 코웃음을 쳤다.

자선! 그 말에 갑자기 머리가 번쩍했다. 책을 가득 뒤덮고 있던 포스트잇과 형광펜으로 그은 표시부터 로럴의 집에서 가졌던 그 모든 공부 모임까지, 우리 우정의 토대가 되어 준 그 모든 게 결국 다 자선이었나?

"자선 얘기가 나왔으니 말인데, 넌 내가 너보다 상황이 안 좋을 때만 좋아했어." 내가 말했다.

"뭐라고?" 로럴이 되물었다. "그건 진짜 아니야. *비약이 너무 심하잖아!*"

"너 날 이해하긴 하니, 로럴?" 내가 내뱉듯 말했다. "아니면, 그냥 '다문화'니?"

로럴이 입을 벌린 채 나를 바라봤다.

"그 말은 너무한데." 로럴이 천천히 말했다. "그러는 너는 대체 누구니, 앨리?"

이제 빌리와 클레어가 우리를 말리기 시작했다. 클레어는 마치 교통경찰처럼 두 손을 양쪽으로 들어 올린 채 우리

사이에 섰다. 빌리가 나를 뒤로 끌어당겼다.

"로럴, 앨리." 클레어가 외쳤다. "이제 그만해!"

나는 빌리를 떼어 내고 클레어를 밀쳐 냈다. "난 여기서 나가겠어." 나는 로럴을 쏘아보며 말했다. 로럴은 내 눈도 마주치지 못하고 있었다.

그러거나 말거나.

"아디오스Adiós(잘 있어), 멍청이들아."

나는 주위에 서서 모든 걸 지켜보면서도 아무 말도 하지 않는 우리 학교 학생들에게 손가락으로 '브이'를 해 보였다.

나는 굴러떨어지듯 엘리베이터에서 내렸다. 바로 뒤에 빌리가 따라오고 있었다. 우리는 경비원의 이글거리는 시선을 무시했다. 로비에서 발을 헛디뎠다. 그런 나를 빌리가 붙잡았다. 나는 빌리의 품 안으로 쓰러지듯 안겼다. 모든 게 앞뒤가 맞지 않았다.

"빌리." 얼마나 소리를 질렀던지 목소리가 쉬어 있었다. "집에 데려다줘."

그리고 거기서부터 눈앞이 점점 흐릿해졌다. 내 기억도 깜깜해졌다.

32

/

다음 날 아침

머릿속이 쿵쾅거리고 배 속이 뒤틀렸다. 목으로 담즙이 올라왔다. 창으로 끝없이 쏟아져 들어오는 햇빛에 죽을 지경이었다. 나는 타일을 베개 삼아 욕실 바닥에 누워 있었다. 어젯밤에 입었던 드레스도 그대로였다.

대체 무슨 일이 있었던 거지?

간밤의 기억들이 부서진 파편처럼 조각조각 떠올랐다.

로럴과 싸운 기억이 났다.

빌어먹을 위선자!

꼭 자선가 같구나.

네가 이런 식으로…… 알게 될 줄은 몰랐어.

지켜보며 히죽거리고 웃던 아이들.

이스트 리버를 건너 퀸스보로 플라자로 달려갔던 일.

다리 위에서 비쳐 오는 불빛에 빌리 얼굴의 짙은 윤곽선이 드러났던 기억.

그리고 내가 입술을, 빌리의……

이런 맙소사!

나는 손으로 얼굴을 감쌌다.

대체 내가 무슨 짓을 한 거지?

빌리와 나는 어디까지나 친구였다. 인정한다. 빌리가 갑자기 멋있어진 거. 그게 내 눈에 안 띌 수는 없었다. 하지만 내가 그걸 망쳤다. 어젯밤의 마지막 장면이 암실에서 현상 중인 사진처럼 점점 선명해졌다. 기억 조각들이 저절로 제자리를 찾으면서 집으로 돌아오는 열차 장면부터 모든 장면이 재구성되었다. 기억이 떠오르기 시작했다.

빌리는 긴장할 때면 늘 그렇듯 손가락 관절을 꺾어 뚝뚝 소리를 냈다. 팔뚝이 마치 종일 가구를 옮기다 온 사람처럼 힘줄이 팽팽하게 튀어나와 있었다. 내가 바라보고 있다는 것을 빌리가 눈치챘다.

"괜찮아, 김?"

빌리는 동성 친구처럼 굴고 싶을 때만 나를 이름 대신 성으로 불렀다. 그러면 우리 사이에 순간적으로 아주 먼 거리감이 생겼다.

빌리는 냄새를 맡을 수 있을 정도로 가까이 있었다. 박하사탕 냄새와 아주 진한 향수 냄새가 느껴졌다. 입술이 정말 부드러워 보였고, 턱 밑에는 수염이 까칠하게 자라 있었다.

"로럴이랑 무슨 일이야? 둘이 엄청 분위기 좋던데."

우와, 꺼내기 힘든 말들이 내 입에서 마치 미끄러지듯 술술 흘러나왔다.

"그걸 눈치채다니, 놀라운데." 빌리가 말했다. "거기에 있던 남자애들이랑 시시덕거리느라 엄청 바빠 보이더니."

"안 그랬거든!" 나는 혀 꼬부라진 소리로 반박했다. "로럴 같은 여자 좋아해? 아쿠세 J'accuse(짜증나)!" 나는 손가락을 빌리에 얼굴에 가져다 댔다. "가서 여자 친구 해 달라고 졸라보지, 그래?"

빌리가 이를 악물었다. "그만해, 에일."

"진심으로 하는 소리야. 빌어먹을 질문에 답하기나 해."

"알잖아."

"하지만 네가 전에……"

어쨌든, 걱정하지 마. 이제는 그런 감정이 아니니까.

"우리 사이가 계속 어색할까 봐 그런 거지." 빌리는 자신의 손을 내려다보고 있었다. 손이 떨리고 있었다. "실은…… 언제나 너였어, 에일."

아빠의 장례식 직후 빌리가 고백했을 때, 나는 그에게 마음을 열지 않았다. 오히려 밀어냈다. 하지만 나는 내내 알고 있었다.

빌리는 늘 내 곁에 있어 줬다. 아빠의 장례식에 굳이 참석하지 않았던, '말로만 가장 친한 친구'와는 달랐다. 빌리는 나에게 신경 써 주는 유일한 사람이었다. 그런 빌리인데, 안 될 이유가 뭐가 있겠는가?

나는 손을 뻗어 그의 팔뚝에 난 힘줄을 쓸었다.

"그만해, 김." 빌리가 말했다. 하지만 부드러운 말투였다.

"내가 그만했으면 좋겠어?"

"아니."

그 순간 나는 빌리에게 키스하기 시작했다.

"워, 에일." 빌리가 말렸다. 하지만 막지 않았다. 빌리도 내게 키스했다.

우리는 잠시 그대로 있었다. 기분이 좋았다. 아니 이상했다. 지금 이 느낌이 어떤 느낌인지 알 수 없었다. 아까 마신 샴페인이 속에서 계속 꾸르륵거렸다. 텅 빈 지하철의 하얀 불빛이 눈부셨다. 나는 눈을 감았다.

갑자기 빌리가 멈추더니 나를 밀어냈다. "이건 옳지 않아. 너 취했어."

"나 안 취했어!" 나는 취한 채 말했다.

"킴, 날 좋아하기는 하냐?"

"닥쳐, 치비." 나는 다시 빌리에게 팔을 뻗었다. 하지만 빌리가 한 손으로 나를 막았다.

"왜냐하면 내가 널 정말 좋아해서 그래. 언제나 좋아했어." 빌리가 말했다. "그래서 네가 날 좋아해 주지 않아도 괜찮았어. 그냥 그대로 받아들였어. 하지만 지금은……"

"나 지금 거의 너한테 매달리고 있어, 빌리. 그런데 지금 거부하는 거야?"

나는 굴욕감을 느꼈다.

"나를 왜 그런 바보 같은 파티에 데려간 거야, 에일?"

나는 대답하지 않았다.

"넌 그냥 너 자신이 안쓰러워서 나한테 키스하려는 것뿐이야. 그리고 나는…… 나는 그런 네 행동에 더는 동조할 수 없어, 에일. 네 장난에 질렸어."

빌리의 말에 복부를 한 대 얻어맞은 듯한 충격이 느껴졌다. 심장에 칼이 날아와 꽂힌 기분이었다. 이렇게 진부한 표현밖에 할 수 없는 건 내가 보다 독창적인 생각을 하기엔 너무 취해 있었기 때문이다.

"대체 왜 그래, 빌리?" 나는 자리에 주저앉으며 물었다. "장난이라니? 왜 그렇게 생각해?"

"내내 날 변명해 주기 바쁘더라. 마치…… 내가 부끄러운 존재인 것처럼." 빌리가 어색하게 웃었다. "그럴 필요 없어, 에일. 나는 지금의 내 모습이 완벽하게 마음에 드니까."

"네가 부끄러워서 그런 게 아니야." 나는 반박했다. 하고 싶은 말들이 마음속에서 끓어올랐다. *나 자신이 부끄러워서 그런 거야.*

하지만 차마 이 말을 입 밖으로 낼 수는 없었다.

"그래, 뭐 아무튼." 빌리는 내 말을 믿지 않았다. "그러고는 로럴한테 싸움을 걸던데? 대체 왜 그런 거야?"

"아, 나도 모르겠는데?" 나는 있는 대로 빈정거렸다. "아마도 다양성 총회를 연 이유가 자기 와이더 에세이 소재를 만들려고 그런 거라서? 그리고 걔가 너한테 대학 어쩌고 했던 얘기, JBJ가 나한테 했던 헛소리랑 완전히 똑같거든!"

"하지만, 학교 입시 상담 선생님도 똑같이 말했어." 빌리가 말했다.

"빌어먹을 요점은 그게 아니잖아! 어떻게 친구가 돼서 그런 짓을 해? 그것도 *가장 친한* 친구한테?"

"너였어도 그러지 않았겠어? 그 정도로 간절했다면?"

"아니! 그게 나와 로럴의 다른 점이야."

"그래?"

"아, 둘이 갑자기 너무 친한 느낌인데?" 나는 쏘아붙였다. "다시 돌아가서 밤새 로럴 가슴이나 쳐다보는 게 어때?"

빌리가 피식 웃음을 터트렸다. "너 정말 눈에 보이는 게 없구나?"

"그건 장애인을 차별하는 말이야."

"맙소사!" 빌리가 손가락으로 머리카락을 쓸어 넘기며 말했다. "4년 동안 네가 학교의 모든 애들을 가식덩어리라며 욕하는 소릴 들었어. 한동안은 재미있었지. 하지만……"

"하지만 뭐?"

빌리는 대답하지 않았다.

"하려는 말이 뭐야, 빌리?"

맞은편 차창에 우리 얼굴이 비쳤다.

"너 자신을 냉정하게 들여다봐, 알레한드라 김." 빌리는 아주 천천히, 그리고 흔들림 없이 말했다. 내가 자신의 말을 받아들이길 바라는 듯했다. "왜냐하면, 너도 걔네하고 똑같으니까."

빌리의 말이 얼음처럼 차갑게 와닿았다.

우리는 퀸스보로 플라자를 향해 달려가고 있었다. 어떻게 여기에 있지? 너무 취해서 7호선을 탄 기억이 나지 않았다. 아니, 어쩌면 주말 선로 공사 작업 때문에 어쩔 수 없이 이걸 탄 걸 수도 있었다.

"너 변했어, 에일. 너희 아빠가 지금의 너를 알아나 보실지 모르겠다."

7호선이 끼이익 소리와 함께 역에 들어섰다. 랏-탓-탓, 랏-탓-탓. 지하철 음악이 귓가를 두드렸다.

나는 그대로 얼어붙었다.

"방금 한 말 취소해." 나는 속삭이듯 말했다.

나는 창에 비친 내 모습을 보지 않으려고 눈을 꼭 감았다.

"취소해, 취소해, 취소하라고."

나는 흔들리는 몸으로 자장가처럼 그 말을 반복했다.

하지만 빌리는 취소하지 않았다.

다시 토하고 싶어졌다. 변기에 머리를 처박지 않으려고

전력을 다해 버텼다. 헛구역질이 났다. 오 드 뚜왈렛Eau de toi-
lette. 여기서는 향수가 아니라 '변기 속 물'을 의미이 몇 방울 튀어 올랐다. 입에서
위산으로 범벅된 토사물 맛이 났다. 이렇게 계속 뜨거운 피
부에 닿는 차가운 타일을 느끼고 싶었지만, 해피데이에 가
야 했다. 다행히 엄마는 야간 근무였다. 엄마가 돌아오기 전
에 나갈 작정이었다. 이런 모습을 보면 나를 죽이려 들지도
몰랐다. 아니, 정말 그럴까? 누가 알겠는가? 마침내 내가 인
생을 즐기기 시작했다며 기뻐할지도 모르는 일 아닌가.

　나는 바닥에서 벌떡 몸을 일으켰다. 그리고 내 모습을 오
랫동안 자세히 들여다봤다. 하지만 눈에 보이는 건 열차 선
로처럼 얼굴을 가로지르는 타일 자국뿐이었다.

　"뭐야, 〈미스 리틀 선샤인Little Miss Sunshine〉 분장한 거야?"
해피데이에 도착하자 마이클 오빠가 기분 좋게 인사를 건
넸다. 그리고 코 위로 손을 부채질하며 말했다. "냄새도 나
네."

　"커피 좀. 지금." 나는 말했다. "그리고 그 얘기는 하고 싶
지 않아."

　"투셰Touché(내가 졌다)." 마이클 오빠가 인스턴트커피가 담
긴 머그잔을 건네며 말했다. 나는 한 방울도 남김없이 다 마

셨다. 안개 낀 것 같던 머릿속이 맑아졌다. 내가 술에 취한 건 어젯밤이 처음이었다. 이제 앞으로 다신 마시지 않을 생각이었다.

해피데이에서 집으로 돌아가는 길에 모르는 번호로부터 문자가 왔다.

> 우리 인사도 못 하고 헤어졌네.
> 파티에서 마음을 알게 돼 정말 기쁘다.

클레어 데브로한테서 온 것이었다. 집에 가서 머리가 맑아졌을 때 답장을 보내야겠다고 생각했다.

빌리나 로럴한테서는 아직 아무 연락이 없었다.

어쩌면 다 내 상상인지도 몰랐다. 로럴과의 싸움도, 빌리와의 키스도 없었던 일인지도.

나는 빌리에게 문자를 보냈다. 얘기 좀 해.

빌리가 답장을 보내 왔다.

아무런 말도 아니었다.

33

/

예비 소집

감사하게도 봄 방학이 시작되었다. 클레어의 파티 이후 누구와도 만나거나 이야기할 필요가 없었다. 로럴도 내게 연락하려고 애쓰지 않았다. 그저 간단한 문자를 하나 보내 왔을 뿐이었다. 우리 얘기 좀 해. 정말 치사하고 저질이었다. 받는 사람에게 해석할 책임을 떠넘기는 문자라니. 게다가, 로럴과 나는 이미 "얘기"를 했다. 더 나눌 얘기가 없었다.

나는 그레이하운드 버스를 타고 북쪽으로 향했다. 예비 입학생으로서 로럴과 이 여정을 함께 하게 될 줄 알았는데,

이렇게 혼자서 예비 소집에 가고 있었다.

와이더의 등록금과 기숙사비로 1년에 75,000달러가 필요했다. 책값, 여행 등 각종 비용을 제외한 금액이었다. 합격 통지를 받은 후, 나는 연방 기금 및 개인 대출을 샅샅이 알아봤다. 졸업 후 바로 갚지 않아도 될만한 것이어야 했다. 이자율을 생각하면 현기증이 났지만, 나는 이미 계산을 끝냈다. 여유가 없어도 대학에 가는 이들은 많았다.

졸업하면 한 1년, 또는 3년, 아니 10년 동안은 보수가 높은 일자리를 알아봐야 할 것이다. 잘 나가고, 대기업이고, 돈만 많이 주면 되는 그런 일자리. 일단 학자금 대출을 다 갚고 나면, 내가 *진짜* 하고 싶은 일을 할 수 있을 것이다.

엄마는 무엇이 내 인생에 가장 좋은 선택인지 몰랐다. 결정은 엄마가 아니라 내 몫이었다.

항만관리청으로 가는 길에 디아즈 부인과 우연히 만났다. 피하기엔 이미 늦어 버렸다. 우리 지역에서 누굴 피해 숨는 일은 불가능했다.

"에일!" 그녀가 나를 불렀다. "므'이하, 야 벤테 ¡M'hija. ya vente (딸, 어디가)!"

나는 그녀에게 다가갔다. "안녕하세요, 디아즈 아주머니. 실은 버스 타러 가는 길인데,"

"얼굴이 왜 이래? 케 테 파사¿Qué te pasa(무슨 일이야)?"

"아무것도 아니에요."

디아즈 부인에게 거짓말은 통하지 않았다. 그녀는 손가락으로 내 턱을 받치고 빛에 얼굴을 비췄다. "우리 아들이랑 싸웠어?"

"……." 나는 어깨만 으쓱했다. 그녀의 말이 내 답이었다.

디아즈 부인이 말했다. "가서 얘기해 봐."

나는 갈라진 보도 틈에 박혀 있던 자갈을 발로 찼다. "우린 별로 얘기 안 해요."

"쯧쯧! '별로 얘기 안 하는' 그런 건 없어." 그녀가 손가락을 까딱거리며 말했다.

"너 힘들잖아! 빌리도 힘들어해."

나는 고개를 저었다. 하지만 마치 내 고갯짓을 취소시키려는 듯 디아즈 부인도 같이 고개를 젓기 시작했다.

"서로 마음이 쓰인다면, 가서 얘기를 나눠. 그게 아니라면, 푸에스Pues(그러면), 야Ya(뭐), 어쩔 수 없지만."

그녀는 끝이라는 듯 본시오 빌라도처럼 두 손을 탁탁 털었다.

나는 창밖을 내다봤다. I-95 고속도로는 꽤 험했다. 지금 있는 곳에서 가고 싶은 곳으로 나가는 방법이 괴상했다. 말 그대로 무시무시한 길을 통과해야 했다. 움푹 팬 구멍과 공사 구간, 주의 표지판이 곳곳에 포진하고 있었다.

클레어한테서 문자가 왔다. 이번 주말에 할머니가 업무상 자신을 끌고 가야 할 일이 있어서 예비 소집에 갈 수 없다는 내용이었다. 나는 도로에 늘어선 자동차 행렬을 사진으로 찍어 답장을 보냈다. 못 가도 별로 놓치는 거 없을 거야. 보스턴까지 계속 이렇게 정체될 게 분명했다.

하지만 일단 와이더 캠퍼스에 도착하면, 이렇게 갈 만한 가치가 충분할 것이다. 예전의 내 삶은 바로 지워질 것이다.

"우리 캠퍼스는 국립공원에 자리 잡고 있습니다. 모든 나무와 식물, 꽃에는 그 속과 종이 표시되어 있고요." 투어 가이드인 렉사가 팔로 드넓은 캠퍼스의 녹지를 가리키며 말했다.

"그리고 여긴 장미 정원이에요." 그녀가 온실을 가리키며 말했다. 그곳에서는 세 명의 정원사가 아직 피지 않은 꽃봉오리를 꼼꼼하게 손질하고 있었다.

지금까지 내 삶은 콘크리트에서 포장도로, 아스팔트에 이르기까지 온갖 잿빛으로 점철된 길이었다. 나는 《오즈의 마법사》에 나오는 도로시 같았다. 뒤꿈치를 부딪치자 갑자기 세상이 총천연색으로 바뀌었다. 눈에 보이는 와이더는 근사하고, 푸르고, 활기가 넘쳤다. 카탈로그는 거짓이 아니었다.

아니, 사실 거짓이었다. 와이더는 사진보다 실제가 훨씬 더 멋있었다.

MK 하우젠이 다른 투어 팀과 지나가는 모습이 보였다. 우리가 다른 그룹에 속해 있어서 다행이었다. 주말에 클레어의 파티에서 있었던 일을 다시 떠올리고 싶지는 않았다.

한 무리의 학생들이 교수와 함께 잔디밭에 앉아 있었다. 교수는 청바지에 플리스 티셔츠 차림이었다.

"야외에서 수업할 수 있어요?" 우리 투어 팀의 한 친구가 물었다. "정말 멋진데요!"

렉사가 고개를 끄덕였다. "여기선 꽤 흔해요." 그녀는 이렇게 답한 후 교수에게 손을 흔들었다. "안녕하세요, 캠."

"안녕하세요, 렉사." 그도 손을 흔들었다.

"우린 교수님들을 그냥 이름으로 불러요." 렉사가 말했다 (그래, 자랑할 만하지).

교수와 서로 이름을 부른다면 나라도 자랑스러울 것 같았다. 우리 투어 그룹은 소곤거리며 인정했다.

나는 말 그대로 와이더에 홀딱 반했다. 속에서 벅찬 감격이 북받쳤다. *세상에, 내가 결국 이곳에 왔어!* 하지만 그 감격은 곧 걱정으로 바뀌었다. *내가 정말 여기 있어도 될까?*

이런 감정이 투어 내내 마음속을 오르내렸다.

"와이더는 현재 소규모 인문 대학 중 가장 경쟁력 있는 다양성 비율을 갖춘 학교랍니다." 렉사가 밝혔다.

그리고 나를 뚫어지게 바라보며 말했다. "예를 들어, 아시아계 미국인 연합 모임은 매주 월요일에 있어요."

"그렇군요." 나한테 하는 말이 분명했으므로 나는 말을 받았다. "하지만 독일계 미국인 모임은요? 스웨덴계 미국인 모임이라든지?"

렉사가 어색하게 웃었다. 모욕을 당한 것 같기는 한데, 뭐 때문인지는 모르는 것 같았다.

맹세코 나는 무례하게 굴려고 한 것이 아니었다. 하지만 렉사가 나를 보자마자 아시아인 모임에 대해 말해 줘야겠다고 느꼈다는 사실이 신경을 건드렸다. C 박사의 수업에서 이런 내용을 다룬 적이 있었다. 누군가의 얼굴만 보고 그의 민족성을 언급하거나 가정하는 것, 그게 바로 인종 차별의 교과서적 정의가 *아니면* 뭐란 말인가?

상대의 인종에 선입견을 품고 대하는 것 말이다. 내가 느끼기에 렉사가 보는 것은 그게 전부인 듯했다. 내 얼굴과 인종, 민족 그 뒤에 자리하고 있는 한 인간이 아니라.

"그 모임들은 잘은 모르지만, 바로 확인할 수 있어요." 렉사가 말했다. "하지만 라틴계는 화요일에 모이고, 아프리카계 미국인 학생 연합은 수요일에, 무슬림 학생 연맹은 목요일……"

렉사는 손가락을 하나씩 세면서 요일마다 각기 다른 "소수자" 집단을 체크했다.

와이더의 카페테리아에는 메인 앙트레Entrée를 내놓는 곳과 그릴 외에도 파스타 바와 샐러드 바, 채식만 만드는 곳이 따로 있었다. 나는 캐슈Cashew 크림 '치즈'로 만든 비건 라자냐를 담았다(못 먹을 이유가 없으니까). 로럴의 입맛과 정확히 일치하는 메뉴였다. 사진을 찍어 로럴한테 보낼까 생각했지만 그만두었다. 아무리 다시 관계가 괜찮아졌다 하더라도 문자를 보내면 내가 매달리는 것처럼 보일 것 같았다.

나는 쟁반을 들고 식당으로 향했다. 이번 예비 소집에 나의 '샤프롱Chaperone. 전담 안내 도우미'으로 배정된 1학년생 젬마가 자기 자리로 오라며 손짓했다.

"이런, 여기는 백인이 너무 많죠?" 젬마가 멋쩍게 말을 건넸다.

정확히 말하자면, 그랬다. 하지만 젬마도 백인이었다.

"뭐 하나 물어봐도 돼요?" 나는 그녀에게 물었다.

"그럼요!"

"만일 *내가* 백인이었으면 그런 질문을 했을까요?"

젬마의 입이 쩍 벌어졌다. 하지만 사실상 아무 대답도 하지 못했다.

테이블 위로 어색한 침묵이 퍼져 나갔다. 모두 자신의 비건 콩 샐러드만 깨지락거렸다.

당장 빌리에게 문자라도 보내고 싶은 마음이 간절했다. 딱, 몬토야 공원에서 같이 재밌어할 이야깃거리였다.

하지만 빌리와 나는 더는 그런 사이가 아니었다.

마침내 4학년생인 브린느가 입을 열었다. "얘기해 줘서 고마워요, 알렉산드라. *우리가 늘 경청하고 있다는 걸* 알아주면 좋겠어요."

그때 그녀가 손을 기도하듯 모으며 불교 승려처럼 고개를 숙였다.

아, 아니야, 아닐 거야.

"방금 그거 왜 한 건가요?" 내가 물었다.

브린느가 눈을 깜박이며 되물었다. "뭘 말인가요?"

"절한 거요."

"아!" 그녀는 수습해 보려고 노력했다. "왜 그랬냐면……"

그때 2학년생인 케일이 끼어들었다. "알렉산드라는 우리가 자신의 문화를 빼앗는다 느낄 수도 있을 것 같아요. 우리가 새겨듣는 게 좋겠어요."

맙소사. 다양성 총회 2.0이 따로 없었다.

속에서 분노가 치밀어 오르는 게 느껴졌다. 이쯤에서 그만해야 한다는 건 알고 있었다. 이들은 내 미래의 학우들이었다. 하지만 멈출 수가 없었다. 아니, 멈추고 싶지 않았다. 나는 입을 열었다.

"내 문화가 뭔지도 모르잖아요! 그리고 참고로 말하면, 내 이름은 알레한드라예요."

나는 선을 넘고 말았다. 이건 나 같은 사람이 보일 '만한' 행동이 아니었다. 나는 느낄 수 있었다. 다들 나로 인해 당혹스러운 듯 주위를 두리번거렸다.

하지만 나는 당혹스럽거나 부끄럽지 않았다. 더는 그렇지 않았다. 부끄러워할 사람들은 그들이었다.

퀘이커 오츠 신입생 앨리였다면 절대 이런 식으로 행동하지 않았을 것이다. 입을 꾹 다물고, 절대, 아무 말도 하지 않았을 것이다. 아빠 말대로 따랐을 것이다. *넌 이 학교에서 손님 같은 존재야. 어떤 문제도 일으키지 말아라.*

JBJ의 말에도 불구하고, 아니, 어쩌면 JBJ의 그 말 덕분에, 나는 와이더에 합격했다. 그리고 지금 와이더에 와 있었다. 마침내 도달한 것이다. 하지만 가장 친한 친구라고 생각했던 사람은 곁에 없었다. 그리고 나의 진짜 친한 친구, 유일하게 진정한 친구는 내가 이들과 다를 바 없다고 말했다. 나 역시 진실하지 않고 앞뒤가 다른 가짜라고.

4년 동안, 나는 온몸이 긴장한 상태로 퀘이커 오츠에 다녔다. 하루에 8교시, 일주일에 5일을 그 긴장감 속에서 살았다. 어쩌면 누군가는 평생을 매일같이 그렇게 살아가고 있을지도 모르는 일이다. 나는 엄마가 생각났다. 아빠가 가고 없는 지금, 인생길을 터벅터벅 걸어가고 있는 엄마가.

미국 이민 1세대의 증언 연구에서 받아 적었던 인터뷰 내용과 아빠가 나한테 했던 말이 생각났다. 이게 바로 살아생전에 아빠가 택한 '처신'이었을까? 그럭저럭 어울려 지내기 위해 자기 생각을 늘 억누르는 것?

어떤 사람들은 사이좋게 지내기 위해 어울려요. 그건 생존 전략이라고 할 수 있죠.

여기는 내가 있을 곳이 아니에요.

"가면을 쓰고 살아가는" 나는 대체 언제부터 "진정한" 내가 되는 걸까?

대체 언제부터 더는 다른 사람들을 신경 쓰지 않게 될까?

*

어색한 침묵 속에서 점심 식사를 마친 후, 나는 하얀 판자로 지은 언덕 위 회의장으로 향하는 예비 입학생 무리에 합류했다. 그곳에서 우리는 소그룹으로 나뉘어 '문화'와 '공동체'에 관해 논의할 예정이었다. 캠퍼스 곳곳에서 관리인들이 생울타리를 다듬고 외바퀴 수레를 밀어 올리는 등 열심히 일하고 있었다.

나는 넘쳐나는 아름다움에 둘러싸여 있었다.

이 아름다움은 어느 것 하나도 거저 주어진 것이 아니었다.

34

/

화장실 고해 성사

봄 방학이 끝났다. 나는 학교에서 모두와 마주치는 일이 더
는 두렵지 않았다. 이제는 아무래도 상관없었다. 점심시간
에 혼자 앉아 있어도 괜찮았다. 가끔 클레어나 MK가 와서
인사하고 갔다. 예전의 앨리 같았으면 혼자라는 게 신경 쓰
였을 것이다. 하지만 지금의 나는 신경 쓰이지 않았다.

　금요일, 점심시간 직전에 화장실에 들렀다. 옆 칸에서 아
작아작 씹는 소리가 나는가 싶더니 뒤이어 훌쩍거리는 소
리가 들려왔다. 이 소리는 번갈아 계속되었다. 훌쩍, 아작아

작, 훌쩍, 아작아작. 훌쩍거림은 이내 흐느낌으로 변했다.

표백제 냄새가 진동하던 화장실 공기에 슬슬 셀러리 냄새가 번지기 시작했다.

"로럴?" 내가 불렀다.

"응," 훌쩍. "나야."

"뭐 하고 있어, 여자 화장실에서?"

"혹시 생물학적 성에 불응하는 화장실을 말하는 거니?" 로럴이 내 말을 정정했다. 훌쩍, 훌쩍. "널 피하는 중이지."

"그래서 점심을 여기서 먹고 있다고?"

"그래, 알아. 엽기적인 거." 로럴이 말했다.

"좀, 그렇긴 하네."

"앨리, 클레어의 파티 이후에 계속 적절한 말을 찾아봤는데…… 지금 얼마나 미안한지 말도 못 꺼낼 지경이야."

"너는 날 이용했어, 로럴. 그런데 내가 그냥 그걸 잊어 주길 바라니? 용서는 고사하고?"

"알아. 나도 날 용서하지 못하겠어." 로럴이 말했다. "그래도 설명……할 기회를 줄 수는 없을까?"

나는 가타부타 답하지 않았다. 그랬더니 로럴이 말을 이었다.

"JBJ가 너한테 무슨 말을 했는지 전해 듣고 나서, 아빠 집에 갔어. 아빠가 갑자기 자기 회사의 새로운 '다양성' 계획과 자신이 그걸 얼마나 헛소리로 생각하는지 장황하게 늘어놓기 시작하는 거야. 우리 아빠는 유색인이 어쩌고저쩌고 하는 말에 대해 전혀 공감하지 않아. 혼자 힘으로 스스로 일어나 버로우 파크에서 벗어났기 때문에, 백인으로서 말이지, 아빠는 누구나 그럴 수 있다고 생각해. 어쨌든, 아빠는 필립 로스Philip Roth의 자기혐오 콤플렉스를 극복할 필요가 있지만, 그 논의는 내 치료 전문가한테 맡기려고.

이상한 방식인데, 내 생각엔 아빠가 나에게 공감해 보려고 했던 것 같아. 우릴 '유색인'의 바다에 빠진 두 명의 불쌍한 백인으로 보면서 말이지. '유색인'이라는 말은 내가 아니라 아빠가 실제로 한 말이야. 내 머릿속에는 온통 *아빠처럼 되고 싶지 않다*는 생각뿐이었어. 그래서 와이더에 갈 수만 있다면 무슨 일이든 기꺼이 하겠다고 마음먹었지. 그래서 비판하는 글을 쓰기 시작했고, 총회도 제안하게 된 거야. 그리고 어쩌다 보니……"

로럴이 말끝을 흐렸다. "아빠처럼 재수 없는 인간이 되지 않으려고 노력했는데, 훨씬 더 재수 없는 인간이 되고 말았어. 너한테도 상처를 줬어, 앨리. 내 가장 친한 친구한테."

"혼란스러웠어. 넌 나한테 총회에 대해선 물어보지도 않왔잖아." 언성이 높아졌다. "'지옥에나 가라!'라고 말할 걸 그랬다는 얘기는 아니야, 하지만……"

"그래, 내가 네 뒤통수를 쳤지. 나도 알아."

"난 네 말을 믿으려고 했어." 나는 말했다. "더는 얘기 꺼내지도 않았고. 그런데, 네가 빌리한테 한 말은,"

"미안해, 나도 알아." 로럴이 말했다. "모르겠어, 그냥 통계를 언급하려던 건데, 말이 잘못 나왔어. 절대로 너나 빌리를 무시하려는 건 아니었어."

"그리고 또, 와이더 에세이에 나에 관해서 썼잖아? 로럴, 그거 정말 비열하고 질 떨어지는 행동이야!"

"네 말이 맞아. 내가 미안해."

화장지를 찢는 소리가 들렸다. 화장지를 찢는 행동은 로럴이 불안할 때 보이는 나쁜 습관이었다. 갈기갈기 찢어진 화장지가 리본처럼 화장실 바닥에 떨어져 내렸다.

"앨리, 지금까지 내내 그렇게 화나 있었던 거야? 총회 때 대체 얼마나 화가 났던 거야? 왜냐하면, 나중에 우리 얘기 했을 때, 너 괜찮아 보였거든. 만일 내가 조금이라도 눈치챘더라면……"

로럴이 또다시 말끝을 흐렸다.

나는 우리의 싸움 같지 않았던 싸움을 다시 떠올렸다. 빌리에게 화풀이하며 마음을 털어놓았던 일, 그러면서도 로럴과 만났을 때는 내 감정을 억눌러 말하지 않았던 것도.

"솔직히 말할까, 로럴? 나도 늘 너한테 진실할 수는 없어." 나는 꿀꺽 침을 삼켰다. 사실을 인정하는 게 쉽지 않았다. "무슨 말이냐면, 내가 정말로 생각하고 느끼는 걸 너한테 말하면, 넌 그게 올바르지 않다고, 이 학교 방식이 아니라고 대답해. 그러면 나는 내 생각과 감정을 신뢰하지 못하게 되고."

말문이 열리고 있었다. 평소에 퀘이커 오츠에서 종일 느껴 온 긴장감 대신 마음이 가벼워지는 걸 느낄 수 있었다.

"그래도, 맞아. 널 나중에 저주하더라도 일단 치밀어 오르는 분노를 참았어야 했어." 나는 로럴이 보지 못 하는데도 어깨를 으쓱했다. 우린 아직도 각자의 화장실 칸에 앉아 있었다. "하지만 4년 동안 로럴, 난 두려웠어. 사기꾼이라고 비난받을까 봐. 그래서 아무 말도 하지 않은 거야. 그래서 아무 말도 안 할 때가 많은 거야."

"네가 그렇게 느끼고 있는 줄은 몰랐어, 앨리. 알았더라면 좋았을 텐데. 그러면 네가 나한테 판단 당한다는 느낌 때문에 진짜 감정을 숨기게 만들지 않았을 텐데." 로럴이 다시 훌쩍거렸다. "난 정말 형편없는 친구였어."

406

나는 '그뤼트'에서 점심을 먹었던 일, 그리고 마야가 비용을 분담하자고 했을 때 로럴이 막아 줬던 일이 기억났다. 사물함 옆에서 로럴이 수줍게 자신의 공부 방법을 보여 줬던 때도 기억났다. JBJ에 관해 알게 되었을 때 로럴의 얼굴에서 타오르던 분노 역시.

하지만 그때 연단 위에 서 있던 로럴의 모습이 떠올랐다. 내 감정은 전혀 안중에도 없던 로럴. 와이더 에세이 주제에 대해 거짓말을 한 로럴, 나를 이용한 로럴.

자신의 아빠 맞은편에 앉아 스테이크를 푹푹 찌르던 모습도 생각났다.

로럴, 감자 조금만 먹어라⋯⋯
로럴, 그 곱슬머리 좀 어떻게 해야겠구나⋯⋯
한국인 이민자들은 고개를 숙인 채 일에 얼마나 전념을 하는지!

이 모든 게 압축되어 결국 '형편없는 우정'이 된 걸까?

"지금 진심으로 얘기하고 있긴 하지만," 로럴이 크게 숨을 들이마시고는 이어서 말했다. "정말 솔직하게 말해도 될까, 앨리? 그러니까, 허심탄회하게?"

"그래."

"가끔 나는, 백인으로서, 이 체제 내의 모든 것에 항상 사과하는 기분이야. 말하자면, 백인이라는 이유만으로 그냥 나쁜 사람이 되는 것 같다고 할까. 그리고 어떨 땐……모르겠다. 하여튼 다 너하고의 관계로 수렴되는 문제 같긴 한데. 나는 좋은 친구가 되려고 애써도 욕을 먹고, 안 그래도 욕을 먹는 것처럼 느껴져."

휴지가 더 필요한 모양이었다. 빈 휴지 걸이가 덜컥거리는 소리가 들려왔다.

"들어 주기 힘들다는 거 알아." 로럴이 계속 말했다. "나도 이런 말을 하는 내 뻔뻔스러움이 싫어. 하지만 진실의 핵폭탄을 마음에서 제거해 버리고 싶어."

로럴이 나한테 이런 감정을 표현한 적은 지금까지 한 번도 없었다. 적어도 우리가 알고 지낸 4년 동안에는 그랬다. 로럴은 학교에서 처음으로 백인들이 '나서서' '유색인들의 적극적인 동맹'이 되어야 한다는 대화를 시작한 학생이었다. 나는 로럴이 항상 **올바른 일**을 하려고 노력하고 있다는 것을 잘 알고 있었다.

하지만 겉으로만 좋은 사람인 척할 수는 없는 일이었다. 그런 사람이 되는 것이 먼저였다.

"어째서 네가 그런 기분을 느낀다는 걸 한 번도 나한테 말하지 않았어?" 나는 물었다.

"어떻게 말해?" 로럴이 말했다. "내 특권을 불평하는 것처럼 들릴 게 뻔한데. 해시태그: 백인 여자의 문제, 해시태그: 세상에서 가장 작은 바이올린World's tiniest violin, 바이올린을 연주해 줄 테니 그만 투덜거리라는 뜻으로. 엄지와 검지를 비벼 바이올린 연주를 흉내 내는 제스처를 나타낸 표현."

"지금은 아무도 해시태그 안 써, 로럴."

"빌어먹을." 로럴이 말했다. "파티에도 맨날 늦는 사람이 그렇지 뭐."

나는 웃지 않을 수 없었다. 로럴도 웃음을 터트렸다.

"버몬트에 있는 너희 집에 나 초대했던 거 기억해?" 내가 물었다.

"응."

"그때 우리 한가한 식료품점에 들렀었잖아. 거기 셀러리 스틱에 뻔뻔스럽게 '글루텐프리' 라벨이 붙어 있던 것도 기억해?"

"이 나라 사람들은 어떻게 된 게 채소에는 기본적으로 글루텐이 없다는 사실도 모르나 몰라. 쓸데없기가 말도 못 해. 쯧쯧."

"그렇지." 내가 말했다. "내가 바로 그 셀러리 스틱 같은 기분이야."

"못 알아듣겠어."

"그 다양성 총회가 나한테는 바로 '글루텐프리'를 내세우는 그 크고 요란하고 쓸데없는 셀러리 스틱처럼 느껴졌다는 거야." 나는 말했다. "내 말은, 만일 내가 정말 이곳에 속한 사람이라면, 그걸 증명하기 위한 전체 총회가 대체 왜 필요할까? 증명하지 않아도 난…… 그냥 여기 사람인데. 그러니까, 일반 식료품점에서 파는 보통의 셀러리에는 글루텐프리 라벨이 필요하지 않다고. 왜냐하면 다들 이미 알고 있으니까."

나는 숨을 깊이 들이마셨다. "그러니까 '같음'을 가르치는 게 아니라, 사람들 머릿속에 존재하는 '다름'을 강조하는 게 전부라고."

나는 지금 C 박사의 수업에서 배운 새로운 언어를 써먹는 중이었다.

아주 오랜만에 맞는 말인 것 같았다.

나는 로럴의 생각을 들을 수 있었다. "난 그걸 그런 식으로 생각해 본 적이 없어. 다른 사람과 똑같은 게 싫거든. 늘 다르게 보이고 싶지."

"그건 네가 '평범함'을 당연하게 여기니까 그렇지." 내가 말했다. "나한테는 그런 특권이 없거든."

이 말에 로럴은 조용해졌다.

"정말 지긋지긋해, 로럴." 내가 입을 열었다. "사람들한테 셀러리가 글루텐프리라는 걸 가르치는 게. 진짜 셀러리가 그렇다는 얘기는 아니고."

"앨리." 로럴이 말했다. "네가 날 용서할 거라고 기대하진 않아. 하지만 진심으로, 정말 미안하다고 말하고 싶어. 내가 준 모든 상처에 대해서도 사과할게. 내가 이기적이었어."

나는 말했다. "이건 불공평해!"

"네 말이 맞아." 로럴이 말했다. "내가 다 엉망으로 만들었어."

"내 말은 그런 뜻이 아니야." 나는 불쑥 끼어들었다. "그래, 내가 참고 견뎌야 했던 일들은 불공평한 게 맞아. 하지만 네가 그런 기분을 느끼는 것도 공평한 건 아니라고 생각해. 늘 깨질까 봐 조마조마하게 살얼음판 위를 걷는 기분 아니야? 그 어느 것도 공평하지 않아. 나한테 해결책이 있으면 좋겠다. 하지만…… 없네."

나는 휴지 한 장을 종이접기 하듯 접었다. 섬세하고 복잡한 패턴으로 접힌 주름이 나를 빤히 쳐다보는 듯했다.

"네가 셀러리에 글루텐이 없다는 걸 전도하는 사람이 될 필요는 없어." 로럴이 천천히 말을 꺼냈다. "그건 네 일이 아니야. 하지만…… 지금도 나는 저 밖에 있는 사람들이 그걸 배울 필요가 있다고 생각해. 왜냐하면 그들은 여전히 모르니까, 앨리. 그러면 그들은 셀러리를 빵이나 케이크 같은 '악마 같은' 탄수화물 카테고리에 넣기 시작할 거야……"

로럴이 잠깐 말을 멈췄다. "전혀 말이 안 되는 비유네."

"무슨 말을 하려는지는 알겠어." 내가 말했다. "대충."

로럴이 다시 말을 시작했다. "나는 그런 사람들을 교육하는 게 내 일이라고 생각해. 사실, 이렇게 강하게 느끼긴 처음이야. 내가 평생 하고 싶은 일이 바로 이것인 것 같아."

"네 말이 맞아. 난 이런 일 싫어." 내가 말했다. "하지만 넌 너 하고 싶은 대로 해."

"이거 너무 바보 같다." 로럴이 화장실 칸에서 나오는 소리가 들렸다. 로럴이 내가 있는 칸의 문을 두드렸다. "처음부터 얼굴을 맞대고 얘기 나눴어야 했는데." 내가 문을 열자 로럴이 말했다.

"마치 고해소에 들어가 있는 기분이었어." 내가 말했다.

로럴이 웃었다. "아이코, 신부님, 제가 죄를 지었나이다. 고해 성사를 본 적은, 없습니다."

"내 안의 가톨릭 신자가 화를 내는데." 내가 말했다.

"내 안의 반쪽짜리 와스프는 아무 생각이 없어." 로럴이 내 말을 재치 있게 받아쳤다. "내 반쪽짜리 유대인은 말할 것도 없고."

"오늘 점심은 뭘 먹었어?" 내가 물었다.

로럴이 점심을 보여 주었다. "전이랑 똑같아. 구운 흑마늘 후무스를 곁들인 퀴노아와 셀러리. 너는?"

"나도 전이랑 똑같아. 원더 빵에 크래프트 치즈 얹은 거." 나는 화난 척하며 덧붙였다. "그리고 너, 로럴 그린블라트-왓킨스, 나한테 '미국인이 되려고 애쓴다'라고 하기만 해 봐, 그러면⋯⋯"

"너도 내 점심을 한 번만 더 '부르주아'라고 부르면, 나 가만 안 있어."

우리는 웃으며 서로의 말을 가로막았다.

로럴이 자신의 도시락을 내밀었다. "바꿔 먹을래?"

나는 망설이다가 내 갈색 비닐봉지를 건넸다. "그래."

나는 이것이 우리가 함께 먹는 마지막 점심 식사가 될 것임을 알았다. 학년이 끝나 가고 있기 때문이기도 했고, 로럴과 내가 다른 학교에 진학하기 때문이기도 했다.

더 이상 같은 지하철역까지 함께 걷는 일도 없을 것이다. 우린 다른 길을 가게 될 것이다.

나는 로럴의 점심을 한 입 먹었다. 그리고 로럴도 내 샌드위치를 한 입 먹었다.

　로럴의 음식은 내가 매일 먹고 싶은 그런 종류는 아니었다. 하지만 직접 먹어 볼 필요는 있었다. 로럴이 내 음식을 씹고 있는 모습을 바라봤다. 딱 보니 로럴도 비슷한 생각을 하는 듯했다.

　"나쁘지 않네." 우리는 똑같이 이렇게 말했다.

35

/

가면 증후군

'화장실 고해 성사'가 끝나 가고 있었다. 로럴이 빌리에 관해 물었다. "그 친구 별일 없어?" 그러고는 내 눈치를 살피며 말했다. "맹세코 내가 궁금해서 묻는 건 아니야. 그냥, 계속, 대학에 지원하지 않겠다고 하던데."

"내 전화는 받지도 않아."

"그렇구나. 그런데⋯⋯" 그때 로럴이 진지하고 냉정한 말투로 물었다. "너 지금까지 화장실에서 점심 먹었어?"

"진짜 그랬냐고 묻는 거야, 아니면 비유로 묻는 거야?"

"당연히 비유지." 로럴이 쯧쯧 소리를 내며 대답했다. "뭔가 마주하고 싶지 않은 게 있어서 피하는 것 같네."

"하고 싶은 말이 뭐야?" 나는 어깨를 으쓱하며 되물었다. "빌리가 나한테 꺼지래."

왜냐하면, 너도 걔네하고 똑같으니까.

"어쩌면 화가 나서 그렇게 말했을 수도 있지." 로럴은 결론을 내려야 한다는 말투로 말했다. "에일, 빌리는 널 사랑하는 게 분명해. 걔한테 가야 해."

*

나는 빌리와 '좋아하는 사이'가 아니다. 아니, 그런가? 우리가 어떤 사이든…… 아무튼 이게 끝인가?

내가 키스한 후 빌리가 한 말을 생각하면 마음이 아팠고, 내가 빌리를 대했던 방식은 더 마음 아팠다.

함께 분수대에 앉아 온갖 바보 같은 헛소리를 늘어놓으며 웃던 옛날로 돌아갈 수 있다면 얼마나 좋을까. 3학년 영어 수업 때 진 선생님이 늘 했던 말이 생각났다. "그대 다시는 고향으로 돌아가지 못하리."

하지만 빌리하고 같이 있으면 세상에 나 혼자라는 느낌

416

이 덜했고, 고향에 있는 듯한 기분이 들었었다.

빌리는 내 가장 친한 친구였다. 또한 내게 감정이 있었다. 며칠 전 빌리는 그 감정을 아주 분명히 밝혔다. 도미니카공화국으로 떠나기 전, 내가 모르는 척 시치미 떼며 입을 막은 그날 밤에도 마찬가지였다. 솔직히, 나는 그의 관심이 기뻤다. 그리고 더 솔직히 말하면, 난 외로웠다. 아주 오랫동안.

누군가와 키스하면 기분이 좋고 사랑받는 느낌이 든다. 하지만 사랑받는 느낌과 당신이 그 상대를 원하는 건 다른 문제다.

아니, 같은 건가?

학교를 마친 후 나는 마이클 오빠가 준 노트북을 꺼내 새로운 파일을 열었다. 아무것도 쓰여 있지 않은 하얀 화면이 위협적으로 나를 노려보고 있었다.

설명하면 빌리가 이해해 줄까?

아마도 그럴 것이다. 나는 앉아서 편지를 쓰기 시작했다.

빌리에게,

우리 서로 꽤 상처 주는 말을 했지. 내가 한 말도 너에게는 꽤 아팠을 거야. 내가 얼마나 미안해하는지 넌 모를 거

417

야. 셀 수도 없을 만큼 많이 미안해. 네 감정을 이용해서 너한테 키스하려고 했던 거 미안해.

빌리에게 말했다. 나한테 학교 아이들과 똑같다고 한 건 맞는 말이라고. 사실, 부끄러웠다고. 나 자신도, 내 출신도. 고등학교에 다니는 내내 나는 의사, 변호사, 그리고 빌어먹을 〈뉴욕 타임스〉 편집자를 부모, 조부모, 증조부모로 둔 아이들과 나를 비교해 왔다. 그들은 백만 달러짜리 집에 살면서도 자기들이 "중산층"이라고, 즉 "평범"하다고 생각했다.

이런 차이를 깨닫는 데는 얼마 걸리지 않았다. 그 애들의 점심은 전부 유기농에 지역 생산물로 집안 도우미가 만들어 준 것이었지만, 내 점심은 저렴한 마트용 빵에 가공육과 치즈를 얹은 것이었다. 심지어 *펜마저* 달랐다. 내 펜은 99센트 가게에서 산 저렴한 BIC 볼펜이었지만, 그들은 일본에서 장인이 수작업으로 만든, 잉크를 채워 쓰는 펜을 가지고 있었다.

대학 진학 준비는 말할 것도 없었다.

이런 일들은 아주 사소하고, 어리석고, 그다지 중요하지 않은 것들이었지만, 쌓이고 쌓이면 그렇지 않았다.

고등학교 시절 내내, 나는 나 자신, 그리고 내가 갖고 있지 않은 것을 생각했다. 4년 동안 나는 가면 증후군을 앓았다. 이곳에 있을 자격이 없다고 느꼈으며 항상 누군가가 나를 소외시킬 거라는 두려움에 시달렸다.

왜냐하면 '**우리는 모두 하나**WE ALL BELONG'라는 말은 헛소리니까. 이건 퀘이커 오츠의 상위층이 주변의 불평등을 보면서 스스로 괜찮은 사람이라는 기분을 느끼기 위해 하는 말에 불과했다.

나는 와이더 예비 소집에 다녀온 이야기를 했다. 얼마나 내가 생각했던 그대로였는지, 또 얼마나 달랐는지를.

그리고 너무 수치스러워서 결코, 절대, 누구에게도 한 적 없는 이야기를 늘어놓았다. 타자 치는 손이 떨려 왔다.

작년 대학 탐방 때 아빠한테 했던 말도 털어놓았다. 그리고 아빠의 죽음은 그냥 '단순 사고'가 아니라는 말도. 그때 엄마와 내가 얼마나 싸웠고, 얼마나 반목했었는지도. 그걸 쓰는 동안 아빠에게 준 상처가 되살아나 괴로웠다. 한편으로는 빌리가 나를 비판할까 봐 두려웠다. 하지만 동시에 두렵지 않았다.

왜냐하면 내가 지금 빌리에게 이야기하고 있는 건 다 진실이니까. 너무 부끄러워서 받아들이지 못했던 진실.

빌리에게 털어놓은 또 다른 진실 하나는 빌리에 대한 내 감정이 정말 혼란스럽다는 것이었다. 어릴 때부터 우리는 남매처럼 지냈다. 이는 빌리가 나에 대한 감정을 고백한 이후 더 혼란스러워졌다.

그리고 이제 나는 내 혼란이, 그리고 내 엇갈리는 신호가 애초에 똑 부러지게 좋고 싫음을 말하는 것보다 빌리에게 더 큰 상처를 줬다는 걸 깨달았다.

그래서 나는 빌리에게 모든 걸 말했다. 노골적으로 솔직하게 말하기가 마음 아팠지만, 나는 내가 한 말과 행동이 자랑스럽지 않았다. 내가 깨달은 사실은, 두려워서 진실을 말하지 못하는 일이 '소속감'을 연기하는 것보다 더 나쁘다는 것이었다. 그건 '사기꾼'의 진정한 정의였다.

*

그리고…… 끝냈다. 빽빽하게 채운 네 페이지의 화면이 나를 바라보고 있었다.

카피캣에 가져갈 플래시 드라이브를 찾아 책상을 뒤졌다. 그러다 서랍을 여는 순간, 노트북 전원선을 건드리고 말았다. 그리고……

컴퓨터 전원이 꺼졌다.

이런, 안돼, 안돼…… 이럴 수가.

재빨리 코드를 다시 꽂았다. 하지만, 노트북은 켜지지 않았다. 나는 전원 버튼을 누른 상태로 Ctrl + Alt + Del 키를 전부 눌러 보고, 소켓에 공기를 불어 보고, 배터리를 분리했다가 다시 넣어 보기도 했다. 주님의 기도와 묵주기도를 바치고, 성 안토니오에게 기도를 올리기도 했다. 예전에 교회에서 만난 소르 후아나가 말하길 그가 잃어버린 것들의 수호성인이라고 했는데…….

하지만 아무 일도 일어나지 않았다. 컴퓨터는 여전히 켜지지 않았다. 그리고 운영 체제가 너무 오래되어 업데이트도 해 두지 않았기 때문에 백업도 전혀 작동하지 않았다. 마이클 오빠의 노트북은 복원 파일을 만들 수 없는 상태였다. 오로지 시간문제였다. 노트북에 붙은 오빠의 트랜스포머 스티커가 시뻘건 눈으로 나를 날카롭게 노려보고 있었다.

빌리에게 쓴 내용이 다 사라졌다.

퀘이커 오츠에 다니는 동안 내가 작성한 모든 기록이 휙, 날아가 버렸다.

최소한 이번 주에 제출해야 할 과제는 없었다.

그나마 다행이었다.

선택의 여지가 없었다. 다시 쓰는 수밖에. 나는 바인더 속지 한 장을 새로 꺼냈다. 하지만…… 어쩐지 내키지 않았다. 마치 내 언어의 마력이 사라져 버린 것 같았다.

그래서 그냥 문자를 보내기로 했다.

> 그날 파티 끝나고 내가 좀 형편없이 굴었지.
> 파티 전에도 그랬고. 정말 미안해, 빌리.
> 넌 내 가장 친한 친구야. 넌 내가 널 대하는 방식보다
> 더 나은 대접을 받을 자격이 있어.

> 오늘 저녁 일곱 시에 만나자. 늘 만나던 장소에서.
> 네게 하고 싶은 얘기가 정말 많아.
> 문자보다는 만나서 얘기하는 게 좋을 것 같아.
> 진심으로 대할게. 약속해.

10분 전, 나는 몬토야 분수로 향했다. 일곱 시쯤이면 빌리가 퇴근할 시간이었으므로 거기에 와 있으리라 생각했다. 나는 기다리고 또 기다렸다. 하지만 빌리는 나타나지 않았다.

36

/

진솔한 대화

빌리가 왜 나타나지 않았는지 생각해 볼 틈도 없었다. 집에 와 보니 엄마가 식탁에 앉아 있었다. 뜯어 보지도 않고 산더미처럼 쌓여 있던 청구서가 다 뜯어진 채 정리되어 있었다. 엄마는 손에 봉투를 하나 들고 있었다.

"알레하-야, 할 얘기가 있어. 중요한 거야."

엄마는 나를 '알레하-야'라고 부른 적이 없었다. 아빠만 그렇게 불렀었다.

"이미 와이더에 가기로 마음먹은 거 알아."

"엄마, 난……"

"내 말 더 들어 봐. 대학 가려고 학자금 대출까지 알아볼 필요 없어. 자, 받아!"

엄마가 내게 봉투를 밀었다. 열어 보니, 코퍼럴 생명 보험 회사에서 지급한 30만 달러짜리 수표가 들어 있었다. *내 앞으로 되어 있었다.*

나는 믿지 못하겠다는 눈으로 수표를 내려다봤다. "이해가 안 가네."

"네 아빠가 생명 보험에 가입해 뒀나 봐." 엄마가 설명했다. "네 아빠는 뭐든 비밀리에 했어. 요 노 테니아 니 이데아 Yo no tenía ni idea(난 전혀 몰랐어)." 엄마는 턱 밑에서 손등을 튕겨 자신이 몰랐음을 강조했다.

나도 전혀 몰랐던 일이었다. 이제는 확실히 닳았지만, 지금까지 식탁만 차지할 뿐 누구에게도 닿지 않았던 그 모든 우편물을 떠올렸다. 끝없이 밀려드는 슬픔처럼, 작은 둔덕만 하던 우편물 더미는 언덕이, 그리고 그 언덕은 산이 되어 버렸다.

엄마와 나는 그 아래, 깊은 곳에서 일어나고 있는 일들을, 사실 전혀 신경 쓰지 않고 지냈다.

이제는 더 이상 그러지 않을 생각이었다.

"이 수표 받아, 에일." 엄마가 말했다. "이걸로 가고 싶은 대학에 가. 그리고 무엇을 하든, 네 아빠의 따뜻한 마음을 기억해. 아빠가 널 보면 정말 자랑스러워할 거야, 우리 딸. 넌 꿈을 이루기 위해 최선을 다했어."

이 수표로 모든 게 설명되었다. 랜디바도 선생님이 뭐라고 했더라? 연간 학비 지불 능력이라고 했던가? 아무튼 이 보험금이 거기에 포함된 게 틀림없었다.

갑자기 서늘한 생각이 들었다. 혹시 아빠가 내 대학 진학 때문에 일부러?

나는 솟구치는 눈물을 참을 수 없었다. "엄마." 내가 입을 열었다. "작년에 아빠한테, 대학 탐방 가는 것 때문에……"

엄마가 내 낯빛이 어두워지는 걸 봤다.

"쉿, 미 아모르Mi amor(내 사랑), 아니야, 아니야. 말 안 해도 돼." 엄마가 급히 말했다. "그렇게 생각하면 안 돼."

"하지만, 할 수만 있다면 다 되돌리고 싶어, 엄마!" 나는 소리쳤다. "아빠한테 미안하단 말도 못 했단 말이야."

"그건 아무 상관 없어. 네가…… 아빠한테 무슨 말을 했든. 내가 장담해."

엄마가 분홍빛 입술을 꼭 다물었다. "이 수표가 네 아빠를 대신해 줄 순 없겠지. 눙카Nunca(절대). 후안은 우리한테

돌아오지 않을 거고, 우린 그걸 받아들여야 해. 후안은 우리
가 과거에 갇혀 살길 원하지 않을 거야. 미래를 보며 살길
원하지."

꿈을 크게 가지렴, 알레하-야. 나는 아빠의 말을 늘 품고
다닐 것이다.

"하지만…… 엄마는 내가 와이더에 가는 걸 원치 않았잖
아." 내가 말했다. "내가 '큰 실수'하는 거라면서."

"난 네가 멀리 가는 게 싫었어. 푼토Punto(그게 다야)." 엄마
가 말했다. "널 볼 수 없을 거고, 잘 지내는지 확인도 할 수
없을 거고."

"그런데 왜 마음이 바뀐 거야?" 나는 부드럽게 물었다.

"네 고모랑 얘기한 게 도움이 된 건지도 모르지." 엄마가
인정했다.

"윤아 고모?" 나는 믿기지 않아 되물었다.

엄마가 쓸쓸한 미소를 지었다.

나는 아침이 되면 고모한테 전화해서 잊지 않고 고맙다
고 말하기로 다짐했다.

엄마가 물을 끓이려고 자리에서 일어났다. 그동안 나는
깔끔하게 정리된 서류를 살펴봤다. 잭슨 하이츠 주거 서비
스에서 보낸, 매입 수수료 체계를 알리는 서류였다.

협동조합 형태로 바뀐다던 빌리의 말이 맞았다.

너도 걔네하고 똑같아. 빌리의 말이 머릿속에서 크게 메아리쳤다.

하지만 내 목소리가 더 크게 맞받아쳤다. *꼭 그렇진 않아.*

엄마가 차를 가져왔다.

"이 우편물은 뭐야?" 내가 물었다.

"네가 걱정할 건 아니야." 엄마가 차를 한 모금 마셨다. "난 네가 행복하다고 느끼는 일을 했으면 좋겠다."

"엄마." 나는 조심스럽게 물었다. "엄마는 행복했어?"

한 번도 사랑한 적 없잖아. 윤아 고모가 장례식장에서 엄마한테 했던 말이다.

엄마가 머그잔을 내려놓았다. 나는 엄마가 대답하고 싶어 하지 않는다는 걸 알 수 있었다. 동시에 드디어 솔직히 털어놓을 순간이 왔다고 느끼는 것도. 솔직하지 않으면 내가 자신의 헛소리를 간파하리라는 걸 엄마는 알고 있었다.

"난 미국에 혼자 건너왔어. 너무 무섭고 고향이 그리웠지." 엄마가 이야기를 시작했다. "그러다 여기서 네 아빠를 다시 만났을 때…… 친숙하게 느껴졌어. 떠나온 고향이 생각났지. 그는 무척 친절했고, 도시를 여기저기 구경시켜 줬어. 내가 아르헨티나에서 먹던 스테이크를 그리워하니까 파리야 먹으러 그릴에도 데려가 주고! 미국에 대해 내가 아는 건 다 후안이 가르쳐 준 거야. 우소스 이 코스툼브레스Usos y costumbres(관습과 습관도). 아무도 가르쳐 주지 않을 때."

나는 고개를 끄덕였다. 이해할 수 있었다. 나는 머그잔의 온기가 유지되도록, 차갑게 식지 않도록 두 손으로 꼭 감싸 쥐었다.

엄마가 계속해서 말했다. "이 나라가 얼마나 힘든지 아니, 알레하? 양키들은 영어를 완벽하게 하지 못하면 무시해." 엄마는 목소리를 바꾸어 콧소리를 내며 말했다. "네? **뭐라고 하셨나요?**"

엄마가 뉴욕 사람 흉내 내는 걸 보고 웃음이 터져 나왔다.

"봐, 여기 사람들은 널 미에르다Mierda(똥) 취급해. 하지만 아르헨티나에서는 스페인어를 완벽하게 못 해도 괜찮아. 토도 트랑킬로, 트랑킬로Todo tranquilo, tranquilo(모든 것이 차분하고 차분하지). 아무도 재촉하지 않아. 아카Acá(여기)? 전부 다 빨리빨리야. 아무도 날 기다려 주지 않아. 네 아빠 아니었으면 난 길을 잃었을 거야. 어떨 땐 우리 둘이 우주에 맞서는 기분이었어."

엄마가 눈을 질끈 감았다.

엄마는 미국에 처음 왔을 때 이야기를 들려준 적이 없었다. 나는 엄마가 미국에 어떻게 오게 되었는지 잘 몰랐다. 아니, 전혀 모르고 있었다.

내가 아는 엄마의 과거는 다 아빠한테서 들은 것이었다.

엄마가 나한테 마음을 털어놓는 건 처음이었다.

"아빠 음악 기억하지? 재즈. 그게 내 외로운 마음을 달래 주곤 했어. 엔텐데스¿Entendés(이해가 가지)? 하지만 후안은 결코 자기 꿈대로 살지 못했어." 엄마가 머그잔을 부드럽게 감쌌다. "고모 말은 사실이 아니야. 난 후안한테 별로 좋은 사람이 아니었어. 후안이 나한테 너무 좋은 사람이었지."

엄마가 먼 곳으로 눈길을 돌렸다. 시선을 따라가 보니, 엄마는 복도에 걸린 시청 앞 사진을 바라보고 있었다. 엄마가 다른 시간, 다른 장소, 젊고 아름다웠지만 외로웠던 시절로 빠져들고 있다는 걸 알 수 있었다. 나는 이제야 깨달았다. 아빠가 엄마의 외로움을 없애 주었다는 걸.

"후안은…… 정말 온화한 사람이었어. 그리고 나는……"

엄마가 자신의 가슴을 때렸다. 나는 엄마가 다시 자신을 때리지 못하도록 엄마의 주먹을 잡았다.

"난 후안에게 한 번도 미안하다고 말하지 않았어!" 엄마가 울면서 말했다. "그에게 너무 모질게 굴었어. 그런 사고로 죽게 만들었는데, 내가 어떻게 나를 용서할 수 있겠어?"

하지만 엄마, 엄마도 알잖아요, 그거 사고 아니었던 거. 그 사진, 그 먼 장소와 시간을 바라보는 엄마의 눈에 어스름한 빛이 스쳤다. 엄마의 눈은 지금 눈물로 반짝거리고 있었다.

아빠의 죽음을 설명하는 엄마의 말이 맞지 않다는 걸 나는 마음속으로 알고 있었다.

내가 내 방식으로 아파할 수 있게 내버려둘 순 없을까?

그래서 나는 그렇게 했다.

엄마는 여전히 사진에 시선을 고정하고 있었다. 추억에 잠긴 얼굴이었다. 이 집은 여전히 아빠로 가득했다.

나는 우리의 빈 머그잔과 아직 답장을 보내지 않은 서류, 그리고 너무 큰 포마이카 식탁을 차례로 훑어봤다. 우린 다시는 이 식탁에 가족으로서 함께 앉는 일이 없을 터였다. 아빠가 유령이 되어 앉아 있는 듯 여전히 푹 꺼진 낡은 소파와 비상구에서 녹슬어 가는 낡은 숯불 화로를 바라봤다. 사방으로 불법 개축한 임대 주택의 벽이 보였다. 이곳이 내가 아는 유일한 집이었다. 창밖으로 보이는 건 오직 마리아 이네스 몬토야 공원과 잭슨 하이츠의 비스듬한 풍경과 일몰, 켜져 있을 때보다 깜박거릴 때가 더 많은 가로등, 멀리서 덜컹거리며 달리는 7호선 열차가 다였지만, 이제 내 눈에는 그 너머 훨씬 먼 곳의 세상이 보였다.

지하철 음악

5년이 쏜살같이 지나갔다. 그리고 나는 아직 잭슨 하이츠에, 그리고 여전히 2B호에 살고 있다. 하지만 내 세상은 완전히 변했다.

나는 와이더에 가지 않았다. 신입생 시절의 앨리에게는 완벽한 학교였을지 몰라도 졸업생 앨리에게는 더 이상 올바른 선택지가 아니었다. 대신에 나는 헌터를 선택했다. 그리고 심리학을 전공했다. 지도 교수는 C 박사였다.

퀘이커 오츠를 졸업한 후, 몇 가지 일이 있었다.

엄마와 나는 심리 치료를 받기 시작했다. C 박사가 몇 가지 훌륭한 충고를 해 주었다. 솔직히 엄마가 심리 치료를 받겠다고 해서 놀랐다. 심리 치료를 받는다고 하루아침에 낫는 건 아니다. 시간이 걸린다. 하지만 나는 이제 엄마와 우리의 감정을 나눌, 조금 더 나은 언어를 갖게 되었다고 생각한다. 잘만 된다면 말이다.

또한 집이 생겼다. 진짜 집이다. 나는 아빠의 보험금으로 아파트를 샀다. 엄마가 내 이름으로 하겠다고 해서, 스물세 살의 나이에 뉴욕의 한 조각을 소유하게 되었다.

만일 와이더에 갔더라면 건물이 조합형으로 전환될 때 이 아파트를 살 여유가 결코 없었을 것이다.

잭슨 하이츠의 주택 가격이 미친 듯 오르고 있었다. 말하자면 고급화 물결이 우리 지역까지 밀려온 셈이었고, 우린 우리 집에서 쫓기듯 떠나야 했을 수도 있었다.

또한, 와이더에 갔더라면 지금 막 임상 심리학 박사 과정을 시작한 콜롬비아대학에도 가지 못했을 것이다. C 박사에게 진 빚이 많다. 대학에서, 내가 정말 하고 싶은 일은 사람들을 돕는 것임을 깨달았다. 미국 이민 1세대의 증언 연구 때 만난 피실험자들 같은 사람들, 아빠 같은 사람들, 그리고 엄마와 나 같은, 그들의 유족을 말이다.

아파트 2B호는 전과 완전히 달라 보인다. 예전에는 보기 흉하고 사람을 우울하게 만드는 회색(베이지가 섞인 회색)이었는데, 지금은 밝고 환한 노란색이다. 가족사진은 액자에 넣어 벽에 대문짝만하게 걸어 두었다. 로커웨이에서 아빠와 둘이 찍은 사진도 더 이상 서랍 맨 아래 칸에 처박혀 있지 않다.

덩치 큰 검정 가죽 소파도 없앴다. 엄마와 나는 새 소파를 사서 함께, 같이 조립했다. 진정 시험에 들게 하는 일이 뭔지 아는가? 바로 이케아 가구 조립이다. 육각 렌치와 불가능에 가까운 설명서를 가지고 막대기 인간이 알려 주는 대로 할 수만 있으면 *어떤 일이*든 해낼 수 있다.

이제는 집이 정말 집처럼 보이고 집처럼 느껴진다. 드디어 건물 개선 작업도 시작되었다. 훌리오는 엘리베이터 안에 덕지덕지 벗겨진 페인트를 사포로 벗겨 내는 중이다.

5년은 정말 많은 일이 일어날 수 있는 시간이다.

*

이번이 사실상 엄마와 함께 보내는 마지막 크리스마스다. 앞으로 얼마나 있어야 또 함께 보내게 될지는 알 수 없다. 3일 후면 엄마는 아르헨티나로 떠난다. 마그다 이모가 같이 살자고 불러서다. 엄마는 1년 정도 다녀올 계획이지만, 더 길어질 수도 있다. 인플레이션으로 가치가 떨어지는 페소화에 비해 미국 달러는 가치가 오르고 있어서, 엄마는 부에노스아이레스로 돌아가면 여왕처럼 살 수 있다.

아파트 전체에 튀김 기름 냄새가 진동한다. 하지만 괜찮다. 엠파나다를 튀길 기름을 스토브로 달구는 중이라서 그렇다. 언제나 거대하고 허전하게 느껴지던, 윤아 고모가 물려준 식탁은 지금 8인용으로 세팅되어 있다. 아빠의 낡은 숯불 화로도 비상구에 준비되어 있다.

엄마는 밖에서 고기 구울 준비를 하고 있다. "엄마, 숯 더 필요하지 않아요?"

"오호¡Ojo!(조심해)!" 엄마가 손을 휘저으며 말했다. "아르헨티나 여자가 고기 구울 땐 절대 참견하는 거 아니야."

일리 있는 말이다. 나는 파슬리를 다지느라 바쁘다.

윤아 고모와 마이클 오빠가 엠파나다 만드는 걸 돕기 위해 곧 도착할 예정이다. 마이클 오빠의 약혼자인 조지는 와인을 가지고 나중에 오기로 했다. 두 사람은 마이클 오빠가 재무 담당으로 있는 비영리 예술 단체에서 만났다. 마이클 오빠는 내가 퀘이커 오츠를 졸업하던 바로 그 여름에 자신의 영혼을 갉아먹던 회사를 떠난 후, 한 번도 뒤돌아보지 않았다.

빌리는 디아즈 가족의 훌륭한 요리인 '트레스 레체스 케이크'를 가져오기로 했다. 해병대를 제대한 후 처음 보는 것이다. 5년 전 내가 몬토야 분수에서 기다릴 때, 빌리는 오지 않았다. 그날 밤 늦게, 나는 우편함에 그의 쪽지가 꽂혀 있는 걸 발견했다.

에일,

난 너한테 무슨 말을 하면 꼭 후회하게 되더라. 그렇게 너한테 쏟아부을 권리는 나한테 없었는데. 너희 아빠는 지금 이렇게 멋진 여자가 된 널 정말 자랑스러워하실 거야.

나한테 하고 싶은 말 있는 거 알아. 하지만 나한테는 나 스스로 해결해야 할 일들이 있어. 너나 너희 아빠, 또는 그 누구와도 관계없는 일이야.

이 쪽지를 읽을 때쯤이면 나는 기초 훈련을 받으러 가고 있을 거야.

와이더에서 행운이 있길 빈다. 잘할 거라고 믿어.

사랑하는,

빌리가

나는 마음이 아팠다. 하지만 뭘 할 수 있을까? 빌리는 이미 가고 없는데. 내 여정에만 온 신경을 쏟느라 빌리에게도 자신만의 여정이 있다는 걸 까맣게 잊었다.

지난 5년 동안 우리 사이는 아슬아슬한 줄타기 같았다. 늘 우리 사이에는 끝나지 않은 일이 있다는 느낌이 들었다. 수다쟁이 산체스 부인을 통해, 우리 아파트 단지가 협동조합으로 전환되었을 때 빌리가 자신의 엄마에게 계약금으로 쓸 돈을 보내 왔다는 소문을 들었다. 그런데 지금, 빌리가 집으로 오고 있다. 영원히.

클레어 데브로는 어퍼웨스트사이드의 마카롱 가게(그렇다. 가게 이름이 정말 '마카롱 가게'다)에서 마카룬(미안, 마카롱)을 사 오기로 했다. 나는 클레어에게 다음 달에 우리 집으로 이사하면 부르주아적인 것들과는 영영 작별을 고해야 할 거라고 내내 말해 주고 있다. 클레어는 "부르주아"적인 곳은 어퍼이스트사이드이고 어퍼웨스트사이드는 "보헤미안" 스타일이라면서 반박한다. 나는 다 "그게 그거"라고 생각한다. 클레어는 의과 대학에 지원할 준비를 하는 동안 애머스트 병원에서 먼저 일을 시작할 예정이다. 와이더에 합격하기 전에 클레어는 JBJ 같은 소설가가 되고 싶어 했었다(글쎄다. JBJ와는 달랐을 것이다). 하지만 작가가 되는 건 사실 클레어

할머니의 꿈이었다. 클레어는 의학과 사랑에 빠졌고, 진로를 변경했다.

클레어가 로스 카페테로스Los Cafeteros. 콜롬비아 축구팀를 응원한다는 사실이 우리 우정의 아픈 구석이다. 아빠와 나는 그들이 축구장에서 파울을 유발하는 속임수를 남발해 대는 사기꾼 무리라고 생각했다.

만일 5년 전에 클레어와 내가 나중에 룸메이트는 물론이고 아주 좋은 친구 사이가 될 거라는 말을 들었다면, 나는 절대 그럴 리 없다고 말했을 것이다. 하지만 마이클 오빠 말로는 고등학교 때 친구는 원래 그렇다고 한다. 좋아하기는커녕 알지도 못했던 아이들이 나중에 가장 친한 친구가 될 수도 있다는 것이다. 조지도 스타이브센트 고등학교에 다녔고 심지어 같은 체육 수업을 들었지만, 당시에는 조지와 마이클 오빠 모두 서로를 눈여겨보지 않았다.

마이클 오빠는 또 이런 말도 했다. 고등학교 때는 영원할 줄 알았던 우정이 그렇지 않을 때도 있다고.

나는 로럴 그린블라트-왓킨스와 연락하지 않는다. 로럴은 프린스턴에 갔다. 그리고 그곳에서 진짜 자기 자리, 자기 "집"을 찾은 듯하다. 로럴이 올린 사진을 보면(우리는 온라인에서 서로를 팔로우하고 있다) 적어도 아빠 집이나 언니 집은 아니었다. 로럴은 여성 권리를 위한 평화 시위를 조직했다. 그런 다음 지역 여성 하원 의원을 위한 캠페인을 펼치기 위해 오리건에서 여름을 보냈다. 마지막으로 들은 소식은 평화 봉사단에 합류해 가나에 여자아이들을 위한 학교를 세우는 일을 돕고 있다고 했다.

그리고 파얄(C 박사는 우리가 이제 사제 관계가 아니라 곧 동료가 될 거라며, 자신을 이름으로 부르라고 말했다)이 이모한테서 받은 인도 사탕을 가지고 들르겠다고 했다. 같은 동네에 사는 이모는, 보기엔 예쁘지만 다음 날 치과 예약이 필수일 정도로 설탕 범벅인 이런 사탕을 늘 파얄에게 억지로 떠맡긴다고 했다.

웃긴 게 뭔지 아는가? 퀘이커 오츠 마지막 학년 때 나는 내가 가면 증후군에 시달린다고 생각했다. 5년이 지나고 보니, 우리는 여성들이 나이를 불문하고 소속감을 잘 느끼지 못하는 보다 광범위한 이유를 찾기보다, 이 증상을 핑계로 삼는 것 같다는 생각이 든다. 예를 들면, 파얄은 이 말을 아주 싫어한다. "그건 우리에게 원치 않게 강요된 또 다른 용어에 지나지 않아."

크리스마스는 아빠가 가장 좋아했던 날이다. 그리고 나는 아빠가 하늘에서 우릴 미소 띤 얼굴로 내려다보고 있다고 생각하고 싶다. 사후 세계가 정말 존재하는지는 모르겠지만, 아빠가 안식을 찾았기를 진심으로 바란다.

저녁을 먹으면서 우리는 아빠 얘기를 나눌 것이다. 그리고 최고의 히트곡들에 대해서도. 그러고 나면 우리는 모두 퀸스보로 플라자로 가는 7호선을 탈 것이다. 아빠가 세상을 떠난 후 그 역을 피해 왔던 엄마도 같이. 엄마가 지금까지 그랬다는 사실을 나는 몰랐다. 몇 년 전 엄마와 나는 둘이서 손을 잡고 두려움에 맞섰다. 하지만 이번엔 여덟 명이 함께 할 것이다. 우리는 짧은 추도사를 남길 것이다. 그리고 귀를 기울일 것이다. 역으로 질주해 들어오고 나가는 열차 소리에, 아빠의 지하철 음악에.

안다, 진부하게 들리리라는 거. 하지만 솔직히 상관없다. 우리는 아빠에게 작별 인사를 하려는 게 아니다. 여전히 사랑한다고 말하려는 것이다.

우리는 부모의 상실을 절대 "극복"할 수 없다. 그 상실감은 끈질긴 그림자처럼 종일, 매일 우리 곁에 머문다. 하지만 가끔 운이 좋은 날이 있다. 그럴 땐 그 그림자 같은 것이 잠깐 사라진다. 태양이 평소보다 밝게 빛나고, 주위를 따뜻한 빛이 감싸는 듯한 느낌이 든다.

엄마와 나는 아빠가 죽은 날을 기리지 않기로 했다. 엄마에게는 아빠의 '사망기념일'을 다시 체험하는 일이 너무 괴롭다. 그리고 치료를 통해 나는 엄마의 마음을 인정해야 한다는 사실을 알게 되었다. 왜냐하면 우린 모두 각자 나름의 애도 방식이 있기 때문이다. 나는, 평소처럼 하루를 보낸다. 기념할 날이 얼마나 많은데 왜 하필 아빠가 우릴 떠난 날을 기념한단 말인가? 그건 아빠의 죽음에 더 가치를 부여하는 것이나 마찬가지다. 그래서 대신에 우리는 아빠의 '삶'을 기념하기로 했다.

**Imposter Syndrome
and Other
Confessions of
ALEJANDRA KIM**

감사를 전할 사람이 너무 많네요, 정말.

부모님과 조카들, 그리고 그다음 세대에 감사합니다. 특히 엄마, 엄마의 스웨터가 남미에 있는 가족을 구했어요. 돌아가신 삼촌들, 부디 그곳에서 평안하시기를 빕니다. 캐나다에 계시는 작은 엄마, 글래디스 숙모, 실비아 숙모, 그리고 실비오 삼촌에게도 감사합니다. 그리고 특히 내 조카들, 그들에게 이 책을 바칩니다. 우리가 함께 나눴던 책에 관한 대화를 소중히 간직할게.

리사 보더스Lisa Borders와 모니카 칸테로-엑소호Mónica Cantero-Exojo, 앨리슨 대니얼Alison Daniel, 콜먼 대시Coleman Dash, 브라

아나 가르시아Brieana Garcia, 애나 고드베르센Anna Godbersen, 캐롤 그레이Carol Gray, 헤더 흄Heather Hume, 로렌 케이Lauren Kay, 제시카 랜디스Jessica Landis, 마누엘 리Manuel Lee, 라피 미틀펠트Rafi Mittlefehldt, 데니스 모랄레스 소토Denise Morales Soto에게, 새로운 관점과 전문 지식, 감성, 이 모든 걸 빌려주어 고맙습니다.

책을 내는 데 있어서, 사라 번스Sarah Burnes와 피비 예Phoebe Yeh, 소피 퓨-셀러스Sophie Pugh-Sellers, 엘리자베스 스트라나한Elizabeth Stranahan, 아렐리 구스만Arely Guzmán, 다니엘라 코르테스Daniela Cortes, 제시카 크루이크샨크Jessica Cruickshank, 레이 샤펠Ray Shappell, 멀린다 애켈Melinda Ackell, 크리스 캠Kris Kam, 에이드리언 바인트라우프Adrienne Waintraub, 바바라 마커스Barbara Marcus, 그리고 크라운 BFYRCrown BFYR 출판사와 랜덤하우스 아동도서 사업부Random House Children's Books의 모든 훌륭한 분들께 감사드립니다.

제롬 재단Jerome Foundation과 상주 작가 프로그램인 마운트Mount에도 감사드립니다. 아메리칸대학교의 동료들과 학생들에게도 고맙다는 말을 전합니다.

〈인종적 우울증Racial Melancholia〉에 보내 주신 한신희 님과 데이비드 엥 님의 장학금에 깊이 감사드립니다.

그리고 브렛Brett과 샐리Sally, 고마워. 언제나.

443

알레한드라 김의 가면 증후군과
솔직한 고백

초판 1쇄 인쇄 2024년 9월 20일
초판 1쇄 발행 2024년 9월 27일

지은이 패트리샤 박
옮긴이 신혜연

대표 장선희 **총괄** 이영철
책임편집 한이슬 **외주교정** 신대리라
기획편집 현미나, 정시아, 오향림
책임디자인 양혜민 **디자인** 최아영
마케팅 최의범, 김경률, 유효주, 박예은
경영관리 전선애

펴낸곳 서사원 **출판등록** 제2023-000199호
주소 서울시 마포구 성암로 330 DMC첨단산업센터 713호
전화 02-898-8778 **팩스** 02-6008-1673
이메일 cr@seosawon.com
네이버 포스트 post.naver.com/seosawon
페이스북 www.facebook.com/seosawon
인스타그램 www.instagram.com/seosawon

ⓒ 패트리샤 박, 2024

ISBN 979-11-6822-326-4 03840

서사원은 독자 여러분의 책에 관한 아이디어와 원고 투고를 설레는 마음으로 기다리고 있습니다.
책으로 엮기를 원하는 아이디어가 있는 분은 이메일 cr@seosawon.com으로 간단한 개요와 취지,
연락처 등을 보내주세요. 고민을 멈추고 실행해보세요. 꿈이 이루어집니다.